KARIN JOACHIM

Krähenzeit

SEIN ODER SCHEIN? Das Ahrtal: blauer Himmel, Weinberge im Sonnenlicht und kilometerlange Wanderwege. Eine echte Idylle, in der sich Jana Vogt von ihrem letzten Einsatz als Tatortfotografin bei der Kölner Kripo erholen möchte. Doch allzu lange ist es ihr nicht vergönnt, die Landschaft zu genießen, denn mitten in den Weinbergen zwischen Marienthal und Ahrweiler stolpern sie und ihr Terrier Usti über eine nicht ganz sorgfältig verpackte Leiche. Zum Erstaunen der herbeigerufenen zuständigen Kollegen kennt Jana den Toten. Er hatte am Abend zuvor einen Vortrag in ihrem Hotel gehalten. Der durchaus attraktive Kommissar Wieland übernimmt die Ermittlungen, Jana hat ohnehin hier im Norden von Rheinland-Pfalz keinerlei Befugnisse. Eigentlich hat sie mit der Verarbeitung ihres eigenen Traumas genug zu tun. Doch das hält sie nicht davon ab, weiter zu ermitteln. Dabei stößt sie nicht nur auf allerlei Personen mit den unterschiedlichsten Mordmotiven, sondern wird auch von der Ortsgeschichte und den Geschicken des Klosters im Nachbarort immer mehr in den Bann gezogen. Nicht ahnend, dass sie damit den Mörder gegen sich aufbringt und bald um ihr eigenes Leben bangen muss.

© Valentina Kurscheid

Karin Joachim wurde in Bonn-Bad Godesberg geboren und lebt heute im Ahrtal. Sie studierte Germanistik und Anglistik an der Universität Bonn und leitete ein archäologisches Museum, bevor sie sich ganz dem Schreiben widmete. In ihrer Freizeit ist sie mit ihrem Border Terrier unterwegs, mit dem sie die Natur erkundet. Besonders gerne besichtigt Karin Joachim historische Orte sowie Parks und Gärten im In- und Ausland. Homepage der Autorin: www.karinjoachim.de

KARIN JOACHIM

Krähenzeit

KRIMINALROMAN

Personen und Handlung sind frei erfunden.
Ähnlichkeiten mit lebenden oder toten Personen
sind rein zufällig und nicht beabsichtigt.

Immer informiert

Spannung pur – mit unserem Newsletter informieren wir Sie
regelmäßig über Wissenswertes aus unserer Bücherwelt.

Gefällt mir!

Facebook: @Gmeiner.Verlag
Instagram: @gmeinerverlag
Twitter: @GmeinerVerlag

Besuchen Sie uns im Internet:
www.gmeiner-verlag.de

© 2016 – Gmeiner-Verlag GmbH
Im Ehnried 5, 88605 Meßkirch
Telefon 0 75 75 / 20 95 - 0
info@gmeiner-verlag.de
Alle Rechte vorbehalten
7. Auflage 2023

Lektorat: Sven Lang
Herstellung: Mirjam Hecht
Umschlaggestaltung: U.O.R.G. Lutz Eberle, Stuttgart
unter Verwendung eines Fotos von: © Andreas Safreider / Fotolia.com
Druck: Custom Printing Warschau
Printed in Poland
ISBN 978-3-8392-1938-6

Für Mama

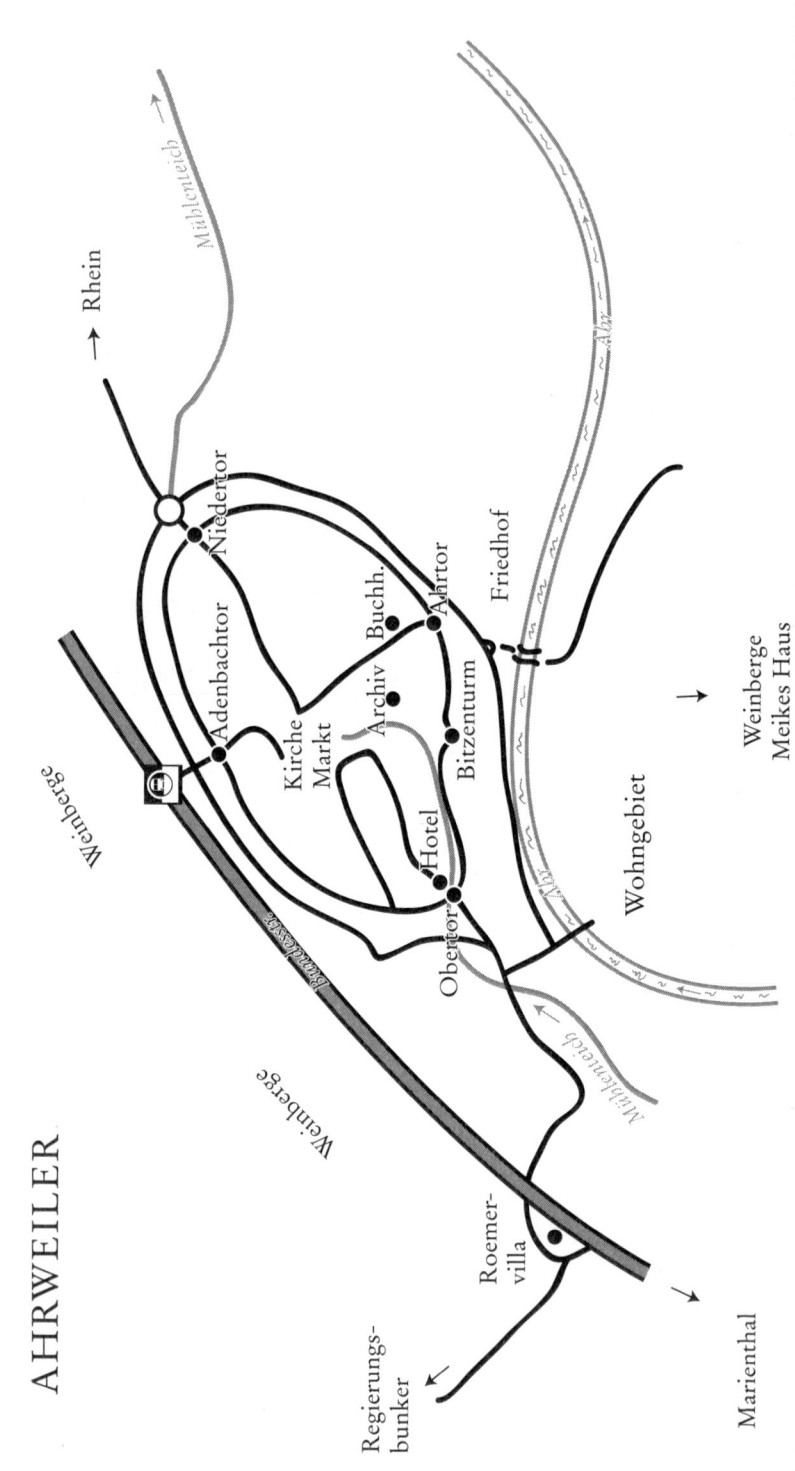

AHRWEILER

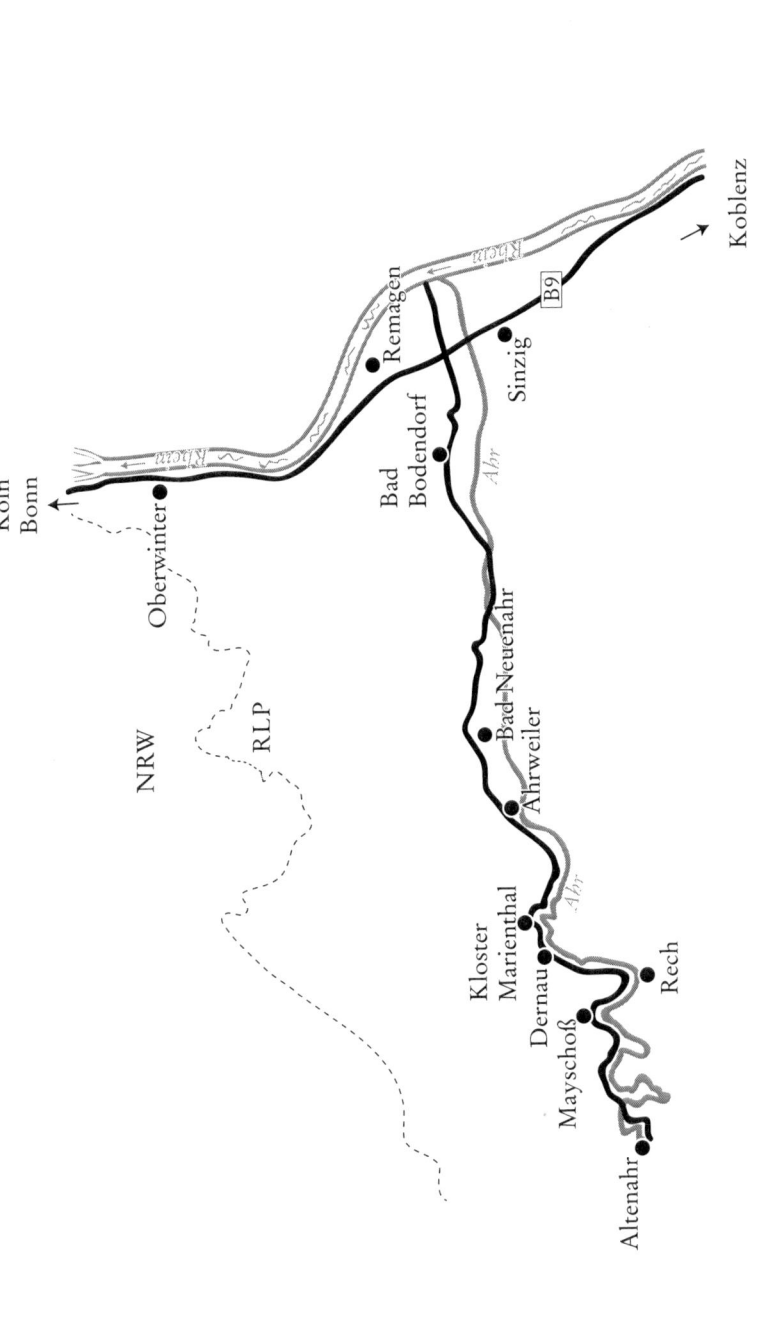

PROLOG

Instinktiv blickte er sich um. Alles war dunkel, alles war still. Die Straßenlaterne verstreute ihren schwachen Schein ganz umsonst, denn niemand benötigte zu dieser Stunde ihren Dienst. Seine Hand zitterte ein wenig, als er den Schlüssel ins Schloss führte. Erst jetzt, im schwachen, gelblichen Licht der Außenleuchte über der Tür, entdeckte er das Blut an seinen Fingern. Getrocknetes Blut. Nicht sein Blut. Hastig öffnete er die Tür und schaute noch einmal nach rechts, dann nach links. Niemand war auf der Straße zu sehen. »Gut so«, dachte er, und warf die Haustür ins Schloss. Er erschrak über den dumpfen Knall. Wie dumm von ihm, machte er nun auf den letzten Metern einen gravierenden Fehler? Er traute sich kaum, die Lampe im Flur einzuschalten, aber er konnte nicht bis morgen früh warten. Er musste nachschauen, ob es Spuren gab, Spuren, die die Wahrheit ans Licht bringen würden. Seine Wahrheit war in Gefahr …

TAG 1

Nur ein sanfter Windhauch war hier oben zu spüren. Die frische, mildwarme Septemberluft umschmeichelte ihre Haut. Während letzte vereinzelte Nebelschwaden über das Tal hinwegzogen, strahlten die Weinberge bereits im Sonnenlicht. Die Blätter der Rebstöcke trugen noch das sommerliche Grün. Einige Blätter begannen sich an den Rändern leicht rötlich zu verfärben. Ein dezenter Hinweis, dass der Frühherbst vor der Tür stand. Ab und an drang das Geräusch eines im Tal fahrenden Autos in die Höhe. Um diese Uhrzeit und mitten in der Woche war kaum jemand unterwegs. Es war, als habe die Welt innegehalten für einen Augenblick. Die Zeit schien stillzustehen, die Idylle hatte alles Schlechte, Hektische und Brutale einfach zur Seite geschoben.

»Da, hörst du das?!«, flüsterte Jana. Sie fühlte sich leicht und unbeschwert. »Da ruft ein Falke.« Und dann sah sie ihn auch schon, wie er die Thermik ausnutzend über dem Tal und den Weinbergen seine Bahnen zog mit dem tiefblauen Himmel als Bühne. Auf ihre Begeisterung erhielt Jana allerdings keine Antwort. Wie auch? Ihr Begleiter war ein Hund. Usti, eigentlich Sir Ustinov, ein fünfjähriger Airedale Terrier, den Jana fast überall hin mitnahm. Benannt hatte sie ihn nach dem berühmten Schauspieler Sir Peter Ustinov, dessen Paraderolle ihrer Ansicht nach der Meisterdetektiv Hercule Poirot aus der Feder der englischen Schriftstellerin Agatha Christie war.

Zwei Wochen Urlaub im Ahrtal, die hatte sich Jana redlich verdient. Vor allem nach dem Zwischenfall in der vergangenen Woche. Kurz flackerte die Erinnerung an die dunkle, feuchte Halle wieder auf, die Stimmen der Männer, den Atem dieses Dimitri. Sie spürte den Schnitt an ihrem Hals und das warme Blut, das aus der Wunde rann. Noch im Krankenhaus hatte sie der Polizeipsychologe besucht.

»Nehmen Sie das bitte nicht auf die leichte Schulter. Mit solch einer Erfahrung ist nicht zu spaßen«, hatte Mertens gemahnt.

Jana hörte einfach nicht hin und ließ es nicht zu, dass sich Begriffe wie »Posttraumatische Belastungsstörung«, »Flashbacks«, »Konzentrationsstörungen« oder »Spätfolgen« in ihrem Bewusstsein festhafteten. Was er da in epischer Breite geschildert hatte, hatte so rein gar nichts mit ihr zu tun!

Es kam Jana mehr als gelegen, dass sie für die kommenden beiden Wochen nicht nur ihren Urlaub eingereicht hatte, sondern dass dieser schon längst genehmigt war. Sie würde sich erholen und danach wieder ihren Dienst antreten. Kaum aus dem Krankenhaus entlassen, wollte sie noch einige Stunden arbeiten, wenigstens ihren Schreibtisch aufräumen. Doch ihr Chef hatte sie unverzüglich zu einem persönlichen Gespräch zu sich gebeten. Am liebsten hätte er aus ihrem anstehenden Urlaub eine Beurlaubung gemacht. Aber das wollte Jana keinesfalls. An jenem Tag wischte sie – wie jetzt gerade wieder – mit einer energischen Handbewegung jegliche Bedenken und alle Erinnerungen weg. Ihr ging es gut und hier war es verdammt schön. Basta!

Sie war sehr früh aufgestanden und hatte als einer der ersten Gäste im Innenhof des Klostercafés von Marienthal einen Milchkaffee getrunken. An den Mauern der Kirchenruine wuchsen Efeu und wilder Wein. Die hohen Fensterlaibungen wirkten, so wie sie nun dastanden, fast ein wenig unheimlich. Selbst im Hier und Jetzt war für Jana der Hauch der Geschichte wahrnehmbar. Je länger sie dort saß, desto weiter waren ihre Gedanken in ferne Zeiten abgedriftet. Was mochte sich in früheren Jahrhunderten hier wohl alles ereignet haben? Auf eine unerklärliche Weise hatte sie dieser Ort magisch angezogen und sie war in weitere Träumereien verfallen. Irgendwann hatte sie sich dennoch loseisen können.

Nun befand sie sich auf dem Weg zurück nach Ahrweiler. Von einem Aussichtspunkt an der asphaltierten Straße, die sich den Berg hinaufschlängelte, blickte sie noch einmal – fast ein wenig wehmütig – durch hohe Nadelbäume hindurch zurück auf die Klostergebäude. Es wurde immer wärmer, sodass sie unter ihrem Langarm-Shirt, das die blau-grünen Flecken an ihren Armen verdecken sollte, bald ins Schwitzen kommen würde. So beschloss sie, zügig in ihr Hotel zurückzuwandern. Eigentlich hatte sie vorgehabt, einen Waldweg zu nehmen, aber die Idylle der schroffen Felsen, die mit den Weinbergen eine aparte Liaison eingingen, reizte sie sehr und so wählte sie nun diese Strecke für den Rückweg.

Sie fühlte sich unbeschwert. Es kam ihr vor, als ob es den Zwischenfall in Köln nie gegeben hätte. Doch die körperlichen Spuren erinnerten sie ständig daran. Und nicht nur die. Ihr wurde schmerzlich bewusst, dass da doch etwas auf ihrer Seele lag: ein dunkler Schatten.

»Usti, bleib hier!«

Ihr Hund war offensichtlich weder ein geduldiger Landschaftsbetrachter noch hing er irgendwelchen schweren Gedanken nach. Nein, für ihn zählte der Augenblick, und offensichtlich gab es gerade etwas sehr Interessantes, das darauf wartete, weiter erkundet zu werden. Es waren Eidechsen, die immer wieder ihren Kopf zwischen den Steinen der Bruchsteinmauer hervorstreckten und die morgendliche Temperatur prüften. Die Sonnenstrahlen wärmten bereits genug, denn die wechselwarmen Tiere huschten zurück in ihre Verstecke, bevor Usti ihnen mit seiner neugierigen Nase zu nahe kommen konnte. Dem Terrier war seine Enttäuschung deutlich anzumerken. Jana wartete förmlich darauf, dass er mit den Vorderpfoten aufstampfen und »Menno!« rufen würde, was er natürlich nicht tat. Stattdessen suchte er mit seiner Schnauze jede Spalte im Mauerwerk ab, die er noch halbwegs erreichen konnte. Dabei legte er sich ins Zeug und machte Männchen, um auch die Eidechsen oben in der Mauer erreichen zu können. Die Reptilien allerdings waren klug genug, sich nicht mehr blicken zu lassen. Usti wartete vergeblich auf ein erneutes Rascheln.

An einer Wegekreuzung ging sie, statt dem Rotweinwanderweg ins Tal zu folgen, auf einem schmaleren Weg geradeaus weiter. Auf der einen Seite ragten kantige Felsen steil empor, die mit allerlei Pflanzen bewachsen waren, die Jana von ihren Wanderungen in mediterranen Gegenden kannte. Auf der anderen Seite fielen die Weinberge steil ab. Die Sonne ließ einzelne Weintrauben blauviolett aufleuchten. Niemand war ihr in den letzten Minuten begegnet, nicht einmal ein Winzer bei der Arbeit. Und so wagte sie es, eine, nein, gleich drei Beeren von einem Rebstock zu pflücken. Erstaunt musste sie feststellen, dass eine gewisse Säure beim Zerbeißen der Trauben auf der Zunge zu schmecken war. Aber auch eine dezente Süße und ein

Aroma, das sie an Rosenblüten erinnerte. Sie seufzte und genoss die Idylle. Nur das leise Rattern eines im Tal fahrenden Zuges erinnerte sie daran, dass es eine Außenwelt gab. Sie lief vergnügt weiter, doch dann, an der nächsten Wegbiegung angekommen, dort, wo der Fels noch ein wenig weiter hervortrat und den Weg einengte, merkte Jana, dass etwas nicht stimmte. Usti mochte es sogar eine Millisekunde vor ihr bemerkt haben. Er hatte zunächst seine Nase einmal in die Höhe gereckt und laut ein- und ausgeatmet, wodurch ein leicht prustendes Geräusch entstand. Nun senkte er seinen Kopf und begann sich hektisch auf dem Weg hin und her zu bewegen. Plötzlich stoppte er in seiner Bewegung, schaute sich wie zur Absicherung nach seinem Frauchen um. Dann trottete er konzentriert schnüffelnd weiter. Jana waren Reifenspuren im sandig-lehmigen Untergrund des Weges aufgefallen, die – so vermutete sie – von Fahrzeugen der Winzer stammten. An einer Stelle jedoch entdeckte sie eine Ansammlung von Schuhabdrücken sowie eine breitere Schleifspur. Usti folgte indessen weiter seiner Fährte und verschwand zwischen den Rebstöcken des nächsten Weinberges. Jana legte ihren Rucksack an den Wegesrand, der sie beim anstehenden Vorhaben, es Usti gleichzutun, nur behindern würde. Sie versuchte, Usti so gut es ging zu folgen, was auf nur zwei Beinen und angesichts des steilen Abhanges kein leichtes Unterfangen darstellte. Außerdem kostete sie der Abstieg einige Überwindung, denn unter ihr ging es viele Meter in die Tiefe, fast bis zur Hauptstraße entlang der Ahr. Schon beim ersten Schritt kam der Untergrund unter ihren Füßen dermaßen ins Rutschen, dass sie befürchtete, ein Erdklumpen würde Usti am Kopf treffen. Dieser war so in seine Suche vertieft, dass er überhaupt nicht auf sein sich recht ungelenk bewegendes Frauchen achtete. Schließlich hatte er etwas gefunden, dort, wo die Sträucher endeten, denn er machte nun seltsame Geräusche, die Jana als eine Art Bellknurren interpretierte, das bald zu einem Wimmern und dann zu einem immer lauter werdenden Jaulen anschwoll. Einen derartigen Laut hatte Jana von ihrem Hund noch nicht gehört. Sie hielt sich an einem Strauch fest und seilte sich an dessen Ästen bis zu der Stelle ab, an der Usti verharrte. Doch der Ast brach und sie rutschte ab. Steine und Erde kullerten in die Tiefe. Usti bemerkte das und kroch im Rückwärtsgang ein wenig zur Seite. Jana driftete zusammen mit allerlei Geröll wie auf einer Welle abwärts und kam erst an der Stelle zum Stoppen, an der Usti zuvor gejault hatte. Sie war so sehr damit beschäftigt, ihren Sturz abzufangen, dass sie zunächst nicht bemerkte, dass sich ihr rechter Fuß in einem groben Jutesack verfangen hatte. Langsam versuchte sie aufzustehen. Wieder kullerte ein Stein in die Tiefe, wo er sich, ohne irgendwo aufzuprallen, verlor.

»So ein Mist!«, schimpfte sie.

Mittlerweile war auch Usti wieder an ihre Seite gerobbt und machte sich an dem Sack zu schaffen. Jana befreite stöhnend ihren Fuß und erstarrte in der Bewegung: Aus dem Sack streckte sich ihr eine menschliche Hand entgegen.

»Ach du Scheiße!«, fluchte sie und atmete einmal tief ein. Sie hatte schon viel erlebt, aber eine Leiche entdeckt hatte sie noch nie. Denn eines war klar: Wem auch immer die Hand gehörte, er oder sie war tot. Jana rappelte sich auf, um besser sehen zu können. Der Sack gab nicht nur die Hand frei, sondern auch das Gesicht des Toten. Obwohl es von Schmutz bedeckt war, konnte sie die Gesichtszüge gut erkennen. Zu ihrem Erstaunen kam ihr das Gesicht bekannt vor. Sie musste nur ein Weilchen nachdenken, dann wusste sie, um wen es sich handelte. Für einen Moment beschlich sie ein leises Gefühl von Panik. Sie musste sich unbedingt konzentrieren. Was war als Nächstes zu tun? Wo war ihre Routine? Gewöhnlich fand sie nicht die Toten, sondern war mit dem Sichern von Spuren beschäftigt. Dass sie allerdings gerade fast so etwas wie einen Blackout hatte, machte ihr Sorgen. Sie zwang sich, ruhig zu atmen, und kramte in ihrem Gehirn nach der Reihenfolge der notwendigen Schritte. Hilfe holen oder Spuren sichern? Hilfe holen! Schließlich war sie hier im Ahrtal nicht zuständig. Ihr Handy lag im Rucksack, ebenso ihre Kamera. Und den Rucksack hatte sie oben neben dem Weg zurückgelassen. Nur, wie wieder hinaufgelangen, ohne Spuren zu zerstören? Wäre Usti Lassie, so hätte sie ihn nach oben schicken können, um den Rucksack zu holen. Aber Usti war alles, nur kein Fernsehhund. Obwohl, einen Versuch war es wert. In ihrem Rucksack waren Ustis Leckerchen. Nein, es würde so nicht funktionieren, da war sie sich sicher. Ihr Hund würde den Rucksack durchsuchen und niemals einfach so mitbringen. Und dass dabei ihre Kamera zu Bruch ging, wollte sie nicht riskieren. So blieb ihr nichts anderes übrig, als irgendwie nach oben zu kraxeln. Wider Erwarten jedoch kam sie gut voran, indem sie ihre Füße schräg setzte, sich mit den Händen abstützte und sich ab und zu an den Sträuchern nach oben zog. Usti kam nahezu gleichzeitig mit ihr oben am Weg an, obwohl er noch eine Weile bei der Leiche verharrt hatte. Ein wenig zittrig noch aufgrund der körperlichen Anstrengung fingerte sie nach ihrem Handy. Als sie es endlich gefunden hatte, schaute sie gebannt auf das Display: Hoffentlich hatte sie hier an dieser Engstelle mit den Bergen ringsum Netz. Sie hatte Glück.

Sachlich und gefasst versorgte sie den Polizisten am anderen Ende der Leitung mit allen notwendigen Informationen. Allerdings hatte sie ein Problem, eine der W-Fragen wirklich exakt zu beantworten, nämlich die: »Wo genau sind Sie?«

»Wo genau bin ich?«

Hatte sie nicht vorhin noch an einem Pfahl des Wanderweges die Ortskoordinaten gelesen? Aber dorthin zurück war es zu weit.

»Da, wo der Rotweinwanderweg ins Tal führt, unten sehe ich einige Häuser.«

»Ah, dann weiß ich ungefähr, wo Sie sind. Ich schicke meine Leute den Wirtschaftsweg hoch. Machen Sie sich am besten bemerkbar. Ach ja, wie war noch mal Ihr Name?«

»Jana Vogt.«

»Gut, Frau Vogt, bleiben Sie ganz ruhig und rühren Sie nichts an, wir kommen.«

»Nichts anfassen, sehr witzig«, dachte sie.

Während sie noch überlegte, was sie ohne Hilfsmittel als Nächstes tun könnte, beobachtete sie, dass Usti erneut etwas in der Nase hatte. Unruhig schaute er zum nächsten Weinberg mit seinen mannshohen Reben. Da! Ein Rascheln, Steinchen kullerten.

War da etwa jemand? Janas Erinnerungen an den verhängnisvollen Abend kamen zurück. Sie hörte das Atmen des Mannes, der sie … Reiß dich zusammen, Jana! Usti war weg. Er verfolgte eine neue Fährte.

»Usti, komm zurück«, rief sie mit brüchiger Stimme. Da, erneut ein Rascheln. Blitzschnell rannte Usti los, mitten hinein in den Weinberg. Jana hörte sein Hecheln und rollende Steine und Erdbrocken. Dann, plötzlich, kam etwas auf sie zugeschossen, ein schwarzes Etwas.

»Oh, Mann!«, sagte Jana, während eine dicke schwarze Amsel an ihrem Kopf vorbeischoss.»Usti, nun aber ganz schnell hierher!«

Der kam, als wäre nichts gewesen, und setzte sich neben sein Frauchen. Währenddessen sah sich Jana um. War der Mörder zurückgekehrt? Befand er sich noch in der Nähe? Sollte sie den Fundort absperren? Blöde Idee! Erstens: womit? Zweitens: Sie war hier nicht zuständig. Die Untätigkeit machte Jana zu schaffen und so griff sie fast schon mechanisch zu ihrer Kamera und begann Fotos zu schießen. Fotos vom Weg, von der Schleifspur, den Schuhabdrücken, der gesamten Umgebung. Sie war so in ihre Aufgabe vertieft, dass sie erst spät die herannahenden Einsatzfahrzeuge wahrnahm.

»Hier bin ich! Hier«, rief sie und schwenkte ihre Arme in der Luft. Wie um sie zu unterstützen, bellte Usti. Während sie weiter versuchte, auf sich aufmerksam zu machen, lief sie dem ersten Polizeifahrzeug entgegen und signalisierte dem Fahrer mit einer Handbewegung, dass er stoppen sollte:

»Guten Morgen, ich bin Jana Vogt. Ich bin Kriminaltechnikerin bei der Kripo Köln, ich zeige Ihnen gleich noch meinen Ausweis. Ich habe vorne Schleifspuren gefunden, die sollten Sie sich zunächst ansehen, und dann natürlich den Toten.«

Der Beamte, der noch nicht einmal aus dem Auto ausgestiegen war, war von ihrem Auftritt völlig überrumpelt. Skeptisch blickte er sie an und baute sich vor ihr auf, um die richtige Ordnung aus seiner Sicht herzustellen:

»Guten Morgen, Roland Berger von der örtlichen Polizeidienststelle Ahrweiler. Danke für die Hinweise. Wir machen das schon. Rudi!«, er winkte einen älteren, untersetzten Beamten zu sich heran, der mit ihm im Auto gesessen hatte. »Hol mal das Trassierband und sperr hier alles ab. So, und nun bitte einmal ganz der Reihe nach, Frau – Vogt …«

20 Minuten später wartete Jana immer noch auf weitere Instruktionen. Ihr war langweilig und Usti war nörgelig. Dem fiel es sichtbar schwer, sich vom Fundort der Leiche fernzuhalten. Mit der Schnauze zuppelte er immer wieder am Trassierband. Solange die Kriminalpolizei aus Koblenz noch nicht vor Ort war, mussten sich beide wohl oder übel in Geduld üben. Endlich hatte sie Augenkontakt zu Roland Berger und winkte ihn zu sich heran.

»Wann kommen denn endlich die Kollegen aus Koblenz?«

»Das kann noch ein bisschen dauern. Koblenz ist ja nicht ums Eck. Und wenn Stau auf der B 9 ist oder wieder mal zu viele Lkw auf der Autobahn sind …«, antwortete Roland Berger freundlicher, als Jana es erwartet hatte. Dabei kratzte er seinen grau melierten Vollbart. »Sie sind also eine Kollegin, aus Köln kommen Sie?«

»Roland, denk dran, du bist net zum Verjnüge he«, mahnte sein älterer, untersetzter Kollege, der plötzlich hinter ihm aufgetaucht war.

»Nu lass mich doch. Es wird doch sowieso noch etwas dauern, bis die Kripo hier ist.«

»So, so, es wird also noch etwas dauern«, echote es hinter ihnen. Umgehend drehten sich alle um. Niemand hatte ein Auto heranfahren hören.

»Hallo, Herr Wieland. Sind Sie mit dem Hubschrauber angekommen?«, feixte Roland Bergers Kollege.

»Nein, aber wir hatten in der Nähe zu tun. Also, was gibt es?«

»Männliche Leiche, vorgefunden in einem Jutesack ...«

»Ist die Identität bekannt?«

»Noch nicht, wir wollten auf Sie warten, bevor wir uns genauer umsehen.«

»Hm«, murmelte der Hauptkommissar. Es war nicht ganz klar, ob es sich um ein »Hm – gut gemacht!« oder ein »Hm – arbeiten, statt zu flirten, wäre ja schon wünschenswert!« handelte. Statt sich näher zu erklären, wandte er sich Jana zu: »Aha, und Sie? Eine neue Kollegin?«

Was hatte er sie gefragt? Seine grün-braunen Augen zogen Jana völlig in ihren Bann. »Ähm, ja. Jana Vogt, Kriminaltechnikerin bei der Kripo Köln. Ich verbringe hier meinen Urlaub ...«, fügte sie immer leiser werdend hinzu.

»Sie hat den Toten gefunden«, mischte sich Roland Berger ein.

»Aha! Eine Kölner Kriminaltechnikerin findet im Ahrtal einen Toten. So, so. Gut, Frau Vogt, mein Name ist Clemens Wieland. Hauptkommissar bei der Mordkommission Koblenz. Hat der Kollege bereits Ihre Personalien aufgenommen?«

Jana nickte, zog ihren Dienstausweis aus der Hosentasche und hielt ihn dem Kommissar entgegen. Dieser warf nur einen flüchtigen Blick darauf.

»Gut, danke«, fertigte er sie unvermittelt ab und instruierte im Weggehen seine Kollegen: »Wir ziehen uns die Schutzanzüge über und gehen dann zum Fundort der Leiche. Frau Vogt, würden Sie bitte hier warten?« Er zeigte auf das Absperrband.

Jana wurde ungehalten. Warum hatte eigentlich bislang niemand gefragt, ob sie den Toten kannte? Klar, sie war hier nicht zuständig, aber deshalb war sie doch nicht blind. Dann mussten sie die Schleifspur, die Schuhabdrücke und die Reifenabdrücke eben selbst finden. Und einen Fotografen hatten sie ja bestimmt auch. Wie ihr diese Warterei auf die Nerven ging. Aus der Ferne beobachtete sie – fast ein wenig neidisch – die Männer in ihren weißen Schutzanzügen, die den steilen Abhang hinunterkletterten oder vielmehr rutschten. Nur der Hauptkommissar machte eine ziemlich sportliche Figur dabei.

Die Zeit verging. Neben ihr maulte Usti leise vor sich hin.

»Wissen Sie, was hier los ist?«, stupste sie plötzlich ein Ellbogen an. Der gehörte zu einem Wanderer, der am Trassierband nicht weiterkam.

Jana zuckte unbeteiligt die Schultern.

»Anke, hier geht's nicht weiter. Überall Polizei«, rief er seiner Frau zu, die auf einen Walking-Stock gestützt einige Meter weiter an der Weggabelung wartete. »Sieht man doch«, sagte die und verzog das Gesicht. »Dann komm auch! Nehmen wir den anderen Weg.«

Unwillig und nur unter Protest folgte der Wanderer der Anweisung seiner Frau.

Nach einer Weile kamen die Männer in den weißen Schutzanzügen wieder den Weinberg hinauf. Angeführt vom Hauptkommissar, der, auf dem Wanderweg angekommen, auf Jana und Usti zuging. Bevor er es ihr verbieten konnte, schlüpfte Jana mit ihrem Hund unter dem Trassierband hindurch.

»Frau Vogt? Äh, bitte … Sie sollten doch warten.« Seine grün-braunen Augen blitzten auf. Jana blitzte zurück: »Aber ich kenne den Toten!«

»Aha?«

»Ja!«

»Sie sind aus Köln, stolpern hier im Ahrtal über eine Leiche und kennen den Toten?«

»Ja.« Was dachte der Hauptkommissar eigentlich von ihr? Dass sie den Mann ermordet und hierher geschafft hatte? »Also, gestern Abend gab es in meinem Hotel, dem Hotel Am Mühlenteich, einen Vortrag. Ich meine, er hat den Vortrag gehalten. Es ist …«

»Herr Wieland«, rief in dem Moment Roland Berger. »Wir wissen jetzt, wer der Tote ist.«

Langsam wurde Jana sauer. Konnte man sie vielleicht einmal ausreden und etwas zur Klärung beitragen lassen? Mittlerweile hatten sich sowohl Roland Berger als auch der ältere, untersetzte Kollege zu ihnen gesellt.

Jana holte Luft. »Also der Tote ist …«

»Herbert Tewes«, fiel ihr da schon der untersetzte Polizist kurzatmig ins Wort.

»Ja, genau der«, bestätigte Jana.

Entgeistert blickten sie die Männer an. Zu allem Überfluss begann ausgerechnet jetzt Usti erst leise, dann immer lauter vor sich hin zu grummeln, bis er schließlich mit einem scheinbar entschiedenen Bellen endete. Was immer das bedeuten sollte.

»Woher wissen Sie, wer der Tote ist?«, wollte der Hauptkommissar wissen.

»Weil ich vorhin sein Gesicht gesehen habe«, antwortete Jana kühl.

»Ich meine, woher kennen Sie den Toten?«

»Das sagte ich doch eben, dass ich ihn gestern Abend auf dem Vortrag kennengelernt habe. Er war der Redner.«

»Und wo?«

Hatte er ihr eben überhaupt nicht zugehört? »In meinem Hotel, im Hotel Am Mühlenteich.«

»Aha!«

War das alles, was dem Hauptkommissar einfiel: Aha? Sie fuhr fort: »Anhand des Spurenbildes kann man zu dem Schluss kommen, dass jemand den Toten mit einem Auto hierhergebracht hat.«

Keine Einwände seitens des Hauptkommissars. Wollte er tatsächlich hören, was sie zu sagen hatte?

»Ich könnte vielleicht etwas zur Eingrenzung des Todeszeitpunktes beitragen.«

»Gut, und was?«

»Ich habe ihn gestern Abend beim Vortrag in meinem Hotel gesehen. Der war gegen 22 Uhr zu Ende. Dann diskutierten einige der Teilnehmer noch miteinander. Herr Tewes war natürlich auch dabei. Ich bin dann auf mein Zimmer, um mit meinen Hund Gassi zu gehen. Als ich gegen 23 Uhr nach unserer Tour zurückkam, brannte im Vortragsraum noch Licht. Darin hörte ich Herrn Tewes' Stimme. Er unterhielt sich sehr laut mit einem Mann, aber ich habe nicht hineingeschaut. Ich bin mir sicher, dass es Tewes' Stimme war.«

»Gut, danke.« Der Hauptkommissar notierte sich ihre Angaben in einem Notizbuch. Statt weiter nachzuhaken, blickte er über ihre Schulter hinweg: »Aha, da kommt dann ja auch endlich der Kollege von der Kriminaltechnik. Ich muss Sie später noch einmal als Zeugin vernehmen. Jetzt werde ich hier gebraucht. Sagen wir heute Nachmittag in Ihrem Hotel? Äh, welches Hotel ist das eigentlich?«

»Hotel Am Mühlenteich.« Hatte das Jana nicht vorhin schon zweimal laut und deutlich gesagt? »Direkt am Obertor«, ergänzte sie sicherheitshalber.

»Ja, das kenne ich. Haben wir Ihre Handynummer?« Jana nickte. »Ich rufe Sie an, wann genau ich Zeit für Sie habe. Dröge! Warten Sie!«

Da stand sie nun und fühlte sich irgendwie merkwürdig. Fühlten sich Zeugen immer so? Oder lag das einfach an ihrer ungewohnten Rolle? In einer unwillkürlichen Bewegung griff sie sich an den Hals und nestelte an ihrem Tuch. Mit der andern Hand nahm sie Ustis Leine auf und scannte dabei mit ihren Augen instinktiv noch einmal das gesamte Gelände ab. Mittlerweile standen überall an den Absperrungen Leute. Die, die von Marienthal aus kamen und weiter nach Ahrweiler wollten, hatten eindeutig den schlechteren Standort: Sie konnten wegen der Strauchhecke den Fundort der Leiche nicht sehen. Aber auch ihnen musste klar sein, dass etwas Schlimmes passiert war. Das war angesichts der großen Polizeipräsenz offenkundig. Die Einsatzkräfte mit ihren weißen Schutzanzügen verstärkten den Anschein zusätzlich. Jana wollte gerade in Richtung Ahrweiler losmarschieren, als sie zwischen den Wartenden eine gewisse Unruhe wahrnahm. Ein schlaksiger, junger Mann, der eine Kamera in die Höhe über die Köpfe aller Anwesenden hinweg hielt, versuchte sich ziemlich lautstark Platz zu verschaffen. Währenddessen schoss er unaufhörlich Fotos. Blitzschnell eilte eine blonde Polizeibeamtin auf ihn zu und hielt ihn »Herr Sperber!« rufend zurück.

Offensichtlich kannte man sich. Die Situation beruhigte sich. Jana musste los, die Hitze machte sich bemerkbar, Usti hechelte. Als sie bereits einige Meter gelaufen war, drehte sie sich noch einmal um. Erst jetzt fiel ihr auf, dass offensichtlich bislang keine Fotos von den Schaulustigen gemacht worden waren. Wenn sie es richtig beobachtet hatte, war das ein Versäumnis. Obwohl es sie nichts anging, holte sie die Kamera wieder aus dem Rucksack und fotografierte möglichst unauffällig die einzelnen Gesichter. Der ganz in Schwarz gekleidete Fotojournalist, den die Polizistin »Sperber« genannt hatte, wippte unruhig von einem Bein auf das andere, während er auf dem Display seiner Kamera herumtippte. Dabei schüttelte er den Kopf und murmelte einzelne Worte, die Jana als Flüche und Unmutsbekundungen deutete. Jana drehte sich um, um nun endgültig den Ort des Geschehens zu verlassen, und wäre dabei beinahe mit einem älteren Herrn zusammengestoßen, der plötzlich direkt hinter ihr stand.

»Langsam, junge Frau!«, raunzte er ihr zu. Er war der einzige, der keine Wanderbekleidung trug.

TAG 1 - NACHMITTAG

Jana biss gerade in ein Stück Zwiebelkuchen, das sie eben erst beim Bäcker gekauft hatte. Im Hotel hatte sie sich geduscht und war dann in den Ort gegangen. Sie genoss den Sonnenschein. Der sanfte Septemberwind umwehte ihr Gesicht. Urlaubsstimmung kam auf. Nachher musste sie nur noch mit dem Hauptkommissar sprechen und dann würde sie den Toten im Weinberg wieder vergessen. »Das war ein ausgesprochen guter Plan«, dachte sie, während sie erneut in den Zwiebelkuchen biss. Da es sich im Sitzen besser aß, ließ sie sich auf einer Bank vor der Kirche nieder. Auch wenn Usti sie mit noch so großen Augen ansah, sie gab ihm kein Stück vom Zwiebelkuchen ab, nicht einmal ein ganz kleines.

»Hast du schon gehört? Im Weinberg zwischen Ahrweiler und Marienthal gab es einen Polizeieinsatz«, raunte eine Passantin einer anderen Frau zu.

Vor dem Portal der St.-Laurentius-Kirche waren mehrere ältere Personen tuschelnd ins Gespräch vertieft:

»Häst de at jehürt, der Tewes is dud«, flüsterte hinter vorgehaltener Hand ein Mann mit grauem Oberhemd und beiger Popelinehose.

Ein anderer, ähnlich gekleideter, antwortete: »Jestern hatt ich ihn noch jesehn un hügg leit er att dud im Wingert.«

Und der Dritte im Bunde grübelte: »Wohin datt noch führe sull.« Daraufhin folgte gemeinschaftliches Kopfschütteln und betretenes Schweigen.

Wenig später erklärte ein Mann einem anderen, der auf einer Bank in Janas Nähe saß: »Er soll erschlagen worden sein.«

Die Gerüchteküche brodelte bereits. Wie schnell das ging! Jana musste über die Reaktionen der Leute innerlich schmunzeln. Auch wenn sie die Todesursache noch nicht kannte, so wusste sie bestimmt mehr als die Ahrweiler Bevölkerung. Aber das brauchte niemanden zu interessieren. Die Sonne begann noch einmal ihre ganze Kraft aufzubieten. Jana bekam Durst. Sie wollte gerade aufstehen, um zurück zum Hotel zu gehen und dort weiter auf Clemens Wielands Anruf zu warten, als sie ein quietschendes Geräusch hörte. In einiger Entfernung schob eine ältere, grauhaarige Frau bedächtig einen Rollator vor sich her. Langsam, aber zielstrebig steuerte die alte Frau genau auf Jana zu. Usti wich bereits einen Schritt zurück. Die Alte zögerte, als sie bei Jana angekommen war, setzte sich dann, ohne ein einziges Wort zu sprechen, direkt neben sie auf die Bank. Ein Parfümhauch stieg Jana in die Nase. Es war ein vertrauter Geruch, den sie bereits in ihrer Kindheit an älteren Damen wahrgenommen hatte. Die alte Frau hatte mittlerweile den Rollator zurechtgerückt, hielt sich an den Griffen fest und verlagerte leicht stöhnend ihr Gewicht von einer Pobacke auf die andere. Verstohlen schaute Jana sie von der Seite an. Sie war wesentlich älter, als sie zunächst geschätzt hatte. Die alte Frau mochte Ende 80, vielleicht sogar schon über 90 Jahre alt sein. Die Falten in ihrem Gesicht könnten viele Geschichten erzählen, und die Linien um die Augen verrieten, dass die Frau gerne gelacht hatte. Ob sie bemerkte, dass Jana sie musterte? Nun entdeckte Jana eine Regung in ihrem Gesicht. Den Blick weiter in die Ferne gerichtet sagte sie nur einen einzigen Satz: »Der Tod macht stille Leute.«

Die Bemerkung überraschte Jana. »Wie meinen Sie?«

»Der Tod macht stille Leute.«

Den Blick weiter von Jana abgewandt, stand sie plötzlich behände auf, um sogleich ihren Weg mit dem quietschenden Rollator fortzusetzen. Kein weiteres, erklärendes Wort oder gar einen Gruß.

Was war das? Die Alte war vermutlich nicht ganz richtig im Kopf, legte sich Jana eine Erklärung zurecht. Vielleicht hatte sie soeben erfahren, dass ein Ahrweiler Bürger ermordet worden war, und das war eben ihre Art, das Gehörte zu verarbeiten. Es war sicher nur ein Zufall, dass sie sich ausgerechnet neben sie gesetzt hatte. Sie sollte sich wirklich nicht den Kopf darüber zerbrechen. So ließ Jana es dabei bewenden und ging zurück zum Hotel.

Es war inzwischen später Nachmittag geworden. Der Hauptkommissar hatte Jana kurz nach ihrer Rückkehr angerufen. Nun saßen sich beide an einem der Tische im Frühstücksraum des Hotels Am Mühlenteich gegenüber. Die Sonne blinzelte verstohlen durch eines der Fenster herein.

»Was für ein Tag«, begann Wieland das Gespräch. »Erst macht mein Auto heute Morgen schlapp, dass ich es mit dem Wagen meiner Schwester gerade noch pünktlich in die Dienststelle schaffe. Dann ein Einsatz in Altenahr und dann gleich ein Mord. Echt ungewöhnlich für die Gegend hier. Und zu allem Überfluss kommt dann auch noch der Dröge als Kriminaltechniker, mit dem kann ich ja überhaupt nicht – und wieder mal viel zu spät.« Er machte eine Pause. »Entschuldigung, das geht Sie ja gar nichts an, aber manchmal … Der Name sagt doch alles, Dröge.«

Jana musste grinsen, irgendwie gefiel ihr Hauptkommissar Wieland. Sie wollte gerade ihr Grinsen unterdrücken, da hatte es ihr Gegenüber auch schon registriert: »Lachen Sie mich jetzt an oder aus?«

Jana wollte dazu lieber nichts sagen.

»Nun gut«, Hauptkommissar Wieland musste selbst lächeln, »also nun zu den Fakten: Erzählen Sie mir doch bitte kurz, wie Sie eigentlich den Toten gefunden haben. Woher Sie kamen und so …«

Da sie selbst wusste, wie ermüdend Zeugenbefragungen sein konnten, hielt sie ihren Bericht kurz und knapp. Außerdem hatte sie ihm schon einiges am Tatort berichtet. Der Hauptkommissar notierte das eine oder andere Stichwort in sein Notizbuch und wirkte recht erschöpft dabei.

»Möchten Sie einmal die Fotos sehen, die ich gemacht habe?« Da war ihr Mundwerk wieder zu schnell: Sie wusste doch, dass sie dazu keine offizielle Befugnis gehabt hatte, andererseits konnte sie ihm sicherlich behilflich sein.

»Ja, zeigen Sie mal.«

Er rückte neugierig seinen Stuhl neben ihren. Hauptkommissar Wieland roch trotz der spätsommerlichen Wärme draußen ausgesprochen angenehm, registrierte Jana erleichtert. Sie zeigte ihm die Fotos auf dem Kamera-Display. Seine Gesichtszüge änderten sich beim Betrachten der Fotos kaum und alles, was der Hauptkommissar verlauten ließ, war: »Hm, ja, hm.«

»Können Sie mir bitte die Speicherkarte geben?«

»Ja gerne, na klar – es ist allerdings meine einzige.« Jana überlegte eine Weile, während sie ihre Kamera hin- und herwiegte und sie schließlich, ohne das Kartenfach zu öffnen, auf den Tisch legte.

»Wissen Sie, was ich mich frage?«, grübelte sie laut.

»Nein, was denn?«

»Warum der Tote ausgerechnet dort abgelegt wurde. Es gibt doch bestimmt geeignetere Orte, die man nachts – gehen wir mal davon aus, dass es in der Nacht war – für so ein Vorhaben aufsuchen würde.«

»Sie gehen also davon aus, dass er nicht dort getötet wurde?«, fragte der Hauptkommissar. »Wie kommen Sie zu dieser Schlussfolgerung?«

»Äh ja, Sie haben natürlich recht. Bevor die Rechtsmedizin noch keinen Bericht vorgelegt hat, ist alles Spekulation. Er hätte ja auch betäubt dorthin gebracht worden sein können. Aber in jedem Fall war er wehrlos. Sonst wäre da nicht diese Schleifspur.«

Hauptkommissar Wieland notierte sich wieder einige Stichworte, legte, nachdem er mit Schreiben fertig war, seinen Kopf erst zur linken, dann zur rechten Seite und schaute Jana eindringlich in die Augen.

Jana war sich unsicher, wie sie diesem Blick begegnen sollte. Da war etwas in seinen Augen, was sie nicht deuten konnte.

»Fällt Ihnen noch etwas ein, was uns weiterbringen könnte?« Noch immer sah er sie an. »Sie sprachen doch von einem lauten Gespräch nach dem Vortrag gestern Abend, bei dem Sie Herrn Tewes' Stimme erkannten. Konnten Sie etwas von dem Gespräch aufschnappen, irgendwelche Satzfetzen vielleicht?«

»Nein, nichts, leider. Das wäre bestimmt jetzt sehr hilfreich. Auch wer die Person oder die Leute waren, mit denen er sich unterhielt, weiß ich leider nicht.«

»Worum ging es eigentlich bei dem Vortrag?« Endlich senkte der Hauptkommissar seinen Blick. Jana fühlte sich besser.

»Um die historische Beziehung zwischen Ahrweiler und dem Kloster Marienthal. Ich las zufällig die Vorankündigung am Infobrett im Hotel und dachte, das wäre doch ganz nett, an meinem ersten Abend hier in Ahrweiler etwas über die Ortsgeschichte zu erfahren.«

»Wer war denn der Veranstalter des Vortrags?«

»Oh, das weiß ich gar nicht so genau, ich glaube das Hotel selbst.«

»Es schadet nichts, wenn wir uns die Anwesenheitsliste der Zuhörer geben lassen, sofern es eine solche gibt.«

Wieland machte sich wieder Notizen, seine Augen vermieden nun den direkten Kontakt mit ihren.

»Fiel Ihnen irgendetwas während des Vortrags auf? Kam Ihnen Herr Tewes nervös vor?«

»Nein, nicht sonderlich, ich kannte ihn ja nicht weiter und kann deshalb nicht beurteilen, ob er wegen der Vortragssituation nervös war oder aus einem anderen Grund.«

»Also wirkte er doch nervös?«

»Ja, hm, ich weiß nicht.«

»Okay! Haben Sie die Zuhörer beobachtet, ist Ihnen einer besonders aufgefallen?«

»Nein, ehrlich gesagt, habe ich nicht wirklich auf die anderen geachtet. Ich kenne hier ja auch niemanden. Wenn ich natürlich geahnt hätte, dass …«

Wieland lächelte sie an. »Schon gut.«

Plötzlich stockte das Gespräch. Jana spielte mittlerweile mit ihrem Handy. Der Hauptkommissar war mit seinen Notizen beschäftigt.

»Doch«, durchbrach Jana die Stille, »etwas war seltsam.«

»Ja?« Hauptkommissar Wieland wurde hellhörig.

»Zum Ende seines Vortrages sagte Herr Tewes etwas Seltsames.«

»Und zwar?«

»Wer glaubt, er würde die Dinge nicht genau hinterfragen, der würde sich irren. So, oder so ähnlich.«

»Nun gut, das sagt man vielleicht so, um …«

»Nein, da war etwas in seinem ganzen Verhalten, eine Art Warnung. So als meinte er damit eine ganz bestimmte Tatsache, vielleicht auch eine bestimmte Person.«

»Hm, Sie meinen, er hat damit etwas ganz Konkretes sagen wollen?«

»Ja, so als wisse er etwas, das er anzweifle, nicht glaube, so in der Art.«

»Hm. Und dazu könnte vielleicht das aufgeregte Gespräch später am Abend passen, meinen Sie?«

»Denkbar.«

»Gut, aber wir müssen wie üblich vorgehen. Nach Motiven in seinem unmittelbaren Umfeld suchen. Seine Frau muss ich auch noch sprechen.«

»Sie haben das noch nicht?«

»Nein, sie ist im Kurzurlaub und kommt erst heute Abend wieder.«

Hauptkommissar Wieland lehnte sich zurück und unterdrückte ein Gähnen.

»Irgendwie ein eigenartiger Zufall, dass ausgerechnet Sie den Toten gefunden haben«, überlegte er.

Jana verkrampfte sich innerlich. Was dachte er?

»Wie kamen Sie eigentlich ausgerechnet auf Ahrweiler als Urlaubsziel? Es ist ja wirklich ein ziemlicher Zufall.«

Was wollte er damit andeuten? Von dem Zwischenfall in Köln konnte er nichts wissen, oder doch?

»Frau Vogt? Habe ich Sie mit meiner Frage irgendwie … irgendwie in Verlegenheit gebracht?« Jana spürte zum ersten Mal eine gewisse Besorgnis in seiner Stimme.

»Nein, nein«, sie wollte sich nichts anmerken lassen. »Der Herbst ist einfach eine gute Zeit für einen Urlaub an der Ahr. Ich wandere gerne, und wegen des Hundes passt das gut. Außerdem ist es nicht weit von Köln. Denn am Wochenende will ich zur Geburtstagsfeier meines Patenkindes fahren.«

»Aha, dann bleiben Sie nur bis zum Wochenende?«

Jana schüttelte den Kopf. »Ich komme wieder.«

»Ungewöhnlich …«, bemerkte der Hauptkommissar und nahm dann den Faden wieder auf. »Ja, es ist wirklich nett hier. Wir sind früher oft an den Wochenenden von Koblenz zum Wandern und Weintrinken ins Ahrtal gefahren.«

Wen er wohl mit »wir« meinte, schoss es Jana durch den Kopf. »Simone, meine Freundin, schwärmte so von der Landschaft, die sie mit Südfrankreich oder Korsika verglich«, fügte sie noch hinzu.

»Stimmt«, bestätigte Hauptkommissar Wieland.

»Ja, zum Beispiel auch dort, wo wir heute Herbert Tewes gefunden haben.«

»Ja, da auch …«

In diesem Moment öffnete sich die Tür zum Frühstücksraum und Hans von Hagen, der Inhaber des Hotels, betrat mit einem Tablett in den Händen den Raum. Er reichte den beiden je ein großes Stück Rotweinkuchen und eine Tasse Kaffee.

»Ach, danke, Herr von Hagen. – Sagen Sie, bei Ihnen gab es doch am Dienstagabend, also gestern, einen Vortrag, oder?«

»Ja, richtig. Schlimme Sache das, schlimme Sache … Das mit Herrn Tewes. Wer konnte denn ahnen, dass …«

Hauptkommissar Wieland blickte ihn irritiert an. »Ja, der Tod kommt oft unverhofft«, belehrte er.

Jana belustigte diese süffisante Bemerkung. Sie musste allerdings auch gleich an den Ausspruch der Alten denken.

»Und was war das Thema des Vortrags?«, fragte Wieland weiter.

»Was? Ach ja, das Thema. Das Thema war«, Hans von Hagen blickte an die gegenüberliegende Wand, dort, wo ein alter Stich des Obertores hing, vermutlich um sich an den genauen Wortlaut zu erinnern. »Das Thema war: Das Kloster Marienthal und seine Verbindungen nach Ahrweiler.«

»Und wer war der Veranstalter?«

»Na wir, das Hotel.«

»So, und warum? Gab es einen besonderen Anlass oder machen Sie das häufiger, Vorträge anbieten? Solche Vorträge richtet doch eher die Volkshochschule aus.«

»Na, weil hier im Hotel früher die Verwaltung des Klosters Marienthal ihren Sitz hatte. Im alten Klosterrather Hof.«

Jana hatte dieses Detail während des Vortrags gehört. Die Information war wohl eher für Einheimische bedeutsam. Deshalb hatte sie auch nicht weiter darüber nachgedacht und sie als eine Randnotiz betrachtet. Eventuell gab es hier jedoch sogar einen ersten Anhaltspunkt für ein Motiv. Irgendwie hatte sie da so ein Gefühl …

»Haben Sie zufällig eine Liste mit den Teilnehmern des Abends?«, fragte Hauptkommissar Wieland.

»Nun ja, schon, aber die ist vermutlich nicht vollständig. Ich hole sie Ihnen.«

Jana war sich nicht sicher, aber sie meinte, ein leises Zucken im rechten Auge des Hoteliers beobachtet zu haben, während dieser – wohl in Erwartung weiterer Fragen – zunächst noch unschlüssig dastand.

»Jetzt?«, wollte der Hauptkommissar wissen.

»Sie meinen jetzt sofort?«

»Genau.«

Wortlos machte sich Hans von Hagen mitsamt Tablett auf den Weg zur Tür, entdeckte vor dem Verlassen des Raumes noch ein Gedeck auf einem Frühstückstisch, das er leise vor sich hin schimpfend mitnahm.

Kaum war die Tür ins Schloss gefallen, flüsterte Jana: »Wieso bedient denn der Chef selbst?«

»Ich hatte ihn vorhin gebeten, uns etwas bringen zu lassen und bei mir vorzusprechen. Vielleicht fand er es praktisch, den Servicedienst gleich selbst zu übernehmen.«

»Aha.« So ganz überzeugte Jana diese Erklärung nicht. »Vielleicht möchte er auch die Kontrolle über das, was Sie erfahren, behalten. Ein Angestellter hätte möglicherweise etwas ausgeplaudert. Haben Sie bemerkt, dass er irgendwie verunsichert wirkte, als Sie ihn nach der Liste fragten?«

Hauptkommissar Wieland nickte. »Ja, das ist mir nicht entgangen. Das muss nichts zu bedeuten haben, dennoch …« Er machte eine Pause. »Dennoch glaube ich langsam, dass an dem Abend hier etwas vorgefallen sein muss. Trotzdem sollten wir uns nicht zu früh festlegen und das persönliche Umfeld von Herrn Tewes überprüfen. Ich werde nachher seiner Frau einen Besuch abstatten. Hoffentlich ist sie schon von ihrem Kurzurlaub mit ihrer Schwester zurück.«

»Mit ihrer Schwester?«

»Ja, das haben die Nachbarn erzählt.«

»Verstehe.«

In diesem Moment wurde die Tür aufgestoßen und

Herr von Hagen kam mit einem Blatt Papier wedelnd hereingestürmt.

»Hier ist sie!« Damit legte er die Liste zwischen Jana und dem Hauptkommissar auf den Tisch. »Ich habe die Namen einmal überflogen, einige fehlen, die habe ich dann noch von Hand nachgetragen, eben, also die, die mir noch einfielen.« Dabei reckte er sich, als wäre er stolz auf diese Leistung.

»Sehr gut. Danke«, entgegnete der Hauptkommissar ohne aufzublicken. »Äh, sagen Sie, Herr von Hagen. Wo waren Sie eigentlich nach dem Vortrag, so bis etwa zwei Uhr in der Nacht?«

Der Hotelier wich unwillkürlich einen Schritt zurück.

»Aha«, dachte Jana. Sie können den Todeszeitpunkt also doch schon näher eingrenzen. Der Hotelier strich mit beiden Händen seine Anzugjacke zurecht. Dann richtete er seine Manschetten, sodass diese jeweils einen Daumen breit unter dem Ärmel der Anzugjacke hervorblitzten.

»Nach dem Vortrag musste ich noch nachschauen, ob ordnungsgemäß aufgeräumt worden war. Gegen viertel vor elf bin ich dann in meine Wohnung gegangen.«

»Waren noch Leute im Raum, im Vortragsraum, meine ich, als Sie gingen?«

»Nein, da war niemand mehr. Aber die Unterlagen von Herrn Tewes lagen noch auf einem der Tische. Er war aber nicht im Raum, ich dachte, er sei vielleicht auf der Toilette. Ähm. Ja, war er vermutlich auch, jedenfalls kam er mir dann im Gang entgegen und ich bat ihn, das Licht zu löschen, wenn er geht.«

»Und Sie sind dann direkt in Ihre Wohnung gegangen?«

»Äh, nein, ich war noch an der Rezeption, habe kurz mit den Mitarbeitern der Nachtschicht gesprochen und dann bin ich in meine Wohnung.«

»Die wo ist?«

»Hier im Hotel, im Nebengebäude. Meine Frau schlief schon, als ich kam.«

»Bemerkte sie Ihre Rückkehr?«

Der Hotelier schüttelte den Kopf.

»Ich konnte ohnehin noch nicht schlafen und hörte dann im Wohnzimmer etwas Musik und trank ein Glas Rotwein.«

»Wurde Ihre Frau von der Musik nicht wach?«

»Nein, ich trage Kopfhörer, damit sie schlafen kann.«

»Sie hätten also noch einmal weggehen können, oder…?«

»Ja, theoretisch schon. – Sie wollen doch nicht etwa damit andeuten, dass Sie mich verdächtigen?«

»Nein, ich verdächtige niemanden, ich versuche mir nur ein Bild von den Geschehnissen des Abends zu machen. Also, machen Sie sich nicht allzu viele Gedanken. Sollte Ihnen allerdings noch etwas einfallen, etwas, das uns weiterhelfen könnte, dann«, damit reichte ihm Hauptkommissar Wieland seine Visitenkarte, »melden Sie sich bitte bei mir. Sie erreichen mich am besten über meine Mobilfunknummer. Im Dezernat bin ich wohl in den nächsten Tagen kaum anzutreffen«, ergänzte er müde.

Der Hotelier las mit versteinerter Miene die Daten auf der Visitenkarte.

»Das war es dann auch und vielen Dank für Kaffee und Kuchen. Ich bezahle das nachher noch.«

»Sie sind eingela…, ach, Sie dürfen sicher nicht …«, überlegte Hans von Hagen laut.

Hauptkommissar Wieland nickte stumm.

Da hatte sich der Hotelier schon umgedreht und verschwand durch die Tür.

»Frau Vogt, schauen Sie doch einmal auf die Liste. Gibt es da einen oder mehrere Namen, die Ihnen bekannt vorkommen?«

Jana zog das Blatt zu sich heran und begann zu lesen.

»Ich gehe derweil einmal auf die Toilette«, sagte Wieland und verließ den Raum.

Jana war verdutzt. Er ließ sie mit der Liste möglicher Zeugen allein. Vielleicht verbarg sich unter den Namen ja sogar die Person, die Tewes mit seiner kryptischen Aussage gegen Ende des Vortrages direkt angesprochen hatte. Und vielleicht auch der oder die Mörder. Ohne länger zu zögern, zückte Jana ihr Handy und machte ein Foto von der Liste. Sie fühlte sich in dem Moment zwar ein wenig unwohl. Andererseits gefiel ihr der Gedanke, selbst auf die Suche nach Tewes' Mörder zu gehen. Doch noch bevor der Hauptkommissar von seinem Toilettengang zurückkehrte, kamen ihr Zweifel. Neben den rechtlichen Konsequenzen bewegte sie noch etwas anderes: Würde ihr das wirklich guttun? Auch wenn die Vorstellung verlockend war, vielleicht sollte sie sich doch in den nächsten Tagen ablenken, statt sich mit Kapitalverbrechen zu befassen.

»Und, was sagen Sie zu den Namen auf der Liste?«

Wieland musste sich angeschlichen haben. Oder war Jana einfach nur zu sehr in Gedanken vertieft gewesen, um sein Kommen zu registrieren?

»Hm, ich weiß nicht«, Jana schob ihr Handy zur Seite. »Leider stehen ja nur bei wenigen Namen noch weitere Erläuterungen. Hier steht zwar ›Buchhandlung‹ hinter dem Namen und da steht ›Alexander Gründlig, Stadtarchivar‹. Aber ich wüsste nicht, wer das sein soll. Ich habe kein Bild der Personen vor Augen.«

»Das wäre ja mal ein Anfang. Wie lange bleiben Sie genau noch hier?«

»Na ja, noch bis nächste Woche. Ich wollte ja eigentlich mal so richtig ausspannen.«

»Ich möchte Ihnen aber nicht Ihren Urlaub ruinieren. Nur, wenn Sie etwas mitbekommen, würden Sie mich dann informieren?« Dabei schob er seine Visitenkarte über den Tisch. Das hatte er jetzt nicht gesagt, oder? Offiziell inoffiziell, das ging doch nicht. Weder er konnte das verfügen, noch durfte sie sich darauf einlassen. Aber worum hatte er sie schon gebeten? Doch nur darum, ihm ihre Beobachtungen mitzuteilen.

»Aber nicht eigenmächtig handeln«, fügte er hinzu. Dann zückte er sein Handy.

Ob seine Sorge den dienstlichen Vorgaben galt oder sogar ihrer Person?

»Du kannst mich jetzt abholen, ich bin im Hotel Am Mühlenteich.« Offensichtlich telefonierte der Hauptkommissar mit seinem Kollegen, der ihn heute Vormittag nach Ahrweiler gefahren hatte. »Wo bist du? Das darf doch jetzt nicht wahr sein. Wie kommst du denn dazu, einfach zurückzufahren, ohne mir Bescheid zu geben? Ich habe was gesagt?« Der Hauptkommissar wurde ungehalten und dann änderte sich mit einem Mal seine Miene, so als habe er gerade eine Eingebung.

»Weißt du was, bleib wo du bist. Ich übernachte heute hier. Du kannst mir allerdings einen Gefallen tun und meiner Schwester das Auto zurückbringen, das ich mir heute geliehen habe. Der Schlüssel liegt in meiner Schreibtischschublade.« Nachdem er das Gespräch beendet hatte, legte er das Handy neben sein Notizbuch auf den Tisch.

»Nun brauche ich also ein Zimmer im Hotel. Wissen Sie, ob es ausgebucht ist?«

»Keine Ahnung«, erwiderte Jana, »aber mitten in der Woche bestehen sicher noch Chancen, ein Zimmer zu bekommen.« Irgendwie gefiel ihr der Gedanke, dass der Hauptkommissar in dieser Nacht auch im Hotel schlafen würde.

Abendliche Dunkelheit hatte sich über den Ort gelegt. Ihren Gedanken nachhängend, spazierte Jana mit Usti am Ahrufer entlang. Jetzt, nachdem sie endlich zur Ruhe kam, fingen ihre Gedanken an, Achterbahn zu fahren. Und das war nicht das, was sie wollte. Sie versuchte nicht an Donnerstag zu denken, nicht an das, was sie während ihres dienstlichen Einsatzes erlebt hatte. Ihre Hand wanderte zu ihrem Hals. Die Wunde unter dem Tuch juckte und erinnerte sie daran, dass alles noch frisch war. Und nun das: Kaum in Ahrweiler angekommen war sie mitten drin in den Mordermittlungen des Koblenzer Kollegen. Clemens Wieland, dieser Mann mit den unverschämt grün-braunen Augen. Hatte er sie wirklich gebeten, ihm Informationen zuzutragen? Oder hatte sie da etwas missverstanden? Sie war heute nach dem Gespräch mit ihm tatsächlich noch losgegangen, hatte aber nichts herausgefunden, was wohl auch besser war: Alexander Gründlig, der Archivar, dessen Name auf der Liste stand, hatte längst Dienstschluss gehabt. Und die Dame, die auf der Liste mit dem Zusatz »Buchhandlung« geführt wurde, hatte am Nachmittag laut Auskunft einer Kollegin frei. Die anderen Namen auf der Liste sagten ihr nichts.

Ganz bewusst inhalierte sie die septemberkühle Abendluft, als sie hinter sich ein Knirschen hörte. Da ging jemand über den Kiesweg des nahe gelegenen Friedhofs, auf dem fast geisterhaft einige Grableuchten flackerten. Sie erkannte die Silhouette eines Mannes, der aus dem Tor heraustrat und in ihre Richtung schaute, sich dann abwandte und an der Außenmauer des Friedhofes zurück in Richtung Innenstadt eilte. Da Usti sie weiterzog, setzte sie ihren Marsch stadtauswärts entlang des Ahrufers fort. In Höhe einer Fußgängerbrücke kam ihr ein junges Pärchen entgegen, das sich gemeinsam über das Display eines Smartphones beugte und keinerlei Notiz von ihr nahm, als es vorbeiging. Usti hob schnüffelnd die Nase. Kurze Zeit später widmete er sich schon wieder den Spuren am Boden.

Da, war da nicht ein Schlurfen? Jana drehte sich vorsichtig um, konnte aber außer dem sich entfernenden Pärchen niemanden sonst im Schein der Straßenlampen erkennen. Usti zögerte ebenfalls und wirkte verunsichert. Tatsächlich versuchte er Witterung aufzunehmen. Janas Herz begann schneller zu schlagen, ihre Hände zitterten ein wenig. Da! Was war das? War da nicht doch ein leises Atmen, das immer lauter wurde? Sie hielt die Luft an, so wie sie es am Abend in der Halle auch getan hatte. Außer ihrem eigenen Herzschlag hörte sie nichts. Mit einem Mal setzte in ihren Ohren ein heftiges Rauschen ein. Ihr wurde schwindelig und sie musste sich an einem Baum am Rande des Gehweges festhalten. Ihre Knie wurden weich.

»Ist Ihnen nicht gut?«, fragte wie aus dem Nichts kommend eine Stimme.

Jana erschrak und konnte nur mit Mühe einen Schrei unterdrücken. Sie wagte aufzuschauen und blickte in das spärlich erhellte Gesicht eines jungen Mannes.

»Oh, nein, alles ist gut«, keuchte sie, bevor sie sich vom Baum abstieß und losrannte. Usti folgte ihr ohne Murren. Sie rannte und rannte und merkte dabei nicht, wohin. Ihre Schritte, ihr lautes Atmen, ihr Herzschlag vereinigten sich zu einem unerträglichen Dröhnen in ihrem Kopf. Groß und mächtig tauchte schon bald das Ahrtor in ein unwirkliches, gelbes Licht getaucht vor ihr auf. Wie durch einen Schleier nahm sie die wenigen Leute wahr, die um diese Zeit noch unterwegs waren. Endlich fand sie die Kraft, ihre Schritte zu verlangsamen. Sie keuchte und versuchte, bewusst einzuatmen. Das Halstuch schnürte ihr die Luft ab. Sie lockerte es umständlich. Als ihre Hand die Stelle am Hals berührte, zuckte sie zusammen. Die Schnittwunde schmerzte und fühlte sich heiß an.

TAG 2

Die vergangene Nacht hatte es in sich gehabt. Sie hatte nach der Rückkehr von ihrem abendlichen Spaziergang als Erstes in den Spiegel geschaut, und was sie dort zu sehen bekam, gab Anlass zur Sorge: die Wunde am Hals hatte sich rot verfärbt und war angeschwollen. Entgegen jeder Vernunft hatte sie das Antibiotikum nicht eingenommen. Das rächte sich nun. Es blieb ihr wohl nichts anderes übrig, wenigstens jetzt mit der Einnahme der Tabletten zu beginnen, die sie aus einem unerfindlichen Grund doch eingepackt hatte. Doch die Schmerzen blieben vorerst, obwohl sie mit einem feuchten Tuch versuchte, die Wunde zu kühlen. An Schlaf war kaum zu denken. Dazu kamen noch die Bilder der vergangenen Tage, die sie nicht losließen. Wieder und wieder dieselben Bilder, dieselben Gefühle. Schmerzen, Bilder und dann dieses Rauschen in ihrem Kopf, eine verhängnisvolle Mischung! Usti war ihr unermüdlich wie ein Schatten gefolgt, sobald sie aufgestanden war und das Tuch zum Befeuchten unter den Wasserhahn im Badezimmer gehalten hatte. Seine Krallen klackten dabei jedes Mal auf den Badezimmerfließen. Legte sie sich hin, tat er es ihr gleich. Reckte sie den Kopf, reckte er den seinen. Gegen Morgen war Jana schließlich vor Erschöpfung doch noch eingeschlafen.

Beim Aufwachen fühlte sich die Wunde weniger heiß an und die Schwellung war glücklicherweise deutlich zurückgegangen. Dafür hatte sie Halsschmerzen und sich deshalb noch vor dem Frühstück einen Salbeitee aufs Zimmer bringen lassen. Das Rauschen in ihrem Kopf hatte ebenfalls nachgelassen, stattdessen hatte sie nun ein Dauerpfeifen im linken Ohr. Selbst nach dem Duschen. Nein, Jana ging es nicht gut.

Ein Morgenspaziergang durch die frische Septemberluft hatte ein wenig Besserung gebracht, aber nicht für Appetit gesorgt. Ein Kaffee war alles, was sie derzeit brauchte. An der Rezeption checkten gerade mehrere Geschäftsreisende aus und verbreiteten dadurch eine gewisse Unruhe. Jana hielt nach dem Hotelier Ausschau. Der war konzentriert bei der Arbeit, sodass sie keine Chance sah, noch einmal mit ihm über den Toten zu sprechen. Wieso hatte sie das überhaupt vor? Musste sie sich unbedingt einmischen?

Im Frühstücksraum befanden sich nur wenige Hotelgäste. An einem Tisch am Fenster saß Hauptkommissar Wieland, völlig vertieft in sein Notizheft. Ihr Herz schlug für einen winzigen Augenblick schneller. Sie zögerte, doch dann trat sie selbstbewusst an seinen Tisch.

»Guten Morgen, Herr Wieland, darf ich mich zu Ihnen setzen?«

»Ja, gerne, bitte«, er blickte auf. Ein Lächeln umspielte seine Mundwinkel.

Während sie überlegte, was sie sagen sollte, fiel ihr Blick auf die aktuelle Ausgabe des Köln-Bonner-Tagblattes, auf der sein Notizheft lag.

»Steht etwas drin?«

»Ja, allerdings«, murmelte der Hauptkommissar und zog die Zeitung unter dem Notizheft hervor, das dabei beinahe vom Tisch gerutscht wäre. Nachdem er die ersten drei Seiten umgeblättert hatte, drehte er die Zeitung zu ihr hin und zeigte mit dem Finger auf einen Artikel mit der Überschrift: »MORD – Im beschaulichen Ahrtal!«

»Oha!«

»Ja, online sogar schon seit heute Nacht zu lesen.«

Jana überflog den Artikel.

> **Ahrweiler.** Wanderer auf dem Rotweinwander-weg machten einen grausigen Fund: In den frühen Morgenstunden wurde abseits des Weges der Heimatforscher Herbert T. tot aufgefunden. Nach Mitteilung der Polizei liegt ein Gewalt-delikt vor, denn der Tote wies eine Stichverlet-zung auf. Ein Unfall kann ausgeschlossen werden. Weitere Angaben wollte der ermittelnde Hauptkommissar zum aktuellen Zeitpunkt nicht machen. Wir bleiben dran. – cn.

Glücklicherweise wurde der Nachname des Mordopfers nicht genannt. Vermutlich wusste dennoch jeder im Ort, um wen es sich bei »Herbert T.« handelte. »Typisch«, dachte Jana, denn sie kannte die Autorin des Artikels nur zu gut. Ihre Freundin Simone konnte Carola Neumann, für die das Kürzel »cn« stand, nicht ausstehen. Mit den Halbwahrheiten, die sie verbreitete, hatte sie schon mehr-fach die Arbeit der Kriminalpolizei behindert und sogar neue Ermittlungsstrategien erforderlich gemacht.

»Was soll ich dazu sagen? Die Neumann hat den Arti-kel geschrieben.«

»Sie kennen sie?«

»Ja, Simone Maxrath, meine Kollegin, ärgert sich regel-mäßig über die Dame. Ich kenne sie nur vom Sehen, wenn sie mal wieder an einem unserer Tatorte rumläuft, um

Informationen abzugreifen.« Jana verdrehte die Augen. Sie grübelte: Nein, gestern hatte sie sie definitiv nicht am Tatort gesehen. Irgendwer musste ihr die Informationen gesteckt haben.

»Das ist großer Mist, was da steht.« Der Hauptkommissar tippte auf den Artikel: »Wir wollten noch mit der Veröffentlichung warten. Und um wen es sich bei dem Mordopfer handelt, kann sich jeder denken, der sich einigermaßen auskennt. Und woher, verdammt, haben die die Art der Verletzung? Wer da geplaudert hat? Das macht uns die Ermittlungsarbeit jedenfalls nicht leichter.«

»Moment«, Jana zögerte. »War es wirklich eine Stichwunde?«

»Hm ...«

»Er wurde erstochen? Stimmt das also?«

»Hm ... Sieht so aus, aber der Abschlussbericht der Rechtsmedizin ist noch nicht da.«

»Und woher weiß die Neumann das?«, empörte sich Jana. »Oder hat sie sich das nur ausgedacht? Denn da stimmt ja einiges nicht. Der Fundort lag nicht unmittelbar am Rotweinwanderweg und der Zeitpunkt ist ebenfalls nicht richtig. Typisch für sie wäre, dass sie eine nicht gesicherte Todesursache angibt, nur um was zu schreiben.«

»Ich hatte schon den Verdacht, dass vielleicht Sie ...?«, murmelte der Hauptkommissar.

Jana war gekränkt und schüttelte vehement den Kopf. »Erstens habe ich gar keine Wunde gesehen und zweitens würde ich niemals ...«

»Schon gut. Am meisten ärgert mich, dass es sich so liest, als hätte ich ihr ein Interview gegeben. Da werde ich mir nachher noch was von meinem Chef anhören müssen. Zum Kotzen ist das jedenfalls, aber nicht zu ändern«, brummte der Hauptkommissar und legte seine Stirn in Falten.

»Hoffentlich lesen das Blatt nicht zu viele. Die ungenauen Angaben könnten mögliche Zeugenaussagen beeinflussen. Wenn ich die Dame erwische, bekommt die einiges von mir zu hören.«

»Wenigstens ist der genaue Fundort nicht angegeben. Was steht denn in der regionalen Tageszeitung?«, fragte Jana.

»Heute noch nichts. Ich brauch jetzt noch einmal einen Kaffee, sonst bekomme ich wirklich schlechte Laune!« Er stand abrupt auf und wäre dabei beinahe auf Usti getreten. »Huch, der ist ja auch hier«, grinste der Hauptkommissar. »Was ist eigentlich mit Ihnen? Möchten Sie nicht frühstücken? Soll ich Ihnen was mitbringen?«

»Nur einen Milchkaffee.«

»Sonst nichts?«

»Nein, meine Nacht war nicht so gut.« Kaum hatte sie das gesagt, ärgerte sie sich auch schon über sich selbst. Ihre Befindlichkeiten gingen den Hauptkommissar nichts an.

»Nichts? Dass Ihnen der Mord nahegeht, kann ich gar nicht glauben.«

»Nein, das ist es nicht, nicht wirklich …« Sie zögerte.

»Sie wollen nicht darüber reden, das verstehe ich.«

Nachdem Jana ihren Milchkaffee ausgetrunken hatte, schaute sie sich im Raum um. Der Hauptkommissar blätterte derweil wortlos ins seinen Unterlagen.

An den anderen Tischen saßen jeweils Einzelpersonen mittleren Alters in Anzügen – bis auf eine Ausnahme. Einige von ihnen trugen Namensschildchen mit dem gleichen Aufdruck. Ein älterer Mann mit grauen Haaren und einem Bierbauch stach aus dem Einheitsbild hervor. Während dieser hektisch und ungeschickt ein Frühstücksei löffelte, wartete Jana nur darauf, dass das Eigelb vom Löffel tropfen und auf seiner altmodischen und viel zu breiten Krawatte landen würde. Sie musste sich ein lautes Lachen verkneifen, als dann genau das geschah, und kicherte leise in sich hinein. Während der Hauptkommissar sie aus den Augenwinkeln beobachtete und verstohlen grinste, streifte Janas Blick einen der Anzugträger, der sie offensichtlich fixierte. Er musste ihre Reaktion auf das Missgeschick des alten Mannes genau mitbekommen haben. Ihr gefiel nicht, dass der Anzugträger sie nun offensiv anlächelte.

»Haben Sie«, riss Hauptkommissar Wieland sie aus ihren Gedanken, »eigentlich gestern noch mit jemandem von der Liste sprechen können?«

War das tatsächlich ihr Auftrag gewesen?

»Nein, ich …«

In diesem Moment klingelte sein Handy. Er blickte entschuldigend aufs Display. »Da muss ich drangehen, die Dienststelle. – Ja, Wieland – Bitte? Hm, ja, okay. Ich mache mich gleich auf den Weg.« Er legte nachdenklich das Handy auf den Tisch, nahm einen Schluck Kaffee und schüttelte den Kopf.

»Schlimm?«, fragte Jana teilnahmsvoll.

»Hm, schlimm nicht, aber merkwürdig. Frau Tewes rief gerade bei der Leitstelle an. Sie hat den Eindruck, dass bei ihr jemand in der Wohnung war.«

»Einbrecher?«

»Das werden wir jetzt mal klären. Sie kommen doch mit, oder?«

»Äh, ja … Ich?«

Ehe Jana noch etwas sagen konnte, lief sie auch schon neben Hauptkommissar Wieland durch Ahrweiler, Usti im Schlepptau. Sie hatte keine Gelegenheit gehabt, den Hund im Hotelzimmer zu lassen. Sie passierten soeben den Blankartshof, in dem sich das Archiv befand, vor dessen verschlossenen Türen sie gestern gestanden hatte. Weiter ging es über den kleinen Platz in die Ahrhutstraße, die sie rechter Hand zum Ahrtor führte. Kurz vor dem Torbogen sie nach links in eine kleinere Straße ein, die an der Innenseite der Stadtmauer lag. Der Hauptkommissar schien sich ziemlich gut auszukennen, so forsch war sein Schritt.

Vor einem der Häuser, das unmittelbar an die Stadtmauer gebaut war, stand ein Polizeiwagen. Das musste das Haus der Familie Tewes sein.

»Warten Sie bitte hier, Frau Vogt, ich kläre erst einmal, was geschehen ist.« Dabei berührte der Hauptkommissar sie wie zufällig am Ärmel.

Jana schaute ihm nach, wie er im Haus verschwand, und blieb draußen auf der Straße stehen. Hinter mancher Gardine meinte Jana einen Schatten zu erkennen. Wurde sie aus den Fenstern heraus beobachtet? Um in den Augen der Anwohner nicht allzu verdächtig dazustehen, begann sie, mit Usti einige Kunststückchen zu üben. Der Hund schien zu begreifen, dass es nicht wirklich um ihn ging. So lustlos, wie er mitmachte.

Es dauerte eine gefühlte Ewigkeit, bis der Hauptkommissar wieder aus dem Haus trat und sie in kurzen Worten wie selbstverständlich informierte. Es gebe keine sichtbaren Spuren für einen Einbruch, aber natürlich habe man an den üblichen Stellen wie etwa der Haustür Fingerabdrücke gesichert. Vom Täter stammten diese vermutlich nicht, wenn es überhaupt einen Täter gab.

»Wie? Das verstehe ich jetzt nicht«, überlegte Jana laut. »Wurde denn nun eingebrochen oder nicht?«

Der Hauptkommissar zuckte mit den Schultern. »Frau Tewes meint, dass heute Nacht jemand im Haus gewesen sei, während sie bei ihrer Schwester im Nachbarort übernachtete.«

»Was veranlasst sie, das zu glauben?«

»Dinge standen nicht so, wie sie standen, als sie das Haus verlassen hat.«

»Vielleicht der Schock?«, versuchte Jana eine Erklärung. »Oder … Haben Sie bei Tewes' Leiche seine Hausschlüssel gefunden?«

»Nein, der Mörder könnte damit in der Tat im Haus gewesen sein. Ich möchte mich sowieso ausführlicher mit Frau Tewes unterhalten. Kommen Sie mit?«

»Ich? Ich darf doch nicht einfach …« An dieser Stelle hätte sie Nein sagen müssen, das war ihr klar. Dienstrechtlich war das nicht in Ordnung. Aber wenn der Hauptkommissar schon wollte … Ihre Neugier siegte: »Und was ist mit Usti, darf er mit?«

»Ja, ich habe ihr erzählt, Ihr Hund sei ein Polizeihund und könne vielleicht eine Spur erkennen, die uns bisher nicht aufgefallen ist«, lächelte er. Ganz unrecht hatte der Hauptkommissar nicht. Airedale Terrier waren tatsächlich früher vielfach als Diensthunde bei der Polizei im Einsatz gewesen.

Beim Betreten des Hauses nahm Jana einen Geruch wahr, der ihr ungewöhnlich vorkam. Usti witterte auch etwas, denn er schnaufte und schnüffelte neben ihr mit erhobener Nase.

»Sie sollten Ihren Hund als Polizeihund ausbilden lassen«, flüsterte der Hauptkommissar, während er den beiden die Tür zum Wohnzimmer aufhielt. Jana konnte für eine Millisekunde seinen Atem auf ihrer Wange spüren. Im Wohnzimmer saß auf einer mittelbraunen Couch eine kräftigere Frau, die Jana auf Anfang 60 schätzte. Sie war gut, aber nicht modern gekleidet. Jedenfalls passte ihr Kleidungsstil zur gesamten Einrichtung: gepflegt, aber altmodisch. Die Regale, die alle Wände bedeckten, quollen über mit Büchern.

Kaum im Wohnzimmer angelangt, war Usti nicht mehr zu bremsen. Zentimeter um Zentimeter scannte er den Teppichboden ab. Es war offensichtlich, dass er einer Geruchsspur folgte. »Nur welcher? Wenn er doch nur reden könnte«, dachte Jana.

Sie stolperte ihrem Hund fast hinterher und versuchte dabei so professionell wie möglich zu wirken. Immer wieder blickte sie zu Frau Tewes, um die Regungen im Gesicht der Witwe zu deuten. Doch diese saß nahezu regungslos auf dem Sofa. Vermutlich hatte sie Beruhigungsmittel eingenommen. Mittlerweile war Usti im seitlich gelegenen, kleinen Arbeitszimmer angelangt.

»Entschuldigung«, murmelte Jana. Doch Frau Tewes reagierte kaum, sie saß wie versteinert auf ihrem Sofa. Während sie weiter ihr Papiertaschentuch knetete, lagen bereits kleine Papierkrümel auf ihrem dunkelgrünen Kostüm.

Usti zog vom wuchtigen Schreibtisch unverzüglich weiter zum Wandsafe. Darunter stand auf dem Boden an die Wand gelehnt ein Bild mit einer Ansicht des Kölner Doms. Der Safe war verschlossen, trug aber die typischen polizeilichen Ermittlungsspuren. Mit einem tiefen Schnaufen endete Ustis Spurensuche. Fragend schaute er sein Frauchen an: So etwas wie »Mission completed.

Alles klar?« war in seinen Augen zu lesen. Natürlich war Frauchen nichts klar. Aber sie vertraute darauf, dass Ustis Entdeckung später durchaus noch nützlich sein würde.

»Konnte Ihr Hund bestätigen, dass hier jemand Fremdes war?«, fragte die Witwe barsch, während ihr Jana gerade die Hand zur formellen Begrüßung entgegenstreckte.

»Nein, das können wir so nicht beantworten. Er folgte einer Spur, aber da wir ihn ja nicht mittels einer Vergleichsprobe losgeschickt haben, können wir dazu nichts sagen. Jemand ist allerdings zum Safe gegangen, dessen Spur er schon im Flur gewittert hat. Das kann aber auch ein Beamter gewesen sein oder Sie selbst«, erklärte Jana freundlich.

»Warum sind Sie dann überhaupt mit dem Hund hier?« Frau Tewes wirkte verärgert. Nicht etwa traurig oder schockiert über den Tod ihres Mannes. Jana überraschte diese Reaktion.

»Über unsere Ermittlungsmethoden können wir Ihnen im Detail leider nichts sagen, das verstehen Sie doch sicher. Dürfen wir uns einen Augenblick setzen, Frau Tewes?«, übernahm der Hauptkommissar wieder die Gesprächsführung. Mit einer Handbewegung deutete die Witwe auf zwei Sessel ihr gegenüber, sagte aber nichts mehr.

Während der Hauptkommissar nach und nach die üblichen tatrelevanten Fragen stellte, hörte Jana aufmerksam zu und beobachtete dabei genau Mimik und Gestik der Witwe. Sie sei seit Montag mit ihrer Schwester in Hamburg gewesen und erst gestern Abend mit der Bahn zurückgekehrt. Ein Bahnticket konnte sie vorzeigen, allerdings war dieses nicht abgestempelt worden. Sie habe nicht allein im Haus bleiben wollen und deshalb bei ihrer Schwester im Nachbarort Marienthal übernachtet. Als sie heute Morgen ins Haus zurückgekommen sei, habe sie den Eindruck gehabt, dass jemand hier gewesen sei. Ob etwas fehle, wisse sie nicht. Jedenfalls nichts von ihren eigenen Wertgegenständen. Was aus dem Besitz ihres Mannes fehle, könne sie nicht sagen. Das Bild habe sie selbst vom Nagel über dem Safe heruntergenommen, um nachzusehen, ob noch alles vorhanden sei. Nichts fehle, so glaubte sie zumindest.

Plötzlich schwang die Tür auf und eine resolut aussehende, rothaarige Frau, die wohl einige Jahre jünger als Frau Tewes war, betrat den Raum. In ihren Händen balancierte sie ein Tablett, auf dem eine Teekanne sowie mehrere Glastassen standen.

»Huch, ein Hund«, stellte sie konsterniert fest.

Der blickte nur kurz auf, klopfte dabei mehrmals mit seinem Schwanz auf den Teppichboden, bevor er seinen Kopf wieder auf seine Pfoten legte.

»Meine Schwester, Sibille Maurer«, stellte Frau Tewes die rothaarige Frau mit fester Stimme vor. »Und das ist Herr Wieland von der Polizei mit seiner Assistentin.«

Jana zuckte zusammen. »Assistentin. Das wird ja immer besser«, dachte sie. Währenddessen positionierte Frau Maurer gerade die Teekanne auf dem antiken Holztisch, nickte dabei distinguiert zuerst Jana, dann dem Hauptkommissar zu und goss den dampfenden, rötlich-braunen Tee in die Tassen. »Zucker, Milch?«, fragte sie in die Runde, was keiner wünschte. »Gut«, meinte sie und an ihre Schwester gerichtet: »Agnes, kommst du alleine klar? Ja?«

Die Witwe nickte, ohne ein Wort zu sprechen.

»Gut, dann fahre ich grad mal etwas einkaufen, dein Kühlschrank ist vollkommen leer, und du musst etwas essen.«

Ohne eine Reaktion ihrer Schwester abzuwarten, verließ Sibille Maurer den Raum. Keiner sagte etwas, stattdessen widmete sich jeder der drei seiner Teetasse. Schließlich war es der Hauptkommissar, der die Stille durchbrach: »Wir haben im Besitz ihres Mannes keinerlei Wertgegenstände gefunden, keine Schlüssel, kein Handy, keine Geldbörse. Ist hier im Haus vielleicht einer der Gegenstände?«

»Nein«, gab Frau Tewes kühl zur Antwort. »Geklaut also! Das wird ein Theater, sämtliche Karten sperren zu lassen. Das bleibt nun alles an mir hängen«, fügte sie hinzu.

Jana fand Frau Tewes' Reaktion ziemlich seltsam. Das mit den vermissten Wertgegenständen war zwar ärgerlich, aber was machte das schon im Hinblick auf das Verbrechen und den Tod ihres Mannes?

»Könnten Sie uns denn beschreiben, wie diese Gegenstände ausgesehen haben, um welches Handyfabrikat es sich handelte, und ganz wichtig, wir benötigen auch seine Handynummer«, erkundigte sich der Hauptkommissar. Wieland ließ sich zumindest nicht anmerken, wie er Frau Tewes' Reaktion einschätzte.

»Ich suche Ihnen das nachher raus«, entgegnete diese widerstrebend.

»Wir benötigen die Angaben so schnell es geht. Vor allem die Handynummer, damit wir das Gerät eventuell orten können, solange der Akku noch aufgeladen ist.«

»Schon gut.« Sie stand mit einem gequälten Blick auf und ging ins Arbeitszimmer, wo sie in den Schreibtischschubladen wühlte.

»Komisches Verhalten, finden Sie nicht auch?«, flüsterte Jana und rückte in ihrem Sessel etwas näher an den Hauptkommissar heran.

»Allerdings«, murmelte er, überlegte für einige Sekunden und rief dann in den Nebenraum, in dem Frau Tewes immer noch Schubladen öffnete und Papiere durchstöberte: »Sagen Sie, hatte Ihr Mann einen Laptop oder ein Notebook, eine Tasche, die er immer zu seinen Vortragsveranstaltungen mitnahm?«

»Was wollen Sie denn noch alles wissen?«, kam es schimpfend zurück.

Der Hauptkommissar und Jana sahen sich fragend an.

»Wieso ist sie so?«, zischte Jana.

»Entschuldigen Sie«, erhob der Hauptkommissar erneut seine Stimme und bemerkte dabei nicht, dass Frau Tewes bereits im Türrahmen stand. Als er sie registrierte, sprach er in Zimmerlautstärke weiter. »Wir wollen doch möglichst schnell den Mord an Ihrem Mann aufklären.«

Frau Tewes stieß sich vom Türrahmen ab, warf dem Hauptkommissar mit einem »Hier!« einen Zettel in den Schoß und ging zum Fenster. Mit einer Hand schob sie die Gardine zur Seite und blickte auf die Straße. Jana konnte erkennen, dass auf den Zettel eine Handynummer gekritzelt war.

»Wissen Sie, mir geht dieses Forschen, dieses sich in die Geschichtsbücher verbeißen, so auf die Nerven, das können Sie sich nicht vorstellen. Seit mein Mann in Rente ist, wird es immer schlimmer. Er ist, äh, war tagelang nicht ansprechbar, wenn er meinte, wieder etwas Sensationelles herausgefunden zu haben. Meine Güte, was soll denn an alten Akten und Dokumenten schon so sensationell sein? Ich hatte nie Verständnis für seine Forschungen, aber jetzt fing er noch an, alten Kram zu sammeln. Was soll ich nur mit dem ollen Driss, jetzt?«

Ihr Wutausbruch war echt und das erste Mal hatte Jana den Eindruck, dass die Witwe sich nicht verstellte oder versuchte, ihre Emotionen unter Kontrolle zu halten.

»Woran forschte Ihr Mann denn zurzeit?«, wollte sie wissen.

»Das war mir so egal«, antwortete Frau Tewes.

Wieder schauten sich Jana und der Hauptkommissar verwundert an. Noch fiel es Jana schwer, sich ein genaues Bild von Frau Tewes zu machen. Außerdem fehlten ihr einige Informationen über Herbert Tewes. Was wusste sie über ihn? Eigentlich nichts. Als habe der Hauptkommissar ihre Gedanken gelesen, fragte er weiter: »Ihr Mann war also bis zu seiner Pensionierung Lehrer für …?«

»Geschichte und Erdkunde«, antwortete Frau Tewes knapp.

»Und er war sein ganzes Berufsleben an der …«, er hatte mittlerweile sein Notizheft aus seiner Jackentasche hervorgeholt, in dem er nun Seite für Seite umblätterte, bis er offensichtlich fündig wurde, »ah ja hier, am Kurfürst-Konrad-Gymnasium tätig?«

»Ja, in den letzten 20 Jahren schon, davor ist er nach Remagen gependelt.«

»Gibt es Personen, die ihm nicht wohlgesonnen waren? Hatte er mit jemandem Streit? Gibt es innerfamiliäre Konflikte?«

Bei den ersten beiden Fragen nickte Frau Tewes nur stumm, bei der letzten schüttelte sie energisch den Kopf und schaute den Hauptkommissar dabei vorwurfsvoll an.

»Gibt es jemanden, der von seinem Tod profitieren könnte?«, wollte der Hauptkommissar weiter wissen, nicht ahnend, welche Reaktion er damit provozieren würde. Frau Tewes sprang von ihrem Platz auf dem

Sofa auf, den sie zwischenzeitlich wieder eingenommen hatte. Was folgte, war eine Schimpftirade. Der harmloseste Ausruf der Empörung war noch: »Sie denken doch nicht ernsthaft, dass ich meinen Mann umgebracht habe, oder noch besser, einen Auftragskiller bestellt habe, während ich mit meiner Schwester in Bremen, äh, in Hamburg war!«

Doch das war noch nicht alles. Frau Tewes wollte sich nicht beruhigen. Sie redete sich in Rage, was damit endete, dass sie Jana und den Hauptkommissar mit rudernden Armbewegungen aus ihrem Wohnzimmer scheuchte. »Und der Köter geht mit raus, aber zackig!«

Ehe sie sich versahen, hatte Frau Tewes die Haustür aufgerissen und sie nach draußen komplimentiert. Scheppernd fiel die Haustür ins Schloss.

»Sag mal«, schimpfte Jana, »die ist doch nicht ganz sauber!«

Der Hauptkommissar schüttelte den Kopf, während sie Frau Tewes drinnen noch immer fluchen hörten.

»Ich hab ja schon viel erlebt, aber das? Wir müssen uns dringend einmal eingehender mit der Frau beschäftigen«, entschied der Hauptkommissar.

»Was meinen Sie, können wir sie denn alleine lassen?«, überlegte Jana indes.

»Ich denke schon, ihre Schwester wird ja auch bald von ihrem Einkauf zurückkommen.«

Da konnte Jana ihm nur beipflichten. »Meinen Sie, der Täter hat sich mit Herrn Tewes' Schlüsseln Zugang zum Haus verschafft?«

»Gut möglich. Wenn, dann hat er etwas im Haus gesucht und vielleicht auch gefunden. Frau Tewes ist uns derzeit wahrlich keine Hilfe.«

»Vielleicht, ich meine nur, vielleicht gibt es ja doch einen Zusammenhang zu Herrn Tewes' Forschungen. Wenn ich an den Streit von Dienstagnacht im Hotel denke …«

»Gut, sehr gut. Ich wollte sowieso mit dem Archivar sprechen. Herr Tewes stand doch bestimmt mit ihm in Kontakt, um mit seinen Forschungen voranzukommen. Lassen Sie uns ihm gleich mal einen Besuch abstatten.«

Während sie sich also auf den Weg machten, war Jana mit ihren Gedanken bereits woanders. Welche Rolle hatte der Hauptkommissar für sie vorgesehen? Er kannte sie nicht und zog sie derart ins Vertrauen. Außerdem war Polizeiarbeit Ländersache, und hier war Rheinland-Pfalz zuständig. Und eigentlich war sie hier im Urlaub.

Sie waren erst wenige Schritte gegangen, da stupste sie der Hauptkommissar mit seinem Ellbogen zaghaft in die Seite: »Ist das da vorne nicht Frau Tewes' Schwester, die gerade durchs Ahrtor kommt?«

»Wo?«

»Na, die Frau mit dem Einkaufskorb.«

»Ja, stimmt, das ist Frau Maurer.«

»Die muss ich was fragen …«, und weg war er.

»Wir haben uns ja eben bei Ihrer Schwester gesehen …«, hörte Jana ihn sagen. Sie wartete lieber in einiger Entfernung. Das Gespräch dauerte nicht lange. Bereits nach zwei Minuten lief Frau Maurer mit gesenktem Blick an ihr vorbei, ohne sie zur Kenntnis zu nehmen.

»Hier stimmt was ganz gewaltig nicht«, konstatierte der Hauptkommissar, als er zu Jana zurückgekehrt war. »Irgendwas verheimlichen uns die beiden Damen.«

»Ja, Bremen …«, warf Jana ein.

»Wieso Bremen?«

»Frau Tewes sagte vorhin, sie sei in Bremen gewesen und verbesserte sich dann schnell, indem sie Hamburg nachschob. Es kann eine Freud'sche Fehlleistung gewesen sein. Ich vermute, dass die beiden uns nicht alles sagen.«

»Hm«, erwiderte der Hauptkommissar. »Es wird Zeit, dass wir jetzt mal vorankommen …«

»Wir?«

Nach der Begegnung mit Frau Maurer hatten sie dem Archivar einen Besuch im Blankartshof abgestattet. Alexander Gründlig, den Archivar, schätzte Jana auf Ende 20, höchstens Anfang 30. Sie konnte sich nicht erinnern, ihn unter den Zuhörern des Vortrages gesehen zu haben. Laut eigener Aussage war er am Abend jedoch dort gewesen. Nur einige Tage zuvor habe er Herbert Tewes im Archiv kennengelernt. Schon da habe Tewes ihm ins Gesicht gesagt, dass er nicht gerade viel von seiner Befähigung als neuer Archivar halte. »Er nahm mich nicht für voll«, erinnerte sich Gründlig.

Während des Vortrags sei ihm nichts Außergewöhnliches aufgefallen. »Auch keine Bemerkung?« Nein, auch keine Bemerkung, betonte er. Die meisten der schätzungsweise 20 bis 25 Personen habe er nicht gekannt. Lediglich mit einer Bibliotheksangestellten namens Rita Boom, einem weiteren Heimatforscher, dessen Namen ihm aber gerade nicht präsent sei, sowie mit der Buchhändlerin Elvira Dahlmann habe er zuvor Kontakt gehabt.

Etwas abseits, im Schutz eines Bücherregals, hatte Jana während der Befragung ihr Smartphone herausgeholt und war verstohlen die Namen der heimlich abfotografierten Teilnehmerliste durchgegangen. Dabei fiel ihr auf, dass ihr eigener Name nicht drauf stand. Möglicherweise waren also noch weitere Hotelgäste beim Vortrag gewesen, und es fehlten stattdessen wiederum einige der Angemeldeten. Die Liste war nicht vollständig.

Als Jana sich wieder zu beiden gesellte, erklärte der Archivar gerade, dass er erst vor einigen Monaten die Stelle angetreten habe. Ihm fehle deshalb, so räumte er ein, noch Detailwissen über die Ortsgeschichte. Und in den Bestand der Archivalien müsse er sich ebenfalls noch einarbeiten. Die vom Hauptkommissar benötigten Angaben über die Besitzverhältnisse der Weinberge könne das örtliche Liegenschaftsamt machen. Jana wusste, dass es um den Fundort der Leiche ging. Hilfsbereit versprach Alexander Gründlig jedoch, sich zu melden, sobald er historisches Kartenmaterial oder Flurkarten fände. Während der Hauptkommissar dieses Angebot kaum zu schätzen schien, sah Jana durchaus Ermittlungspotenzial. Sie wunderte sich selbst ein wenig über ihr neu erwachtes historisches Interesse.

Jana und Wieland waren im Begriff zu gehen, als Alexander Gründlig stutzte. Ihm war aufgefallen, dass Herbert Tewes sich während seiner wenigen Besuche im Archiv fast ausschließlich mit dem Kloster Marienthal beschäftigt hatte. Er nahm an, er habe sich auf den Vortrag vorbereitet. Und am Montag habe Tewes ein kopiertes Blatt aus einem Umschlag gezogen, während er mit der Durchsicht einer Chronik aus den Beständen des Archivs beschäftigt gewesen sei. Schließlich habe er mehrfach und recht hektisch etwas auf das mitgebrachte Blatt geschrieben. Nur kurze Zeit später sei er dann sehr überstürzt aufgebrochen, ohne sich von ihm zu verabschieden.

Jana stocherte nun schon eine ganze Weile mit ihrer Gabel in dem Salat mit Lachsstreifen herum, der appetitlich angerichtet vor ihr auf dem Tisch im Hotel Am Mühlenteich stand. Obwohl sie hungrig war, sie hatte zum Frühstück ja nur einen Milchkaffee getrunken, bekam sie kaum etwas herunter.

Erst vor wenigen Minuten hatte sich der Hauptkommissar eilig von ihr verabschiedet. Ein Kollege stand schon mit seinem Wagen auf der Straße vor dem Hotel, um ihn zur Dienstbesprechung in Koblenz abzuholen. Die Dinge mussten endlich ins Rollen kommen. Wieland erwartete den Bericht der Rechtsmedizin, um endlich Klarheit über die Todesursache zu haben. Er hoffte auf weitere Ergebnisse, die neue Anhaltspunkte bringen würden. »Ich freue mich, wenn Sie sich weiter für mich umhören, aber bitte sehr, sehr unauffällig«, hatte er ihr noch beim Einsteigen in den Wagen zugeflüstert.

Während sie also in ihrem Salat herumstocherte, erschienen vor ihrem geistigen Auge einzelne Bilder der vergangenen Stunden. Vor allem das Bild des Sacks mit der herausragenden Hand. Jana rutschte die Gabel aus den Fingern und es schepperte laut, als sie auf dem Boden aufschlug. Wie kam der Tote nur in den Weinberg? Jana schätze das Gewicht von Herrn Tewes anhand seiner Statur auf etwa 80, eher 90 Kilogramm. Wäre Frau Tewes, die sich so merkwürdig verhielt, dazu fähig, ihn in ein Auto und dann wieder herauszuwuchten und dort abzulegen? Wohl kaum. Die beiden Schwestern gemeinsam? Oder ein Komplize? Jana bückte sich nach der Gabel. Als sie den Kopf wieder hob, stand vor ihr eine Hotelangestellte.

»Ist etwas nicht zu Ihrer Zufriedenheit?«

Jana zuckte zusammen. »Nein, nein. Aber wäre es möglich, mit Herrn von Hagen zu sprechen?«

»Also ist doch etwas nicht zu Ihrer Zufriedenheit?«

»Oh nein, ganz und gar nicht. Ich wollte mich nur mit ihm unterhalten.«

»Ach so. Nein, heute wird das wohl nicht mehr gehen«, antwortete die Frau geschäftsmäßig.

»Nein? – Er hat sicher Termine«, hakte Jana möglichst unbedarft nach.

»Keinesfalls, er hat sich für den Rest des Tages abgemeldet.«

»Ah, ein Auswärtstermin.«

»Warum wollen Sie das wissen?«, fragte die Frau verunsichert.

»Oh, ich …«, ihr fiel keine sinnvolle Antwort ein. »Ach, das hat bis morgen Zeit.«

»Na ja, ob er morgen schon wieder da ist? Er hat sich nämlich heute Mittag krank gemeldet.«

»Danke, dann weiß ich Bescheid.«

Eigentlich hatte Jana mit Hans von Hagen noch einmal über die Ereignisse von Dienstagabend sprechen wollen. Hatte er womöglich etwas von der Auseinandersetzung zwischen Herrn Tewes und dem Unbekannten nach dem Ende des Vortrags mitbekommen? Vielleicht war er selbst ja sogar der Unbekannte? Das wäre doch plausibel, zumal er sich nun auffallend rarmachte. Ob das mit der Krankheit stimmte? Ausgerechnet jetzt? Ein Zufall? Hoteliers sind doch bekannt dafür, dass sie sich kaum einen Tag Auszeit gönnen. Und sein Alibi für die Tatzeit war ja mehr als wackelig. Wollte er nur in Ruhe eine neue Strategie entwickeln, um von sich abzulenken? Drei Verdächtige hatte sie jetzt schon, musste Jana feststellen. Frau Tewes und ihre Schwester und nun kam Hans von Hagen dazu. Während das Motiv bei den beiden Damen im familiären Umfeld zu suchen wäre, lag es beim Hotelier … ja wo, eigentlich? Nicht dass es sich um eine Gemeinschaftstat handelte so wie in Agatha Christies Kriminalroman »Mord im Orientexpress«? Beliebt schien Herr Tewes jedenfalls nicht unbedingt gewesen zu sein, wenn sie an die Schilderungen des Archivars dachte – der dann Verdächtiger Nummer vier wäre. Nein, so ging das nicht. Sie musste mehr herausfinden, ihre Tarnung als Touristin war Gold wert. Na also, sie hatte das Ermittlerfieber gepackt. Ihre Tarnung: Urlauberin. Und was machte man während seines Urlaubs? Wandern, Spazierengehen, im Café sitzen, Wein trinken, die Stadt besichtigen … Eine Stadtführung. Das war doch eine gute Chance, unverfänglich an interne Informationen zu gelangen. Sie erinnerte sich an einen Werbezettel für eine Stadtführung speziell für Hundehalter, der bei den Infomaterialien in ihrem Zimmer lag. Sie war sich sicher, etwas von regelmäßigen Terminen gelesen zu haben. War einer davon nicht sogar am Donnerstagnachmittag? Und heute war Donnerstag.

Auf dem Weg zu ihrem Zimmer schaute sie noch an der Rezeption vorbei. Neuerdings war es in ihrem Freundeskreis nämlich in, sich gegenseitig Postkarten statt digitaler Selfies zu schicken. Als sie die ausgewählten Postkarten bezahlen wollte, blockierte ein Hotelgast in dunklem Anzug den Tresen, auf dem sein Aktenkoffer lag. Der Anzugträger selbst beugte sich etwas zu vertraulich zu der jungen Hotelangestellten herüber, die ab und an leise kicherte. Als sie Jana bemerkte, hörte sie schlagartig mit dem Kichern auf.

»Ja bitte?«, fragte sie und strich ihren Blazer glatt.

Während Jana die Postkarten bezahlte, musterte der Anzugträger sie von der Seite. Er war der Mann, der sie am Morgen während des Frühstücks so eindringlich beobachtet hatte. Kaum hatte Jana die Rezeption verlassen, hörte sie den Anzugträger und die Hotelangestellte wieder tuscheln.

TAG 2 - NACHMITTAG

Die schlaflosen Stunden der vergangenen Nacht und die Aufregungen der letzten beiden Tage forderten ihren Tribut. Jana war entsetzlich müde. Auch wenn das Pfeifen in ihrem Ohr kaum noch wahrnehmbar war und die Wunde am Hals weniger schmerzte, fühlte sie mit einem Mal, dass sie der Realität nicht so einfach entfliehen konnte. Sie hatte Angst vor der Ruhe. Trotz der Müdigkeit würden sie die schlimmen Erlebnisse weiter verfolgen, wenn sie sich jetzt hinlegte. Um sich abzulenken, begann sie in der Ortszeitung zu blättern, die wohl das Housekeeping auf den Schreibtisch gelegt hatte. Usti schnarchte auf seiner Decke. Ihre Lektüre war nicht wirklich spannend. Die übliche lokale Berichterstattung. Bis sie zu einer Meldung kam, die sie interessierte: Das Hotel Am Mühlenteich hatte vor einigen Tagen eine Vier-Sterne-Auszeichnung erhalten. Auf dem veröffentlichten Foto strahlte Herr von Hagen über beide Wangen. Laut Bildunterschrift war das Foto am gestrigen Mittwoch aufgenommen worden, vermutlich zu der Zeit, als sie nach Marienthal unterwegs gewesen war. Die Uhr im Hintergrund jedenfalls zeigte 10.05 Uhr an. Sie blätterte weiter, es folgten Immobilienanzeigen, uninteressant. Moment, sie blätterte zurück, denn sie hatte eben eine auffällige, grün unterlegte Anzeige gelesen:

»Marienthal. Grundstück in Top-Lage sowie ehemalige Villa auf dem Gelände des Klosters zu verkaufen. E. S. Immobilien. Telefon …«

Marienthal! Da war es wieder. Sie nahm die Anzeige als ein Zeichen. Nicht nur dass es ihr dort im ehemaligen Kloster ausgesprochen gut gefallen hatte, auch Herbert Tewes hatte sich zu Lebzeiten intensiv mit dem Ort beschäftigt. Sie tippte sogleich die angegebene Telefonnummer in ihr Handy. Immobilienmakler kommen mit vielen Leuten ins Gespräch, kennen sich mit Liegenschaften aus und vielleicht sogar mit der Ortsgeschichte. Nur Sekunden später meldete sich eine Stimme. Eine sehr helle, junge Stimme. E. S Immobilien gehörte offensichtlich einer sehr jungen Eileen Schrömbgen. Sie vereinbarten einen Besichtigungstermin für den morgigen Freitag, 11.30 Uhr. Jana war gespannt, ob sie etwas Sachdienliches herausfinden würde. Ihre Müdigkeit war plötzlich wie weggeblasen. Sie musste nachdenken, und das konnte sie am besten bei einem Hundespaziergang.

Nach etwa zwei Stunden kehrte sie gut gelaunt nach Ahrweiler zurück. Sie und Usti waren eine größere Runde gegangen und dabei auch auf einem Teilabschnitt des Ahrsteiges, der südlich der Stadt verlief, gewandert. Immer wieder hatte sie an Aussichtspunkten Halt gemacht und den Anblick des Städtchens zu ihren Füßen genossen. Auf dem Rückweg kam sie an der Buchhandlung vorbei.

»Ist Frau Dahlmann heute hier?«, fragte sie die Angestellte, mit der sie bereits gestern Nachmittag gesprochen hatte.

»Oh, tut mir leid, da haben Sie wieder Pech. Sie hat heute Nachmittag ebenfalls frei.«

»Gut, macht nichts«, versuchte Jana ihre Enttäuschung zu verbergen. »Ach, da fällt mir etwas ein. Ich war vorgestern bei einem Vortrag von einem Herrn Tewes …«

»Oh, ja, ähm, wissen Sie, dass … äh …«

»Ja?«

»Ach – nichts.«

Jana wollte nicht weiter nachhaken, ihr war klar, dass die Buchhändlerin den Tod des Heimatforschers vor unbekannten Kunden nicht zur Sprache bringen wollte.

»Gibt es von Herrn Tewes vielleicht ein Buch über Ahrweiler oder – Marienthal?«

»Ja, ein Buch über die Ahrweiler Schulgeschichte, aber das Heft gibt es nicht mehr.« Sie zögerte und fuhr dann fort. »Er plante wohl, ein neues Buch zu schreiben.«

»Plante? – Wissen Sie auch, über welches Thema?«, fragte Jana neugierig weiter.

Die Buchhändlerin zuckte mit den Schultern. »Ich weiß es nicht, aber ich bekam neulich mit, dass er darüber mit unserer Chefin sprach.«

»Mit Frau Dahlmann?«

»Ja, genau.«

Jana musste endlich mit dieser Frau sprechen. Ein Blick auf die Uhr verriet ihr, dass sie sich beeilen musste, um nicht zu spät zur Stadtführung zu kommen.

Wenig später fand sie sich am Treffpunkt ein. »Marktplatz vor dem Eingang zur Kirche« hatte im Prospekt gestanden. Sie war so darauf bedacht, pünktlich zu sein, dass sie nicht bemerkte, dass sie bereits seit einiger Zeit beobachtet wurde.

Noch vier Minuten bis zum Beginn der Stadtführung. Die mittelalterliche Kirche strahlte im warmen Sonnenlicht.

Etliche Leute liefen geschäftig über den Platz. Manche hielten Einkaufstaschen in der Hand, wie eine ältere Dame mit schmuckem Hütchen, die aus einer Boutique in der Niederhutstraße kam. Was mochte wohl in der weißen Papiertasche sein? Jana musterte die Frau. Sicher ein Seidenschal oder eine schicke Bluse. Einige Meter weiter warf ein älterer Mann Briefe in den Postkasten. Ihr fielen die Postkarten ein, die sie zwar gekauft, aber noch nicht geschrieben hatte. Sie schaute sich weiter um: Vor den zahlreichen Restaurants und Cafés saßen vereinzelt Gäste, die die Strahlen der milden Septembersonne genossen. Eine Kellnerin in weißer Bluse und schwarzem Rock rückte Stühle vor einem Fachwerkhaus zurecht und grüßte mit einer Handbewegung einen älteren Herrn, als dieser an ihr vorbeiging. Vor einer Pizzeria ertönte Kinderlachen. Die kleinen Springbrunnen auf dem Marktplatz plätscherten, und die bunten Blumen in den Rabatten wiegten sich sanft im leichten Wind.

Eine wirkliche Idylle. Unvorstellbar, dass sie hier wegen eines Mordes ermittelte. Was hatte sie da gerade gedacht? Eine freundliche Frauenstimme riss sie abrupt aus ihren Überlegungen.

»Entschuldigung, warten Sie vielleicht auf mich?«, fragte eine Frau um die 40. »Ich bin die Stadtführerin Meike Jacob.«

»Oh ja, ich würde gerne heute teilnehmen. Mein Name ist Jana Vogt.«

»Entschuldigen Sie, normalerweise komme ich nicht so mit dem letzten Glockenschlag, sondern bin immer eine Viertelstunde vorher da. Aber heute … egal …« Sie beendete den Gedanken nicht mehr.

»Bin ich denn die einzige Teilnehmerin?«, wollte Jana wissen.

»Vielleicht kommt noch jemand, aber ich glaube eher nicht.« Die Stadtführerin blickte auf ihre Armbanduhr. Das hätte sie sich eigentlich sparen können, denn in diesem Augenblick läutete die Kirchturmuhr zur vollen Stunde. »Aber sonst bleiben wir zu zweit, ich meine zu dritt.«

Sie bückte sich und begrüßte Usti mit einem fröhlichen »Wer bist denn du?«. Der Angesprochene hüpfte einige Zentimeter in die Höhe.

»Das ist Sir Ustinov, der beste Detektiv aller Zeiten«, lachte Jana.

Meike Jacob grinste und streichelte sanft über Ustis Kopf.

»Ich habe auch einen Hund, eine schokobraune Labradorhündin, Gini. Woher kommen Sie, wenn ich fragen darf?«

»Aus Köln. Ich mache hier im Ahrtal einige Tage Urlaub. Wandern und so. In Marienthal waren wir auch schon, das ist ja ein ganz faszinierender Ort.«

»Soso, Marienthal, ja – also aus Köln stammen Sie – wollen wir beginnen?«

Auch wenn es Jana schwerfiel, sich hundertprozentig auf Meike Jacobs Erläuterungen zu konzentrieren, so blieben dennoch die wesentlichen Ereignisse, die sich in der jahrhundertealten Stadt Ahrweiler zugetragen hatten, in ihrem Gedächtnis haften. Dass Ahrweiler im Mittelalter eine der vier kurkölnischen Mithauptstädte gewesen war, beeindruckte sie ziemlich. Die vier Stadttore sowie die fast zwei Kilometer lange, noch heute existierende Stadtmauer stammten aus dem Mittelalter. Bei einem Stadtbrand im Jahr 1689 war ein großer Teil der Altstadt zerstört worden. Außerdem erfuhr sie, dass ein Ahrweiler Bürger namens Georg Kreuzberg die Quellen von Neuenahr entdeckt und damit die Gründung des Bades im 19. Jahrhundert erst ermöglicht hatte. Und dass der Mühlenteich so hieß, weil im rheinischen Dialekt ein Teich ein fließendes und kein stehendes Gewässer war. Und dass mit dem Wasser des Mühlenteichs, der von der Ahr abzweigte, im Mittelalter und den folgenden Jahrhunderten mehrere Mühlen betrieben wurden. Dass das nördlichste Tor, das Adenbachtor, beim großen Stadtbrand von 1689 etwa zur Hälfte zerstört und erst in den 1970er-Jahren wieder vollständig aufgebaut worden war. Und dass die Steine in dessen Tordurchfahrt vom Drachenfels im Siebengebirge, also von der anderen Rheinseite stammten. Dass die ab 1269 erbaute St.-Laurentius-Kirche, zu der sie im Verlauf der Führung noch einmal zurückkehrten, die älteste gotische Hallenkirche im Rheinland war. Dort, vor einem der Seitenportale der Kirche, begegnete den beiden ein älterer Mann, der Meike Jacob freundlich grüßte. Jana war froh über eine kurze Pause, denn seit fast einer Stunde prasselten schon Geschichtsdaten, Anekdoten, Informationen über Baustile und wichtige Persönlichkeiten auf sie ein. Der Mann trug einen knallroten Sommerpullover. Ein wenig unorthodox für einen Mann im Rentenalter, fand Jana.

»Hallo, Herr Knies«, rief ihm die Stadtführerin zu.

»Hallo, Meike, alles klar?«

»Moment«, dachte Jana, der Name kam ihr bekannt vor. Richtig, ein Herr Knies hatte auf der Teilnehmerliste gestanden, ein Karl Knies, um genauer zu sein. Aber dieser Herr war an dem Abend definitiv nicht dort gewesen. Sicher handelte es sich auch nicht um ein und dieselbe Person, den Nachnamen gab es bestimmt häufiger. Nachdem sie wieder mit Meike Jacob allein

war, fragte sie unbekümmert, ob der Herr auch als Stadtführer tätig sei.

»Nein, das ist Herr Knies, früher war er *der* Journalist hier im Ort. Seitdem er im Ruhestand ist, ist er, ist er,
hm, etwas anhänglich. Ihm ist vermutlich langweilig. So
recherchiert er jetzt trotzdem weiter und schreibt Leserbriefe, viele Leserbriefe. Leserbriefe über den Abriss alter
Häuser, die Verkehrsführung, Parkplatzprobleme und
seit Neuestem auch über unsere Museen und erst kürzlich auch über das Archiv …«, sie hielt inne. Offensichtlich bemerkte sie, dass sie im Begriff war, auf Jana wie eine
Tratschtante zu wirken – oder hatte das plötzliche Ende
ihrer Aufzählung einen anderen Grund? Gab es etwas,
das sie wusste und Jana nicht wissen sollte? Mittlerweile
waren sie vor einem urigen Fachwerkhaus in einer Seitenstraße angekommen. Zu gerne hätte Jana wenigstens noch
versucht, den Vornamen des Ex-Journalisten in Erfahrung
zu bringen, aber dazu bekam sie keine Gelegenheit mehr.

»Hier ist ein nettes Weingut mit einer gemütlichen
Weinstube. Bei schönem Wetter sitzen die Leute gerne
im Innenhof, so wie heute«, leitete die Stadtführerin das
Gespräch wieder zu den eigentlichen Inhalten der Führung über. Anhand des angeregten Gemurmels, das hinter
dem Hoftor erklang, war klar, dass das, was die Stadtführerin berichtete, auch zutraf. Hinter dem großen Hoftor
musste es ziemlich fröhlich, vermutlich weinselig zuge-
hen. Janas Konzentrationsfähigkeit ließ von Minute zu
Minute nach. Usti hatte bestimmt auch schon genug von
dem ewigen Stop-and-go. Zu ihrer Erleichterung hatten
sie nun fast das Obertor erreicht.

»So«, fuhr Meike Jacob im Gehen mit den Erklärungen fort, »wir gehen nun noch ein Stück am Mühlenteich

entlang, über die Schützbahn, und beenden unsere Führung dann am Ahrtor. Hier stehen wir nun vor dem Hotel Am Mühlenteich.«

Ein gutes Stichwort.

»Wären Sie sehr enttäuscht, wenn wir hier, an meinem Hotel«, Jana zeigte auf ihre Unterkunft, »die Führung beenden würden? Ich bin müde, und Usti hat Hunger.«

»Es hat Ihnen aber doch gefallen, oder?«

Auch wenn Meike Jacob nicht so klang, hatte Jana schon den Eindruck, dass sie sie mit ihrer Bitte doch etwas vor den Kopf gestoßen hatte.

»Ja, wirklich, ich habe viel erfahren, vielen Dank«, fügte Jana deshalb eilig hinzu.

»Gut, dann danke ich Ihnen und wünsche Ihnen noch einen schönen Aufenthalt. Wenn Sie einmal eine Begleiterin für eine Wanderung benötigen, können Sie mich ja gerne anrufen«, verabschiedete sich Meike Jacob, nahm das von Jana hingehaltene Honorar dankend entgegen und streichelte Usti zum Abschied noch einmal über den Kopf.

TAG 2 – SPÄTER NACHMITTAG

Wenn Usti nicht wieder einmal so stur gewesen wäre, dann säße sie jetzt schon ganz relaxt in ihrem Hotelzimmer. Stattdessen kauerte sie im Durchgang des Obertores und lauschte. Nach der Führung hätte sie nur wenige Schritte bis zum Hoteleingang zurücklegen müssen. Doch Usti hatte Gefallen an den Gerüchen im Sockelbereich der Stadtmauer gefunden. Er hatte sich regelrecht festgerochen. Kein Zureden half, und mit Ungeduld kam man bei dem eigensinnigen Terrier sowieso nicht weiter. Doch es hatte sein Gutes, denn Jana bekam durch seine Sturheit gerade die einmalige Gelegenheit, einer erhellenden Begegnung beizuwohnen. Laut »Meike!« rufend rauschte nämlich ein junges Mädchen auf einem Fahrrad an ihr vorbei. Meike Jacob, die Stadtführerin, lief gerade durch die Hauptdurchfahrt des Obertores aus der Stadt hinaus und drehte sich nach der Ruferin um. Jana versteckte sich instinktiv hinter der Mauer, die die Durchfahrt von dem seitlichen Fußgängerdurchgang trennte.

»Hallo, Lucie«, sagte Meike Jacob überrascht.

»Grüß dich, Meike«, ertönte Lucies hohe, helle Stimme. »Hast du schon gehört? Der Mann von Frau Tewes wurde ermordet«, sagte sie und stieg vom Fahrrad.

»Ja, schrecklich, nicht? Die ganze Stadt spricht davon«, entgegnete Meike Jacob betroffen.

»Ja, stell dir vor, der Bruder meines Freundes, der hat doch Nachhilfe in Deutsch bei ihr.«

»Ich gehe mal davon aus, dass sie nun sicherlich in der nächsten Zeit keine Nachhilfestunden mehr anbieten wird«, vermutete Meike.

»Ja, stimmt, wahrscheinlich. Hör mal, glaubst du, dass Frau Tewes was damit zu tun hat?«, wollte Lucie wissen.

»Ich kenne sie ja nicht persönlich, aber, ne. Wieso meinst du?«, fragte Meike Jacob verwundert.

»Ach, der Vater von Lars sagte wohl, dass sie gar nicht mehr zu Hause wohnte. Stell dir vor, sie war ausgezogen.«

Jana wurde hellhörig. Das würde ihr seltsames Verhalten am Morgen erklären.

»Ach komm, Lucie, Gerüchte.«

»Ne, echt, die wohnt nicht mehr zu Hause. Und stell dir vor, ausgerechnet wenn sie angeblich im Urlaub ist, wird ihr Mann ermordet.« Das Wort »angeblich« zog sie beim Sprechen deutlich in die Länge.

»Lucie, du willst doch nicht etwa sagen, dass …«

»Das wäre doch die beste Lösung … für sie.«

»Lucie, bitte, was ist denn das für ein Unsinn?«

»Egal«, antwortete Lucie schnippisch. »Jedenfalls will Lars' Vater nicht, dass Jannik in der nächsten Zeit mit ihr Kontakt hat, bis die Sache aufgeklärt ist.«

»Also echt, Lucie, das ist doch wohl etwas übertrieben, findest du nicht?«, warf Meike Jacob ein.

»Na ja, okay, ich bin dann mal weg«, rief Lucie leicht verschnupft und wendete unbeholfen ihr Rad.

»Äh, ja, tschüss, Lucie«, sagte Meike Jacob. Lucie hatte offensichtlich eine andere Reaktion ihrer Bekannten erwartet.

Kaum waren Lucie und Meike Jacob außer Sichtweite, trat Jana aus dem Schatten des Durchgangs hervor. Es wurde erneut peinlich: Kein anderer als der Anzugträger aus dem Hotel stand nur wenige Meter von ihr entfernt vor dem weinumrankten Torbogen des Hotels Am Mühlenteich und lächelte sie wissend an. Dieses Lächeln ging ihr langsam, aber sicher auf die Nerven.

»Na, hallo! Nun sehen wir uns also schon zum dritten Mal heute. Wenn das kein Zufall ist«, säuselte er.

Ihr war nicht wirklich wohl bei dem Gedanken, dass er sie beobachtet hatte. Was mochte er über sie denken? Verlegen hob sie ihre Hand zum Gruß und murmelte »So ein Mist!«, ohne ihre Lippen dazu zu bewegen. Sie wollte nur noch weg, aber so leicht ließ der Anzugträger sie nicht ziehen und streckte ihr stattdessen seine Hand entgegen.

»Ich bin Jens Scheuermann«, stellte er sich selbstbewusst vor.

»Ja, hallo. Mein Name ist – Jana Vogt«, entgegnete sie leise und gab ihm nur zögerlich die Hand. Ustis Sympathie für den Fremden hielt sich ebenfalls in Grenzen. Ungeniert drängte er sich zwischen die beiden. Zu nahe durfte der Anzugträger seinem Frauchen auf keinen Fall kommen.

»Waren Sie ein wenig auf Sightseeingtour?« Jens Scheuermann grinste. Dabei wurden zwei strahlend weiße Zahnreihen sichtbar. »Gebleachte Zähne«, dachte Jana.

»Ja, ich war auf einer Stadtführung«, antwortete sie verunsichert.

»So, so«, kommentierte er süffisant lächelnd.

Der kleine Brunnen rechts des Eingangs plätscherte fröhlich vor sich hin. Was wollte der Typ nur von ihr? Nach Small Talk stand ihr nicht der Sinn. Außerdem schwirrten die vielen Informationen, die sie heute gesammelt hatte, in ihrem Kopf umher und zogen ziemlich selbstständig ihre Kreise.

»Ach, schade, dann kann ich Ihnen ja gar nichts mehr zur Stadtgeschichte erzählen, wenn Sie eh schon alles wissen«, fügte er hinzu und zog beide Augenbrauen zweimal in Folge nach oben.

Wie doof das aussah. Und eine plumpe Anmache war das noch dazu. Jana drehte sich zum Hoteleingang und flüsterte Usti ein »Komm!« zu, um weiteren Anmachversuchen zu entkommen. Doch Jens Scheuermann ließ sich nicht beirren.

»Ich kann Ihnen jetzt zwar nichts mehr von Ahrweiler zeigen …«, plapperte er weiter.

»Aber vielleicht die Welt, wie?«, dachte Jana.

»… aber vielleicht mögen Sie ja später noch etwas mit mir essen gehen? Abends ist es mir im Hotel doch ein wenig langweilig, so ganz allein«, fügte er leise hinzu.

Seine Stimme hatte plötzlich alle überheblichen Zwischentöne verloren. Er wirkte auf einmal fast schon unsicher und verlegen. Vielleicht ging sie zu hart mit ihm ins Gericht, weil sie bereits etliche Männer ähnlicher Couleur kennengelernt hatte? Vielleicht versteckte dieser Jens Scheuermann seine Unsicherheit auch nur hinter dieser Art von Bemerkungen? Außerdem würde ihr ein wenig Ablenkung guttun. »Warum eigentlich nicht mit ihm essen gehen?«, dachte sie und verwarf all ihre Bedenken.

»Warum eigentlich nicht«, hörte sie sich da auch schon antworten.

»Oh, das freut mich.« Jens Scheuermann trat wie ein Schuljunge von seinem rechten auf sein linkes Bein. Er schien nicht mit dieser positiven Reaktion gerechnet zu haben.

»Wann und wo?«, entgegnete Jana möglichst emotionslos. Eins musste ihm klar sein: Mehr als ein Abendessen würde definitiv nicht drin sein.

»Nachher, um acht Uhr? Wir treffen uns an der Rezeption und gehen dann ganz zwanglos hier im Ort eine Kleinigkeit essen«, schlug er vor.

Sie hoffte, dass der Abend einigermaßen unverkrampft und wirklich »zwanglos« verlaufen würde.

»Gut, wir sehen uns dann.«

Mittlerweile hatten sie den Innenhof des Hotels durchquert. Ihre Verabschiedung fiel unbeholfen aus. Während Jana den Hoteleingang ansteuerte, war wieder ein Augenpaar auf sie gerichtet. Dieses Mal waren es nicht Jens Scheuermanns Augen.

TAG 2 – ABEND

Ganz sicher hatte sie nicht vorgehabt, sich aufzubrezeln. Wieso um alles in der Welt tat sie es dann doch? Um Jens Scheuermann zu gefallen? Die weiße Bluse wollte sie nicht umsonst mitgenommen haben, und gegen ein wenig mehr Make-up sprach eigentlich nichts. An ihren Ohrläppchen baumelten modische Ohrringe, die beim Wandern störten. Die bewundernden Blicke von Jens Scheuermann jedenfalls taten ihr gut, als sie diesem um Punkt acht Uhr an der Rezeption gegenüberstand. Auf dem kurzen Weg über den Marktplatz bis zum Restaurant Alte Kellnerey plauderten sie über dieses und jenes. Das letzte Licht des Tages war der einkehrenden Nacht gewichen. Die Alte Kellnerey war ein stattliches Fachwerkgebäude, das schon so manches städtische Ereignis miterlebt haben musste. Vor dem Eingang luden Tische zum Verweilen ein.

»Wollen wir hier oder lieber drinnen Platz nehmen?«, fragte Jens Scheuermann zuvorkommend.

»Gerne erst einmal hier draußen«, antwortete Jana, die frische Luft vorzog und seit Neuestem unbekannte Räume in den Abend- und Nachtstunden eher mied. Sie setzte sich mit dem Rücken zum Gebäude, obwohl ihr Jens Scheuermann einen anderen Stuhl weiter vorn zurechtrückte und nun ein wenig überrascht dreinblickte.

»Woher kommen Sie eigentlich, Frau Vogt?«, begann Jens Scheuermann das obligatorische Kennenlerngespräch. In Jana weckte diese Art der Gesprächseröffnung ungute

Erinnerungen. Zu oft hatte sie solche Gespräche geführt mit Männern, die sie mal sympathischer, mal weniger sympathisch fand. Es war jedes Mal das Gleiche: Engagement auf beiden Seiten, der Versuch dem anderen zu gefallen oder bei Nichtgefallen wenigstens höflich zu sein. Meistens blieb es dann bei dem einen Gespräch, weil man merkte, dass man sich außer Floskeln nicht viel zu sagen hatte oder die Chemie nicht stimmte. Und in der Vergangenheit hatte die Chemie so manches Mal überhaupt nicht gestimmt …

»Woher kommen Sie?«, wiederholte ihr Gegenüber seine Frage. War es das erste oder sogar das zweite Mal, dass er nachhakte?

»Ich? Aus Köln«, antwortete sie gedankenverloren. Warum saß sie hier mit diesem fremden Mann? Sie hätte die Einladung vermutlich gar nicht angenommen, wenn sie nicht diese ungewohnte Angst vor dem Alleinsein im Hotelzimmer verspürt hätte. Was tagsüber kein Problem darstellte, erwies sich mit dem Eintreten der Dunkelheit als beängstigend.

Jens Scheuermann fragte indes weiter: »Kennen Sie denn die kulinarischen Spezialitäten der Region?«

Sie schüttelte den Kopf, statt zu antworten. Tatsächlich kannte sie außer dem Rotweinkuchen keine anderen regionaltypischen Gerichte.

»Mögen Sie denn vielleicht einmal einen Döppcheskooche probieren?«

»Ja, davon habe ich sogar schon gehört«, raffte sich Jana auf.

»Wissen Sie, ein Topfkuchen aus Kartoffeln mit Zwiebeln und Speck. Hier serviert man ihn noch mit Apfelmus und Mettwürstchen«, erklärte er und machte dabei ein wichtiges Gesicht.

Jana schluckte. Irgendetwas an Jens Scheuermann war ihr suspekt. Aufstehen und gehen, sagte eine innere Stimme. Doch sie wollte höflich bleiben. Sie hatte Hunger, und es wartete nur das einsame Hotelzimmer auf sie – und natürlich Usti.

»Das hört sich doch gut an«, versuchte sie ihr letztes bisschen Höflichkeit hervorzaubernd auf seinen Vorschlag einzugehen.

Er grinste vielsagend. Sein Blick gefiel ihr nicht: eindeutig zu begehrlich und aufdringlich. Sie hielt für einen Moment den Atem an, mit einer Hand hatte sie schon die Sitzfläche des Stuhls ergriffen. Sollte sie doch lieber gehen und ihren Hunger ignorieren? Als die Kellnerin kam, bestellte Jens Scheuermann ganz selbstverständlich je eine Portion Döppcheskooche sowie eine Flasche Frühburgunder »für uns«. Zu spät! Vielleicht sollte sie das Essen einfach genießen, ebenso die spätsommerliche Altstadtatmosphäre. Während sie mehr oder weniger still dasaß und ihre Blicke über den abendlichen Marktplatz wandern ließ, mühte sich Jens Scheuermann redlich, einen Zugang zu ihr zu finden. Dabei war er allerdings nicht sehr geschickt und erzählte drauflos, vor allem von sich selbst.

»Wissen Sie, ich bin hier in Ahrweiler geboren«, verkündete er stolz. »Welch ein Zufall, dass mein Seminar in dieser Woche ausgerechnet in Ahrweiler stattfindet, so kann ich die Orte meiner Kindheit und Jugend aufsuchen. Und alte Freunde und Bekannte besuchen, wenn auch gerade heute Abend niemand Zeit hatte.«

Bevor er weiter ausholen konnte, machte sich sein Smartphone, das er auf den Tisch gelegt hatte, mit einer unsäglichen Melodie bemerkbar. Ohne sich bei ihr für die

Unterbrechung zu entschuldigen, nahm er das Gespräch entgegen.

»Scheuermann, ja, genau, das ist eine ganz neue Entwicklung aus unserem Haus …«

Jana rutschte unruhig auf ihrem Stuhl hin und her. Die Minuten vergingen, und er telefonierte und telefonierte. Sein Gespräch drehte sich um Medikamentennamen, mögliche Nebenwirkungen, Testreihen und Werbestrategien. Jana hatte von all dem keine Ahnung. Lange würde sie es hier nicht mehr aushalten. Glücklicherweise kam die Kellnerin mit dem dampfenden Döppcheskoochen an ihren Tisch. Es duftete nach Speck, Gewürzen, Zwiebeln und Kartoffeln. Hatte Jens Scheuermann ihre Anwesenheit bereits vergessen? Wenn er so unhöflich war, in ihrer Gegenwart ein Dauertelefonat zu führen, dann konnte sie auch so unhöflich sein, mit dem Essen zu beginnen. Trotzig ließ sie ihre Gabel in das Gericht eintauchen. Eine herrliche Duftwolke entströmte der Spezialität. Nebenan ertönte fröhliches Gelächter. Jana blickte unwillkürlich dorthin und erkannte unter den Gästen am Nebentisch Meike Jacob.

»So!« Endlich hatte Jens Scheuermann sein Telefonat beendet. Als ob er in der nächsten Minuten mit einem weiteren Anruf rechnen würde, legte er sein Smartphone neben seinen Teller. »Also, guten Appetit«, murmelte er.

Vergebens wartete Jana auf eine Entschuldigung für seine Unhöflichkeit. Mit einer inneren Genugtuung las sie in seinem Gesicht, dass ihn die Temperatur seines Gerichtes wenig erfreute: Mittlerweile hatte der Döppcheskoochen ausgedampft und war nun allenfalls lauwarm. Erst jetzt schien er zu realisieren, dass Jana beim letzten Bissen angelangt war, was ihm ein peinlich berührtes »Oh!« entlockte.

Zu spät, dachte Jana. »Wir werden keine Freunde mehr. Du hattest deine Chance!« Ab sofort mied sie direkten Augenkontakt mit ihrem Gegenüber und ließ ihren Blick umherschweifen. Zu ihrer Rechten bemerkte sie eine Frau, die zielstrebig den Durchgang bei der Alten Kellnerey ansteuerte. Hinter der Hausecke schien eine Person auf sie zu warten, der sie einen großen Briefumschlag entgegenstreckte. Jana vergaß fast, ihren letzten Bissen herunterzuschlucken, und musste husten. Die verdeckte Person nahm den Umschlag entgegen, es wurden einige Worte gewechselt, die sie nicht verstehen konnte. Kurz darauf verabschiedete sich die Frau, drehte sich um und verschwand hinter der Tür zur Tiefgarage. Briefumschlag! Jana forschte in ihrem Gehirn nach, in welchem Zusammenhang erst kürzlich von einem Briefumschlag die Rede gewesen war. Ja, das war es: Alexander Gründlig, der Archivar, hatte davon berichtet, dass Herbert Tewes bei seinem letzten Besuch im Archiv einen Briefumschlag bei sich gehabt hatte. Allerdings gab es Briefumschläge wie Sand am Meer. Warum sollte gerade jener unter den Augen Janas den Besitzer wechseln? Trotzdem erinnerte sie diese Begebenheit an den aktuellen Mordfall. Was der Hauptkommissar wohl gerade machte? Ob er mit den Ermittlungen vorankam?

»Und hat es Ihnen denn geschmeckt?«, fragte unterdessen Jens Scheuermann, und Jana landete unsanft wieder in der langweiligen Realität.

»Ja, schon, doch, sehr gut sogar«, erwiderte sie eher beiläufig, aber wahrheitsgemäß.

»Prima, das freut mich.«

Außer Floskeln hatte Jens Scheuermann nicht viel mitzuteilen. Das änderte sich jedoch im Laufe der nächsten

Minuten schlagartig und zwar mit jedem Glas Rotwein, das er in kürzester Zeit in sich hineinkippte. Jana kam kaum mit dem Zählen hinterher. Ein Genussmensch war er definitiv nicht. Dafür lockerte der Alkohol seine Zunge, und er wurde richtiggehend redselig:

»Was machen Sie denn hier so? Urlaub?«, wollte er wissen.

»Wie lange bleiben Sie noch?«

»Sind Sie alleine hier?«

»Was haben Sie schon besichtigt?«

»Wo ist Ihr Hund?«

»Was machen Sie beruflich?«

Jana wurde fast schwindelig. Sie gab sich redlich Mühe, mit seinem Fragetempo Schritt zu halten. Lag seinem Vorgehen etwa ein geschickter Schachzug zugrunde? Denn wirklich zum Nachdenken darüber, was er fragte und sie antwortete, kam Jana nicht. Erst bei der Frage nach ihrem Beruf wurde sie stutzig. Hatte sie sich nicht vorgenommen, keinesfalls ihre Tätigkeit bei der Polizei zu verraten? Sie hätte sich vorher eine unverfängliche Antwort überlegen sollen. Ihr Zögern blieb auch ihrem Gegenüber nicht ganz verborgen. Doch dann hatte sie den zündenden Einfall: »Ich bin Fotografin, ja, genau, Fotografin. Und was machen Sie so beruflich? Was ist denn das für ein Seminar, an dem Sie teilnehmen?«

»Ich bin Pharmareferent und wir veranstalten hier ein Seminar zum Thema ›Psychosomatische Erkrankungen‹. Das Seminar hat am Dienstag begonnen und geht noch bis morgen Mittag.«

Er war also Pharmareferent. Dass das Seminar sich mit psychosomatischen Erkrankungen befasste, überhörte sie hingegen geflissentlich. Nicht dass er da noch etwas ansprach, worüber sie keinesfalls nachdenken wollte. Also schnell das Thema wechseln. Was hatte er vorhin erzählt? Dass er in Ahrweiler geboren war? Informationen sammeln. Ja, genau, das war doch ihre Mission. Heimatforscher wie Tewes beschäftigten sich mit der örtlichen Geschichte. Vielleicht konnte er ihr ja etwas über die Geschichte Ahrweilers mitteilen, was sie nicht wusste. »Fangen wir doch einmal mit dem Gebäude hier an«, dachte sie, während ihr wie zur Bestätigung die Worte von Hauptkommissar Wieland in den Ohren klangen: »umhören« und »unauffällig«. Also los: »Wissen Sie zufällig, warum das Haus hier Alte Kellnerey heißt?« In Erwartung seiner Antwort nippte sie genießerisch an ihrem Rotweinglas.

»Oh, warten Sie mal«, er stellte sein Weinglas ab. »Da muss ich mal scharf nachdenken. Oh je, mein Schulwissen, das ist schon lange her. Doch, da war was. Ahrweiler gehörte schon im frühen Mittelalter zur Abtei Prüm in der Eifel. Und damals wurden Abgaben eingetrieben«, er überlegte wieder, »ja, und ich glaube hier in dem Gebäude wurden damals die Pachterträge dokumentiert. Eine Kellnerey hatte nichts mit einem Ausschank zu tun, hm …« Ihm schien offensichtlich nichts Weiteres dazu einzufallen. Dann grinste er auf einmal fast wie ein kleiner Junge. »Wissen Sie, hier nebenan, das ist die Zehntscheuer«, er deutete auf ein lang gezogenes Haus mit einem hohen Walmdach direkt nebenan, »darin sammelte man früher den Zehnt, also, wissen Sie, die Abgaben.«

Jana wusste, was ein Zehnt war.

»Und mein Familienname, also das ›Scheuer‹, kommt auch daher, also von Scheune.«

Langsam wurde es spannend. Gut, dass Jens Scheuermann gerne Rotwein trank.

»Sie können mir doch bestimmt etwas über das Kloster in Marienthal erzählen?«, versuchte sie so unverfänglich wie möglich zu fragen.

»Wieso wollen Sie etwas über das Kloster wissen?« Er machte eine Pause, deren Grund Jana nicht deuten konnte. »Übers Kloster Marienthal, so, so.« Er überlegte eine Weile, dann zeigte er auf ihren Hals: »Ein schönes Tuch tragen Sie übrigens.«

Wieso sprach er sie auf das Halstuch an?

»Echt schön, es steht Ihnen wirklich gut.«

Verdammt, was sollte dieses Ablenkungsmanöver? War er betrunken oder wollte er nur keine Auskünfte über das Kloster geben? Oder konnte er das einfach nicht? Während Jana noch grübelte und sein Verhalten einzuordnen versuchte, tat er etwas, was sie nicht erwartet hatte: Hastig trank er sein Glas aus und rückte seinen Stuhl nach hinten.

»Frau Vogt, soll ich Sie noch zum Hotel zurückbringen? Ich müsste mich noch etwas auf morgen vorbereiten.«

»Ich bleibe noch etwas sitzen. Den Weg finde ich allein. Es ist ja wirklich nicht weit«, entschied sie trotzig.

»Ich zahle drinnen. Sie sind eingeladen. Dann noch einen schönen Abend.« Er reichte ihr seine Hand.

»Oh, danke«, murmelte sie. Doch das hörte er schon nicht mehr. Immer wenn es um Marienthal ging, wurden die Leute merkwürdig einsilbig. Was hatte das zu bedeuten? Während sie noch weiter darüber nachdachte, stolperte Jens Scheuermann aus der Tür hinaus und verschwand in Richtung Hotel. Jana schüttelte den Kopf.

»Hallo, Frau Vogt?«, ertönte in diesem Augenblick eine Frauenstimme. Am Nebentisch winkte Meike Jacob. Sie saß dort zusammen mit einer jüngeren Frau und einem älteren Herrn. »Setzen Sie sich doch zu uns.«

Jana entschied kurzerhand, der Einladung zu folgen. Als sie an den Tisch trat, stieg ein ungutes Gefühl in ihr auf: Nur ein einziger Platz war frei und der Stuhl stand mit der Lehne zum Marktplatz hin. Ein ungeschützter Rücken, das war nicht das, was sie ertragen konnte. Während sie noch unbeholfen an ihrem Halstuch zupfte, stand der ältere Mann auf, klopfte dreimal auf die Tischplatte und verabschiedete sich mit einem »Tschö, die Damen!«. Wenn er ging, konnte sie bleiben, denn auf diesem Stuhl hatte sie Rückendeckung durch das Gebäude.

»Darf ich vorstellen, das ist Frau Vogt, das ist Nicole Knies«, erklärte Meike Jacob.

Knies, einen Inhaber des Namens hatte sie heute bereits kurz kennengelernt.

»Ihren Vater«, Meike Jacob deutete auf das Mädchen, »haben Sie ja vorhin schon gesehen.«

»Ach, mein Vater war wieder in der Stadt unterwegs?«, hakte Nicole neugierig nach. »Wann war denn das?«

»Wieso willst du das denn so genau wissen?«

»Familienkram«, antwortet Nicole knapp. Mit einer Handbewegung stellte sie klar, dass sie dazu nichts weiter ausführen wollte.

»Woher kennt ihr euch?«

»Frau Vogt war heute mein einziger Gast bei der Donnerstagsführung.«

»So?«

»Ja, mit ihrem Hund. Ein ganz Süßer. Ah ja und da haben wir auch deinen Vater gesehen.«

Nicole rollte die Augen.

»Nicole ist auch Stadtführerin.«

»Vor allem an den Wochenenden und während der Semesterferien«, fügte Nicole hinzu. »Ich studiere Geschichte an der Uni Bonn.«

»Ja, und außerdem will sie demnächst noch ein Buch rausbringen, stimmt doch, Nicole, oder?«

»Pst, das ist doch noch top secret«, flüsterte sie.

Warum sollte das noch keiner wissen? Moment. Jetzt fiel es Jana wieder ein, natürlich. Sie hatte Nicole in der ersten Reihe sitzen sehen, als sie am Dienstagabend den Vortragsraum des Hotels Am Mühlenteich betreten hatte. Und war es nicht auch Nicole gewesen, die nach Beendigung des Vortrages noch eine Weile mit Herbert Tewes gesprochen hatte? Ja klar. Jana versuchte, sich noch deutlicher zu erinnern: Wie hatten die beiden auf sie gewirkt? Nicole hatte eifrig, fast schon aufgeregt und mit heller Stimme geredet. Herbert Tewes war zeitweise alles andere als erfreut über sie gewesen. Er hatte erst leise, dann immer lauter und energischer gesprochen. Leider konnte Jana sich nicht erinnern, worüber sie gesprochen hatten. Hatte er sich später erneut mit Nicole gestritten? Nein, die Stimme, die sie aus dem Vortragsraum gehört hatte, war eindeutig männlich gewesen …

»Frau Vogt?«

»Äh, ja?«

»Wir hatten gerade gefragt, ob Sie noch ein Glas Wein trinken möchten?«, wiederholte Meike Jacob die Frage, die sie offensichtlich verpasst hatte. Erst jetzt bemerkte sie die Kellnerin an ihrem Tisch.

»Ja, gerne. Danke.«

»Früh- oder Spätburgunder? Trocken oder halbtrocken«, wollte die Kellnerin wissen. Jana überforderte die Frage. Sie schaute hilfesuchend zu Meike Jacob.

»Nehmen Sie den Spätburgunder, den wir auch haben, der ist sehr lecker.«

Aus dem einen Glas wurde ein zweites, aus dem zweiten ein drittes. Zusammen mit dem, das sie zum Döppcheskoochen getrunken hatte, machte das vier Gläser. Jana war definitiv keinen Alkohol mehr gewöhnt und zum Antibiotikum, das sie eingenommen hatte, passte das wirklich nicht. Sie plapperte jedenfalls in einer Tour. Was hatte sie noch über ihren Job erzählt? Hatte sie wirklich »freie Fotografin« gesagt? Hatten sie über das Verbrechen an Herbert Tewes gesprochen? Sie wusste es definitiv nicht mehr, als sie gegen Mitternacht den Weg zurück zum Hotel einschlug. Ihre Schritte hallten auf dem Kopfsteinpflaster. Die kühle Luft war angenehm, dennoch begann sie zu frösteln. Es war nicht weit, beruhigte sie sich. Plötzlich, sie wollte gerade in die Oberhutstraße einbiegen, tauchte wie aus dem Nichts die Silhouette eines Mannes vor ihr auf. Sie zuckte zusammen. Sicher nur ein Gast der Weinstube, der auf dem Nachhauseweg ist, sagte sie sich. Doch statt ihr aus dem Weg zu gehen, baute sich der Mann vor ihr auf. Sein Gesicht blieb im Dunkeln.

»Passen Sie doch auf!«, fuhr er sie an. Das war keine zufällige Begegnung. Jana machte sich zum Angriff bereit. Noch einmal wollte sie sich nicht überrumpeln lassen. Sie schaute sich um, während sie drei Schritte zurückwich. Kein Komplize, diesmal. Aber wo war jetzt der Mann? Er war einfach verschwunden, wie vom Erdboden verschluckt. Nur der Hauch seines Aftershaves hing noch in der Luft.

»Scheiße«, murmelte sie vor sich hin. »Verdammte Scheiße!« Dann ging sie los, beschleunigte ihr Tempo.

Sie sah ihn nicht, aber sie merkte, dass dieser Mann ihr in einiger Entfernung bis zum Hoteleingang folgte.

Sie öffnete mit zittrigen Händen ihre Zimmertür, die nur eine Sekunde später mit einem dumpfen Ton ins Schloss fiel. Jana hielt die Luft an und lauschte hinter der verschlossenen Tür nach draußen. Sollte sie nicht doch nachsehen? Die Tür einen Spalt öffnen? Nein! Ihr Herz raste, ihr Atem war kaum zu kontrollieren. Sie keuchte, als wäre sie einen Marathon gelaufen. Was war nur los mit ihr? »Scheiße«, dachte sie, »verdammte Scheiße!« Sie versuchte mit nur einer Hand den Knoten an ihrem Halstuch zu öffnen, um besser Luft zu bekommen. Es gelang ihr erst nach dem dritten Versuch. Erst jetzt nahm sie überhaupt ihren Hund wahr, der vor ihr stand und sie mit großen Augen anschaute. Sein in einem unregelmäßigen Takt hin und her wedelnder Schwanz verriet seine Unsicherheit. Hunde spüren emotionale Veränderungen. Auch Jana war klar, dass sie nicht mehr länger so tun konnte, als ginge es ihr blendend. Aber sie war doch ein Profi. Sie hatte eine fundierte Ausbildung bei der Polizei genossen, konnte mit Waffen umgehen und hatte in Köln selbstverständlich mit dem einen oder anderen Kriminellen direkt zu tun gehabt. Und nun so etwas. Ein Mann jagte ihr in einer idyllischen Kleinstadt einen solchen Schrecken ein. Hatte sie überreagiert, weil sie an einer posttraumatischen Belastungsstörung litt? Allein schon dieses Wort. Sie wollte diesem Wort keinen Raum in ihren Gedanken einräumen. Usti schniefte laut, schnüffelte vorsichtig an ihrer Hand, drehte sich daraufhin um und legte sich mit einem tiefen Grunzen auf seine Decke. Jana ließ sich auf den Sessel fallen und kam langsam wieder zu sich. Die Wirkung des Alkohols hatte deutlich nachgelassen, aber dafür war das Pfeifen im Ohr wieder da. Plötzlich fiel ihr wieder ein, dass sie es vollkommen versäumt hatte, dem Hauptkommissar die Speicherkarte zu geben. Sie war also immer noch im Besitz der Tatortfotos. Sie könnte ja noch einmal einen Blick darauf werfen, vielleicht würde sie weiterführende Anhaltspunkte finden. Oder sogar die eine oder andere Person darauf wiedererkennen. Nein, sie hatte dazu einfach keinen Nerv mehr. Sie wollte duschen und dann schlafen. Endlich schlafen und alles vergessen.

TAG 2 – MITTEN IN DER NACHT

Der Druck war unerträglich. Sie musste diesen Druck loswerden. Aber sie war wie gelähmt. Ihre Beine waren völlig unbeweglich, ebenso ihre Arme. Ihr gesamter Körper war schwer wie Blei. Spürte sie ihre Zehen? Ihre Fingerspitzen? Sie wusste es nicht. Doch! Sie tastete mit ihren Fingern und bemerkte, dass sie etwas zu fassen bekam, das sich wie Gewebe anfühlte, ein sehr grobes Gewebe. Rings um sie herum war dieses Gewebe. Sie versuchte mit den Beinen zu strampeln, sie spürte die Bewegung, aber sie konnte mit ihren Beinen keinen Halt finden. Dieses Gewebe schloss sie ein. Verdammt! Sie war in einem Sack gefangen. Ihr Herz raste, sie bekam kaum Luft, so stickig war es hier drinnen. Es roch muffig. Wonach? Plötzlich hörte sie ein Geräusch, wie wenn Gewebe riss. Das Gewebe um sie herum wurde eingerissen. Zwei riesengroße Augen glotzten sie an. Sie kamen immer näher, diese glotzenden Augen. Dann erhob sich wie aus dem Nichts eine Hand und holte weit aus. Ein Messer raste silberglänzend auf sie zu ...

»Hilfe«, murmelte sie verzweifelt. »Hiiiiilfe« – Jana wurde von ihrem eigenen Schrei wach. Statt eines groben Sackes fühlte sie eine weiche Bettdecke. Sie hatte nur geträumt. Sie knipste das Nachttischlicht an. Usti, der zu ihren Füßen auf dem Boden lag, hatte seinen Kopf gehoben und sah sie mit geweiteten Pupillen an. Ein Traum, nur ein Traum. Sie war erleichtert, wenn auch geschockt über die Intensität der Bilder. So extrem hatte sie nur als

Kind geträumt, vor allem wenn sie Fieber hatte. Aber was war das? Vor ihrem Zimmer hörte sie Schritte, dann ein Rascheln. Stille. Sie zog die Bettdecke über ihre Schultern. War etwas zu hören? Nichts außer Ustis Schnüffeln. Instinktiv knipste sie das Licht wieder aus. Etwa im gleichen Moment stand der Vierbeiner von seiner Decke auf und ging zur Tür. Dort versuchte er laut schnaufend Gerüche unter dem Türspalt einzusaugen. Auf einmal ertönte ein einziges Bellen, ein durchdringendes, warnendes Bellen. Draußen vor der Tür entfernten sich Schritte in Richtung Treppenhaus. Einfach nachzusehen, um den Grund für Ustis Bellen zu verstehen, wäre naheliegend gewesen. Aber sie schaffte es nicht, die Tür zu öffnen. Sie wusste selbst nicht, ob es am Eindruck des Traumes lag oder eine Nachwirkung des Kölner Vorfalls war. Andererseits spürte sie, dass sie verfolgt und beobachtet wurde. Nur warum? Und von wem? War dieses Gefühl vielleicht doch nur ein Produkt ihrer Fantasie? Usti hatte doch nicht grundlos so energisch gebellt, davon war sie überzeugt. Wenn sie ihren eigenen Empfindungen nicht trauen konnte, so jedoch Ustis Spürsinn. Sie befreite sich von ihrer Bettdecke und ging zum Fenster, das auf den Hof hinausging. Und tatsächlich: Im Licht der gedimmten Leuchten sah sie wenig später eine Gestalt aus dem Hotel kommen und über das Pflaster zur Straße rennen. Es war eine männliche Person, mehr konnte sie nicht erkennen. War es die Person, die gerade vor ihrer Zimmertür gestanden hatte?

Sie fand in der Nacht kaum noch Schlaf. Immer wieder horchte sie, ob draußen im Korridor irgendetwas vor sich ging. Auch Usti lief in dieser Nacht zunächst lange unruhig im Zimmer umher, bis er sich gegen Morgen auf seine Decke legte.

TAG 3

Durchs Fenster begrüßte sie der neue Tag mit einem strahlend blauen Himmel. Kleine weiße Wölkchen schwebten unbekümmert über dem Ort. Janas Kopf schmerzte, in ihrem Ohr pfiff es schlimmer denn je. Selbst nach dem Duschen wurde es nicht besser. Eigentlich müsste sie jetzt mit Usti rausgehen, aber irgendwie stand sie völlig neben sich. Eine irrationale Angst vor der Welt da draußen machte sich in ihr breit. So konnte das nicht weitergehen. Zeigte sich jetzt die von Mertens geschilderte Belastungsstörung mit voller Wucht? Nein, das durfte sie nicht zulassen. Sie nahm Usti an die Leine und ging aus dem Zimmer. Am anderen Ende des Korridors stand bereits der Wagen des Housekeepings.

Draußen angekommen, merkte sie direkt die wohltuende Wirkung der frischen Luft. Mit jedem Schritt fühlte sie sich entspannter, freier. Hier und da beleuchteten die morgendlichen Sonnenstrahlen Dachfirste und einzelne Hauspartien. Zusammen mit den Schattenbereichen ergaben sich hübsche kontrastreiche Bilder. Blumenarrangements auf den Plätzen und vor einzelnen Gebäuden setzten freundliche Farbtupfer. Die Stadt wirkte wie ein überdimensionales Gemälde. Nichts, aber auch gar nichts erinnerte an die vergangene Nacht. Alles war heiter. Nein, nein, sie hatte keine posttraumatische Belastungsstörung. So ein ausgemachter Quatsch! Zwar hatte sie sich die Begegnung mit dem Mann auf der Straße ebenso wenig eingebildet wie Ustis alarmierendes Bellen, hatte aber vermutlich alles ein wenig überinterpretiert. Zudem hatte sie in der Nacht unter dem Eindruck des Albtraumes gestanden. Aber die Schritte auf dem Korridor und der Mann, den sie im Innenhof gesehen hatte, das war doch real gewesen. Nicht drüber nachdenken, alles ganz harmlos, sicher alles ganz harmlos.

Nach dem kurzen Spaziergang ohne irgendwelche Vorfälle freute sie sich aufs Frühstück. Die Kopfschmerzen hatten dank der frischen Luft merklich nachgelassen. Im Frühstücksraum saßen nur wenige Gäste, alles Gesichter, die sie bereits kannte. Hatte vielleicht einer von ihnen heute Nacht vor ihrer Zimmertür gestanden? Jana bemühte sich, nicht darüber nachzudenken, und war froh, Jens Scheuermann nicht zu sehen. Nach dem merkwürdigen Essen konnte sie ohnehin auf seine Anwesenheit verzichten.

Ausgestattet mit einem Croissant und frischem Obst sowie einer großen Tasse Milchkaffee begann sie, in der örtlichen Tageszeitung, die hier auslag, nach neuen Erkenntnissen zu suchen. Die Seiten mit den Politik- und Wirtschaftsnachrichten überblätterte sie, denn sie erhoffte sich, auf den Regionalseiten der »Ahrnachrichten« neue Anhaltspunkte zu finden. Der Artikel über den Leichenfund im Weinberg fiel ihr sofort ins Auge. Es war nur eine kurze Notiz ohne ein Foto. Die Fakten waren sauber recherchiert, nicht so wie im Artikel im Köln-Bonner-Tagblatt. Kein Wunder, der Artikel war ja auch nicht von Carola Neumann. Weiter unten auf der Seite erblickte sie einen Bericht, der sie hellhörig werden ließ:

Grabungen in Marienthal

In Kürze beginnen die archäologischen Grabungen auf dem Gelände des ehemaligen Non-

nenklosters in Marienthal. Das Land Rheinland-Pfalz bewilligte unlängst die Gelder
hierfür. Die Grabungen könnten, so der Lan-
desarchäologe Röhrig, neue Details über die
Geschichte des Klosters sowie die wechselvolle
Geschichte Marienthals ans Licht bringen.

War das Herbert Tewes bekannt gewesen, überlegte sie.
Könnte man hier ein Mordmotiv finden? Hatte Herbert
Tewes über Insiderwissen verfügt? Aber wer sollte ihn
deshalb umbringen und warum eigentlich? Dass sie ausgerechnet in dem Hotel eingecheckt hatte, in dem Herbert Tewes seinen allerletzten Vortrag gehalten hatte,
war schon ein eigenartiger Zufall. Sie versuchte sich an
den Abend zu erinnern. Die Stimmung im Vortragsraum
war seltsam gewesen. Einerseits bestand großes Interesse
seitens der Zuhörer. Andererseits hatte sie eine gewisse
Anspannung im Raum spüren können. In der Reihe vor
ihr hatte, daran erinnerte Jana sich jetzt wieder, eine Frau
ihrem Nebenmann eine negative Bemerkung über Herbert Tewes zugeflüstert. Wenn sich Jana doch nur an den
Wortlaut erinnern könnte. Was sie aber mit Sicherheit
sagen konnte, war, dass es um die Verbindung zwischen
dem Hotel und dem Kloster Marienthal gegangen war.
Ihr Handy unterbrach ihre Gedanken mit der Titelme-
lodie des Films »Tod auf dem Nil« mit Peter Ustinov in
der Hauptrolle.

»Ja, hallo?«, flüsterte sie, um die anderen Gäste nicht zu
stören. Niemand beachtete sie. Jeder war mit sich selbst
beschäftigt, und sie war auch nicht die Einzige, die telefonierte.

»Guten Morgen, hier ist Clemens Wieland.«

Jana zuckte zusammen. Seit ihrem letzten Treffen war eine gefühlte Ewigkeit vergangen. Und die Speicherkarte mit den Aufnahmen vom Tatort hatte sie ihm immer noch nicht zukommen lassen. Tatsächlich war genau das auch einer der Gründe, warum er jetzt anrief. Er wollte sich unbedingt am Nachmittag mit ihr treffen, nicht nur, damit sie ihre Aussage unterschreiben konnte, sondern vor allem auch, um mit ihr die nun vorliegenden Fakten zu besprechen. Irgendwie freute Jana sich sogar auf diese Zusammenarbeit. Vielleicht würde ihr die Ermittlungsarbeit helfen, die Ereignisse der vergangenen Tage zu ordnen und zu verarbeiten.

»Können Sie bitte mal nachfragen, ob es in Ihrem Hotel ein freies Zimmer gibt, für eine Nacht erstmal?«, bat der Hauptkommissar und beendete danach das Gespräch.

Als sie eine Sekunde später auf das Display ihres Handys schaute, wusste sie nicht, ob sie dem Hauptkommissar überhaupt geantwortet hatte. Natürlich würde sie nach einem freien Zimmer für ihn fragen. Für welche Uhrzeit hatten sie sich denn nun verabredet? Ach ja, er würde sich wieder bei ihr melden, hatte er gesagt.

Wieso piepte ihr Handy denn jetzt? Sie hatte doch keine festen Termine. Ach, herrje! Natürlich: Das Treffen mit der Maklerin in Marienthal, das sie am Vortag vereinbart hatte. Aber bis 11.30 Uhr war noch ein wenig Zeit, und mit dem Wagen würde sie es ohnehin in wenigen Minuten schaffen. Was konnte sie in der Zwischenzeit tun? Privates Vergnügen oder Ermittlungen? Ermittlungen, meinte sie zwischen dem Fiepen in ihrem Ohr herauszuhören. Aber wo nur beginnen? Die Buchhändlerin, Frau Dahlmann, stand noch auf ihrer To-do-Liste. Die würde sie später in Angriff nehmen. Vordringlicher erschien ihr, sich noch einmal mit der Witwe zu beschäftigen. Denn die Bemerkung dieser Lucie ließ ihr keine Ruhe. Was hatte es mit Frau Tewes' Kurzreise auf sich? Bremen oder Hamburg oder doch nur Marienthal? Was wollte sie mit aller Macht verbergen? Ihr Verhalten vom Vortag war darüber hinaus nur schwer einzuordnen. Lag es am Schock? Nein, Jana vermutete dahinter einen anderen Grund. Aber welchen?

Am Ahrtor ging Jana nach links und sah schon von Weitem das Haus von Familie Tewes. Es wirkte auf Jana irgendwie traurig. Nicht eine Blume befand sich auf einer der Fensterbänke, die Rollläden waren an manchen Fenstern ganz, an anderen halb heruntergelassen. Angesichts der Trostlosigkeit, die das Haus ausstrahlte, beschlich Jana die Vermutung, dass niemand zu Hause war. Dieser unbelebte Eindruck blieb auch beim Näherkommen bestehen. Sollte sie überhaupt klingeln? Sie drückte dennoch die Taste an der Gegensprechanlage. Hinter der Tür blieb es ruhig. Sie horchte, nein, es waren keine Geräusche zu vernehmen. Sie presste ihr rechtes Ohr gegen die Tür, um vielleicht doch noch einen Laut zu hören, als sie plötzlich das Gleichgewicht verlor. Der Türrahmen war ihre letzte Rettung. Hätte sie nicht augenblicklich ihre Hand ausgestreckt und sich abgestützt, wäre sie geradewegs Frau Tewes' Schwester in die Arme gefallen.

»Was wollen Sie hier?«

Aus ihrer Stimme sprach Wut. Der Blick, den sie Jana zuwarf, war frostig. Usti, der natürlich mit von der Partie war, wich still und leise mehrere Schritte zurück.

»Oh, guten Morgen Frau – Maurer.« Jana zögerte, um ihrem Gegenüber Gelegenheit zum Antworten zu geben.

Frau Maurer jedoch blieb stumm. Nur ihre Augen blitzten.

»Äh, ich wollte mich nur einmal erkundigen, wie es Ihrer Schwester geht.«

»Gehen Sie!«

»Aber ich …«

»Gehen Sie einfach!«

Ehe Jana etwas erwidern konnte, war die Haustür vor ihrer Nase unsanft ins Schloss gefallen. Seltsam, sehr seltsam. Am Vortag der Rauswurf durch die Witwe, jetzt dieses Benehmen ihrer Schwester. Was sollte das? Noch einmal lauschte sie nach drinnen. War Frau Tewes auch dort? Nichts war zu hören. Kein einziges Geräusch, keine Stimme. Nichts.

Auf dieses merkwürdige Verhalten konnte sie sich einfach keinen Reim machen. Schließlich konnte sich Frau Maurer ausmalen, dass sie mit dem Hauptkommissar über ihr mysteriöses Verhalten sprechen würde. Und dass dieser eventuell sogar Schlüsse daraus ableiten würde. Worum ging es hier? Eine Familientragödie etwa?

Dann eben die Buchhändlerin, schimpfte Jana in sich hinein. Es wurde Zeit, dass sie endlich mit ihr sprach. Vielleicht konnte die etwas Informatives über die letzten Lebensstunden des Heimatforschers enthüllen.

Jana hatte es langsam satt. Wieder bekam sie nur die Auskunft, dass Frau Dahlmann gerade nicht im Laden sei. Sie kam mit ihren Ermittlungen wirklich überhaupt nicht weiter. Wenn sie den Termin mit der Maklerin einhalten wollte, sollte sie sich langsam beeilen. Wieso knurrte jetzt schon wieder ihr Magen? Sie hatte doch relativ gut gefrühstückt, jedenfalls mehr als sonst. Gut, dass gleich gegenüber dem Buchladen eine Bäckerei lockte. Sie signalisierte Usti mit einer Handbewegung zu warten. Er wartete immer brav, daran war er gewöhnt. Es dauerte eine Weile, bis sie an die Reihe kam. Sie bestellte eine herzhafte Laugenstange. Ihr Blick fiel dabei durch die Schaufensterscheibe auf ihren wartenden Hund. Was war das? Eine Hand ließ gerade Ustis Halsband los. Sicherlich hatte der Hund den Weg versperrt. Sie bezahlte und beeilte sich, nach draußen zu kommen, und wäre im Eingang beinahe mit einer älteren Frau zusammengestoßen.

»Oh, Entschuldigung.«

»Nicht so schlimm, Kindchen.«

Usti schnupperte nicht wie sonst üblich an der herrlich duftenden Bäckereitüte, sondern hielt seine Nase hoch erhoben in den Wind. Jana nahm die Leine in die Hand, hatte allerdings einige Mühe, Usti zum Mitgehen zu bewegen. Er schnupperte weiterhin und schien Duftmolekül um Duftmolekül zu analysieren.

Um zurück zum Hotel zu kommen, wählte Jana den Weg am Blankartshof vorbei. Das ging vermutlich schneller als durch die belebte Ahrhutstraße. Auf der tummelten sich neben den letzten Lieferwagen, die die Fußgängerzone bald räumen mussten, nun mehr und mehr kleinere und größere Touristengruppen.

Mittlerweile stand Jana unmittelbar vor der Holztür, hinter der die Treppe hinauf bis unters Dach zum Archiv führte. Gestern hatte sie keine Gelegenheit gehabt, das Gebäude genauer in Augenschein zu nehmen. Von vorn wirkte der frühere Adelshof majestätisch. Über der Tür zum Archiv entdeckte sie ein farbiges Wappen, das sie jedoch nicht entziffern konnte. Eine Figur sah aus wie ein Hund. Die Gebäuderückseite war nicht minder interessant: Über den Fenstern des Erdgeschosses prangten verschnörkelte Ziffern aus Metall. Zusammen ergaben sie die Jahreszahl 1680. »Puh, ist das lange her«, dachte Jana.

Usti trödelte derweil herum, schnuffelte erst am Sockel des Blankartshofes, dann an einem Poller, der den Autos die Durchfahrt verwehrte. Als Usti sich endlich von seinem Schnüffelobjekt gelöst hatte, marschierte Jana in die nächste schmale Gasse hinein. Den Zusammenstoß mit einem entgegenkommenden Rollator konnte sie gerade noch verhindern. Überrascht blieb sie stehen und versuchte, Ustis Leine zu entwirren, die sich um ihre Beine gewickelt hatte. Gerade wollte sie eine Entschuldigung murmeln, als die Frau zu sprechen begann: »Der Hund ist der beste Freund des Menschen.«

Die Stimme kannte sie doch. Peinlich berührt wagte Jana es, der Person hinter dem Rollator ins Gesicht zu schauen: Es war die Alte vom Mittwoch. Als ob ihre Worte Eindruck auf Usti gemacht hätten, trollte sich dieser und entwirrte so das Leinenchaos selbst. Ohne Jana noch einmal anzublicken, setzte die Frau ihren Weg fort und murmelte stattdessen noch einmal die Worte: »Der Hund ist der beste Freund des Menschen«, so als ob sie damit ihrer Aussage mehr Gewicht verleihen wollte.

»Äh, ja …« Zu einer eloquenteren Antwort war Jana gerade nicht in der Lage. Perplex blickte sie der Alten nach, die kurz darauf um die Ecke in Richtung Blankartshof verschwunden war. Allerdings hallte das Quietschen der Reifen noch längere Zeit in den Gassen nach. In Gedanken versunken folgte Jana dem Pfad weiter, der entlang des Mühlenteichs floss. Sie war gerade an einem stattlichen Gebäude angekommen, als sich direkt neben ihr ein großes Mühlrad in Bewegung setzte. Ganz langsam und bedächtig begann es, sich entgegen dem Uhrzeiger-sinn zu drehen, begleitet von einem dumpfen, scheppern-den Geräusch. Das Wasser des Mühlenteichs wurde dabei Schaufel für Schaufel weitertransportiert. Jana war faszi-niert von der alten Mechanik. Das waren auch einige Pas-santen, die ebenfalls stehen geblieben waren und staunten. Einige versuchten, ihrer Begeisterung mit Worten Aus-druck zu verleihen. Sich zu unterhalten, war jedoch nicht ganz einfach, denn das Rad verursachte einen ziemlichen Lärm. Nach der ersten Begeisterung verstreuten sich die Menschen bald in alle Himmelsrichtungen. »Eine gute Metapher«, dachte Jana. Schaufel für Schaufel die Fakten heben. Ja, das wollte sie.

TAG 3 – SPÄTER VORMITTAG

Zum ersten Mal, seitdem sie in Ahrweiler angekommen war, hatte Jana ihr Auto aus der Tiefgarage geholt und stand nun vor dem ehemaligen Kloster Marienthal auf dem Parkplatz. Usti musste im Wagen warten. Sie hatte sich ein wenig schicker angezogen und trug einen Blazer sowie Schuhe mit Keilabsatz, um wie eine solvente Immobilieninteressentin zu wirken. Einige Minuten vor dem verabredeten Termin kam ein silberner Oberklassewagen um die Ecke gebogen und hielt genau neben ihrem. Usti grummelte hörbar im Wageninnern. Der Schriftzug »E. S. Immobilien – Das Beste für besondere Ansprüche« auf den Türen zeigte Jana, dass in dem Wagen wohl die Person saß, auf die sie wartete.

Die Tür öffnete sich, kaum dass der Wagen zum Stehen gekommen war. Zunächst streckten sich zwei elegant beschuhte Beine aus dem Fahrzeuginnern, die eindeutig zu elegant für die Uhrzeit waren. Frau E. S. war viel zu dünn, viel zu konservativ gekleidet, viel zu blond und viel zu stark geschminkt.

»Eileen Schrömbgen«, flötete sie gleich und gab Jana eine zierliche Hand mit grell lackierten Fingernägeln. »Guten Tag – Frau – Vogt?«

»Ja, Guten Tag, Frau Schrembschen, Jana Vogt aus Köln.«

»Schrömbgen«, verbesserte die Maklerin.

»Oh, ja …«, räumte Jana kleinlaut ein.

»Sie interessieren sich für unser Objekt hier in Marienthal?«

Ja klar, sonst wäre ich ja nicht hier, hätte sie gern gesagt. »Ja, zeigen Sie mir es doch bitte.«

»Aber sehr gerne«, flötete E. S. weiter. Dann kramte sie einen großen Schlüsselbund aus ihrer Businesstasche und bat sie, ihr bis zum Holztor zu folgen.

»So bitte, hier entlang.«

Nur wenig später standen sie vor einer atemberaubenden Villa, die gegen Anfang des 20. Jahrhunderts entstanden sein mochte.

»Sagen Sie, bevor wir mit der Besichtigung beginnen, eines interessiert mich doch: Ich las, dass das Kloster gar nicht zu Ahrweiler gehört, sondern zur Nachbargemeinde, das verstehe ich nicht so recht.«

Eileen Schrömbgen überlegte, so als rufe sie eine Passage in ihrem Portfolio ab. Dann dozierte sie: »Der Ort Marienthal gehört zur einen Hälfte zu Ahrweiler, zur anderen zu Dernau, in der Gemeinde Altenahr gelegen. Beide Orte trennt der nun unterirdisch fließende Hubach. Das Klostergelände und das in Rede stehende Grundstück mitsamt der Villa gehören zur Gemeinde Altenahr.«

»Aha.« Jana war beeindruckt. Eine interessante Konstellation mit sicherlich reichlich Konfliktpotenzial während der vergangenen Jahrhunderte. »Und dann habe ich noch eine Frage: Heute las ich in der Tageszeitung, dass hier demnächst archäologische Grabungen durchgeführt werden sollen. Was bedeutet das für dieses Objekt?«

»Nun, machen Sie sich keine Sorgen, die Grabungen betreffen den Bereich der ehemaligen Klostergebäude.«

»Das würde mich jetzt aber noch genauer interessieren: Ist das denn die erste archäologische Grabung, die es hier gibt?«

»Nun«, jetzt gab das Portfolio wohl keine Informationen mehr her, »das weiß ich leider nicht – aber ich kann Ihnen versichern, dass unser Objekt hier nicht betroffen ist. Es wurde erst kürzlich saniert, wie auch der Gebäudetrakt, in dem sich heute das Klostercafé befindet.«

Das war jetzt mal spannend, das wollte Jana wiederum genauer beleuchtet wissen: »Wann war das denn?«

»Also dieses Objekt hier und das Klostergebäude wurden erst in den vergangenen beiden Jahren von Grund auf saniert. Wenn Sie mir vielleicht jetzt folgen wollen?«

Die Besichtigung des Gebäudes brachte für Jana – zu ihrer großen Enttäuschung – allerdings keine neuen Erkenntnisse, außer der Gewissheit, dass man viel Geld hinblättern musste, um komfortabel und exklusiv zu wohnen. Geld, das sie nicht besaß und auch niemals besitzen würde. Vor diesem Hintergrund erteilte sie der engagierten Immobilienmaklerin zum Abschied eine deutliche Absage, denn das Objekt komme für sie leider nicht infrage.

»Och, das ist aber schade«, flötete E. S. Jana ahnte, dass sie bislang wohl die einzige Interessentin war. Aber ein solches Objekt verkaufte sich mit Sicherheit nicht von heute auf morgen. Um zum Abschluss etwas Nettes zu sagen, flunkerte Jana, dass sie eher ein kleines, gemütliches Häuschen, vielleicht ein Fachwerkhaus suche. Eileen Schrömbgen schien auch nicht mit einem schnellen Geschäftsabschluss gerechnet zu haben und stieg gut gelaunt in ihr teures Firmenfahrzeug ein, das sie auf der schmalen Straße ein wenig umständlich wendete. Das Geräusch des hochtourig laufenden Motors war noch längere Zeit zu hören, obwohl sie bereits auf die Bundesstraße Richtung Ahrweiler eingebogen war.

In dem Augenblick, in dem Jana in der Tasche ihres Blazers nach dem Autoschlüssel kramte, piepte ihr Handy und kündigte den Eingang einer SMS an. Gespannt schaute sie auf das Display und erkannte zu ihrem Erstaunen die Handynummer des Hauptkommissars, die sie nach seinem letzten Anruf gespeichert hatte.

»Treffen vns um vier im Hotel Wieland«

Jana musste grinsen, man merkte, dass er nicht sehr häufig simste. Satzzeichen waren ihm unbekannt und vertippt hatte er sich außerdem. Auch Usti, der sich gerade die Nase an der Scheibe platt drückte und sie vorwurfsvoll anschaute, erheiterte sie. Wie konnte sie ihn nur so lange im Auto zurücklassen?

Usti musste entschädigt werden – und ihr würden frische Luft und Bewegung ebenfalls gut tun. Aber mit den Schuhen? Unmöglich, damit konnte sie keine 100 Meter gehen, geschweige denn einen Berg hinauf. Irgendwo in den unendlichen Weiten ihres Kofferraums lagen noch ein Paar bequemere Schuhe, denn die brauchte sie ab und zu bei ihren Einsätzen. Und in der Tat, nachdem sie eine Hundedecke sowie einigen Krempel beiseite geräumt hatte, fand sie tatsächlich ein Paar leichte Wanderschuhe, die zwar schon längere Zeit nicht mehr gründlich geputzt worden waren, aber das war ihr egal. Hauptsache sie konnte damit laufen. Usti rumpelte derweil unruhig auf der Rückbank.

Endlich durfte der Vierbeiner rennen. Es ging in die Weinberge, die sich unmittelbar an das Klostergelände anschlossen. Gleich dahinter, in einer Art Auenlandschaft zwischen den Bergflanken, ragten zwei gelbgrün gestrichene Betonbauwerke in die Höhe. »Das müssen die Überreste des ehemaligen Regierungsbunkers sein«, dachte sie. Davon hatte sie gelesen. In einem 17 Kilometer langen, verzweigten Tunnelsystem hätte zur Zeit des Kalten Krieges im Falle eines Atomschlages die gesamte Bonner Regierung samt weiterer Regierungsbehörden darin ausharren können. Wie unheimlich. Gut, dass diese Zeiten vorbei waren. Hoffentlich, fügte sie in Gedanken doch ein wenig besorgt hinzu.

Sie passierte die beiden Relikte, wanderte an Weinstöcken vorbei auf die Höhe und genoss von oben den Blick über das kleine Seitental der Ahr. Heute ging sie in westlicher Richtung weiter. Nach einiger Zeit öffnete sich der Blick, und unter ihnen lag Dernau, der Nachbarort von Bad Neuenahr-Ahrweiler. Als hätte man einen Beutel mit Miniaturhäuschen über dem Ahrtal ausgeschüttet. Sie konnte aus der Vogelperspektive Winzer bei der Arbeit beobachten, Fahrzeuge, die in kleine Straßen einbogen. Eben hielt ein Postauto vor einem Neubau am Rande des Ortes. Usti schniefte verzückt und analysierte die von dort unten aufsteigende Luft pedantisch.

Da die Wanderung sie durstig gemacht hatte, kehrte sie vor ihrer Rückfahrt nach Ahrweiler im Klostercafé ein. Ihr Verlangen nach Kaffee war aber nicht der einzige Grund. Sie spürte, dass es für die Lösung des Falls unerlässlich war, mehr über Marienthal in Erfahrung zu bringen. Oder schien es nur so, weil sie selbst eine Vorliebe für diesen Ort entwickelt hatte und nun alles, was mit Marienthal in Beziehung stand, sofort wahrnahm? Doch, es führten tatsächlich viele Wege dorthin. Immerhin hatte sich das Mordopfer vor seinem Tod intensiv mit Marienthal befasst und sein Vortrag hatte offensichtlich Stoff für Diskussionen beinhaltet. Leider fehlte ihr das notwendige Hintergrundwissen. Außerdem hatte Jana den Eindruck, dass der Ablageort der Leiche nicht willkürlich gewählt worden war. Immerhin befand er sich näher beim Kloster als beim Wohnort des Toten. Sie musste eine schwere Eichentür aufdrücken, um in die Gaststube zu gelangen. Nur ein Mann saß dort an einem der Tische und las aufmerksam in der Tageszeitung, die er vor sich hielt. Bisher kannte sie nur den Außenbereich des Cafés. Mit den terrakottafarbenen Wänden, dem edlen Steinfußboden und den geschmackvoll arrangierten Dekorationen wirkte der Raum sehr edel, mediterran. Usti schnüffelte angestrengt und reckte die Nase nach oben, wie so oft in den letzten Tagen.

»Guten Tag, seien Sie herzlich willkommen«, begrüßte sie eine Kellnerin mittleren Alters.

»Ach, guten Tag, ich habe gerade die schöne Ausstattung bewundert und Sie gar nicht kommen sehen. Darf ich meinen Hund eigentlich mit hereinbringen?«

»Gerne, zumal heute noch nicht so viel los ist.«

»Wie schön. Danke. Könnte ich bitte einen großen Milchkaffee und … Sie haben doch sicher auch kleine Gerichte.«

»Ja, selbstverständlich. Wir haben einen Käse- oder Schinkenteller, ein Winzergulasch oder unsere Flammkuchen, zum Beispiel mit Speck, mit Schinken, mediterran oder vegetarisch …«

»Och, vegetarisch hört sich lecker an, das nehme ich, danke.«

Nachdem die Kellnerin gegangen war, um in der Küche die Bestellung aufzugeben, ließ sich Usti müde auf den

Boden fallen und schlief einfach ein. Jana blickte von ihrem Sitzplatz genau auf die Ruinen der Klosterkirche, die mit Efeu und wildem Wein bewachsen waren. Ganz wenige, einzelne rote Blätter glänzten zwischen dem Grün.

Während sie sich den warmen Milchkaffee und den vegetarischen Flammkuchen schmecken ließ, versuchte sie das, was sie bislang über den Fall wusste, zu sortieren. Das gelang ihr allerdings nicht wirklich. Auch Usti war schon wieder wach und reckte immer wieder seine Nase nach oben, sodass diese fast die Tischkante berührte.

»Sag mal«, tönte es plötzlich laut aus einem Nebenraum, »hast du das gelesen? Unglaublich! Wieder einmal wird man überhaupt nicht informiert. Aber ich bin ja nur der Pächter.«

Eine zweite Stimme antwortete, jedoch konnte Jana nicht genau heraushören, ob es sich um einen männlichen oder weiblichen Gesprächspartner handelte.

»Grabungen …«, konnte sie nur noch verstehen, dann schloss sich die Tür zum Nebenraum mit einem dumpfen Knall.

Offenkundig war man in heller Aufregung über die geplanten archäologischen Grabungsmaßnahmen, von denen sie heute Morgen gelesen hatte. Was war der Grund für diese aufgeheizte Stimmung? Fühlte sich der Pächter übergangen oder steckte etwas anderes dahinter? Als sie die Kellnerin sah, signalisierte Jana, dass sie zahlen wollte. Sie kam hier nicht weiter und wollte sich außerdem vor dem Treffen mit Hauptkommissar Wieland ein wenig zurechtzumachen.

Nachdem sie bezahlt hatte, marschierte sie mit Usti im Schlepptau hinaus. Mit einem dumpfen Ton fiel die schwere Eichentür ins Schloss. Jana zuckte zusammen.

Das dumpfe Geräusch hatte sie wachgerüttelt. Meine Güte, verhielt sie sich wie eine richtige Ermittlerin? Nein! Sie musste unbedingt aktiver werden, nicht nur einfach beobachten und lauschen. Auch wenn der Hauptkommissar etwas anderes gesagt hatte. Sofort kehrte sie auf dem Absatz um, drückte erneut die Tür auf und zog ihren verdutzten vierbeinigen Begleiter mit sich. Sie sah sich im Gastraum um. Wo war nur die Kellnerin? In der Ecke saß immer noch der gesichtslose Zeitungsleser.

»Haben Sie etwas vergessen?«, drang die Stimme der Kellnerin an ihr Ohr.

»Nein, äh, ja, eine Frage …«

»Ja, bitte?«

»Sagen Sie, kennen Sie sich zufällig mit der Geschichte dieses Ortes aus?«

»Nun ja, nicht so besonders. Was möchten Sie denn wissen?«

»Wissen Sie, ob es irgendwelche Aufzeichnungen über das Kloster gibt?«

»Nein, das weiß ich nicht. Nur das, was auf unserer Internetseite steht.«

Internet! Was war nur los mit ihr? Wieso hatte sie nicht schon längst im Netz recherchiert? Das konnte ihr niemand verbieten, auch ihr Vorgesetzter nicht. Dem durfte niemals zu Ohren kommen, dass sie hier ohne Befugnis ermittelte. »Und hier gibt es auch niemanden, der mir vielleicht weiterhelfen könnte?«, insistierte Jana.

»Hm, vielleicht mein Chef, aber der ist gerade in einer Besprechung und möchte nicht gestört werden. Kann ich sonst noch etwas für sie tun?«

Jana verstand den Hinweis: »Nein, danke.«

Es hatte keinen Zweck weiterzubohren.

Offensichtlich wusste die Kellnerin nichts, oder sollte sie möglicherweise keine Informationen herausgeben? Mauerte man hier etwa? Sollten weder sie noch die Archäologen in der Vergangenheit graben? Sie musste innerlich über ihr eigenes Wortspiel schmunzeln. Wäre es nicht denkbar, dass Tewes wegen seines Wissens ermordet worden war? Hatte er etwas herausgefunden, etwas Kompromittierendes, Geheimes, Kriminelles? Vielleicht lag die Lösung aber – was viel wahrscheinlicher war – doch in der Gegenwart. Als sie sich zum Gehen umdrehte, senkte der einzige weitere Gast, der Zeitungsleser, seine Lektüre. Usti begann sofort, leise vor sich hinzuknurren, und warf dem Fremden einen drohenden Blick zu, bevor sein Frauchen ihn zum zweiten Mal durch die Tür komplimentierte.

TAG 3 - NACHMITTAG

Was hatte sie bis jetzt herausgefunden? Eine recht magere Ausbeute, die den Hauptkommissar sicherlich nicht weiterbringen würde. Frau Maurers äußerst seltsames Verhalten. Lucies Bemerkung, dass in der Ehe von Frau und Herrn Tewes etwas nicht gestimmt hatte. Dass möglicherweise das Alibi von Frau Tewes nicht das war, wofür sie es hielten. Dass einige vage Anhaltspunkte nach Marienthal führten und dass die geplanten Ausgrabungen den Pächter des Cafés beunruhigten. Ach ja, und dass Nicole Knies, die Tochter des pensionierten Journalisten, nach dem Vortrag heftig mit Herbert Tewes diskutiert hatte. War das alles?

Bis der Hauptkommissar sich bei ihr meldete, wollte sie im Internet recherchieren. Zuerst suchte sie unter dem Stichwort »Marienthal«. Oh je, es gab ja mehrere Orte mit diesem Namen sowie auch noch andere Klöster. Da war ein Ort im Kreis Wesel und einer in Hessen. Dann noch ein Kloster St. Marienthal in der sächsischen Oberlausitz, das hatte sie erst für das gesuchte gehalten und sich über die unbekannten Ansichten auf der Seite gewundert. Außerdem verzeichnete die Übersicht zusätzlich ein Franziskanerkloster Marienthal im Westerwald. Endlich: Beiträge zum Kloster Marienthal an der Ahr. Da war die Homepage des Cafés, die Seite eines Heimatforschers, mehrere Telefonbucheinträge, die Immobilienseite von E. S. Immobilien und die Homepage von Meike Jacob.

Der Immobilienseite würde sie sich später widmen, aber was schrieb ihre Stadtführerin über Marienthal? Das interessierte sie jetzt allerdings brennend.

Meike Jacobs Seite machte Lust aufs Ahrtal. Jana fiel auf, dass die Stadtführerin offensichtlich ein besonderes Faible für historische Gebäude hatte. Über den Ortsteil Marienthal oder das Kloster fand sie allerdings kein einziges Wort, obwohl sie die Suchmaschine ja aufgrund exakt dieses Stichworts hierher geleitet hatte. Noch einmal las sie die Texte, aber nichts. Kein Wort über Marienthal. Auch kein Foto. Seltsam. Da gab es eine Suchfunktion auf der Homepage selbst; Jana startete die Suche, aber nichts. »Kein Treffer« teilte ihr der Einblendung auf dem Bildschirm mit. Das kam ihr komisch vor, wenn man bedachte, dass alle anderen Orte ausführlich beschrieben und mit Fotos bebildert waren. War das ein erster Hinweis? Das Fehlen einer Information als Spur oder doch nur ein Versehen? Vielleicht hatte Meike Jacob die Infos zu Marienthal versehentlich gelöscht? Und wenn nicht? Offensichtlich war das, was über Marienthal auf Meikes Homepage zu sehen und lesen gewesen war, erst kürzlich entfernt worden. Aber warum?

Noch konnte sie sich keinen Reim darauf machen. Weiter mit der Suche. Nun war die Immobilienseite dran: Die Homepage war stylisch und eindeutig zu pinklastig. Wen wollte die Inhaberin mit einer pinkfarbenen Immobilienseite ansprechen? Kleine Prinzessinnen oder Teenies, die noch kein Geld hatten? Nach einigem Suchen fand Jana dort das Objekt in Marienthal. Der Text des Exposés deckte sich fast wörtlich mit Eileen Schrömbgens Angaben. Sie wollte gerade weiterrecherchieren, da fiel ihr siedend heiß ein, dass sie sich noch nicht um das Zimmer für den Hauptkommissar gekümmert hatte. Na, das würde Wieland nicht als Zeichen ihrer Zuverlässigkeit deuten, mit Sicherheit nicht. Sie ließ Usti kurz allein, um an der Rezeption das Zimmer zu buchen. Jana hatte Glück, denn vor wenigen Minuten hatte jemand seine Buchung storniert. »An den Weinfestwochenenden«, so betonte die Dame an der Rezeption, »sind wir üblicherweise ausgebucht.«

»Weinfest, welches Weinfest? In Ahrweiler?«, wollte Jana wissen. Sie hatte davon nichts mitbekommen.

»Nein, nicht in Ahrweiler, das ist schon vorbei, in Dernau, im Nachbarort, also dem nächsten Ort hinter Marienthal. Das sind die berühmten Weinfestwochen«, erläuterte die Dame freundlich.

»Aha, lohnt sich ein Besuch dort?«, fragte Jana, die nicht recht einschätzen konnte, ob es bei den Weinfesten für ihren Geschmack nicht vielleicht zu weinselig zuging.

»Ja, es ist zwar immer recht voll dort, aber Freitagabend bei dem Traumwetter kann ich einen Besuch empfehlen. Fahren Sie am besten mit der Bahn, die Parkplätze sind meist sehr schnell belegt.«

Eigentlich verspürte Jana keine besondere Lust darauf, sich mit vielen alkoholisierten Menschen an einem Ort aufzuhalten. Und allein schon mal gar nicht.

»Ach übrigens«, bemerkte die Rezeptionistin eifrig, »Herr von Hagen hat hier noch etwas für sie deponiert.« Damit bückte sie sich und holte unter dem Tresen einen mittelgroßen Umschlag hervor. Handschriftlich war darauf Janas Name vermerkt. Was wohl darin war?

Jana verabschiedete sich und öffnete noch auf dem Weg zurück zu ihrem Zimmer den Umschlag. Darin befanden sich einige ältere Broschüren des Hotels, und auf einer dieser Broschüren klebte ein gelber Zettel mit dem handschriftlichen Vermerk:

»Sie interessieren sich doch für das Kloster und unser Haus. Viele Grüße und noch einen schönen Aufenthalt. H. v. Hagen«

Da der Hauptkommissar mit seinem Anruf auf sich warten ließ und sie im Netz keine relevanten Einträge mehr fand, begann Jana, in den Hotelbroschüren zu stöbern. Eine, die vermutlich aus den 1980er-Jahren stammte, wartete mit Informationen auf, die sie bislang noch nicht und zudem in keiner der später aufgelegten Schriften gefunden hatte. Demnach war das Vorgängergebäude des heutigen Hotels, der Klosterrather Hof, der Verwaltungssitz des Klosters Marienthal, so baufällig, dass er 1714 unter dem Abt Nikolaus Heyendal wieder neu aufgebaut wurde. Dieser Abt war in seiner Zeit nicht unumstritten, vertrat den Jansenismus – was immer das war. Jana grübelte, davon hatte sie noch nie gehört. Nacheinander gab sie den Begriff »Jansenismus« und den Namen »Nikolaus Heyendal« in einer Suchmaschine ihres Browsers ein und wurde nach längerem Suchen fündig: Der Jansenismus, war eine Gnadenlehre. Benannt nach Cornelius Jansen. Deren Vertreter glaubten nicht daran, dass der Mensch durch sein eigenes Mitwirken die göttliche Gnade beeinflussen konnte. Und Heyendal war vehementer Anhänger dieser Glaubenslehre, teilweise wohl zu vehement. Jedenfalls überlebte er gleich mehrere Mordversuche. Er stammte aus der belgischen Provinz Limburg und lebte von 1658 bis 1733. Aufgrund seines Schreibstils wurde er

»goldene Feder« genannt. Auch wenn diese ihr fremden Gedanken interessant waren, so brachte Jana das nicht weiter.

Aber hier: 1725 schrieb die Äbtissin des Klosters Marienthal sogar an den Kölner Kurfürsten Clemens August einen Brief, in dem sie ihn wohl um Hilfe wegen bestehender Grenzstreitigkeiten bat. Genaueres stand in dem Prospekt allerdings nicht, schade. Grenzstreitigkeiten, klar, die waren – wie sie ja bereits vorhin vermutet hatte – bei einer so seltsamen Grundstückslage keineswegs ausgeschlossen.

Warum hatte ihr der Hotelier diese Prospekte denn überbringen lassen? So konkret hatte sie sich doch nicht nach der Historie des Hotels erkundigt. Lag es ausschließlich daran, dass sie den Vortrag von Herbert Tewes besucht hatte? Oder handelte es sich um eine versteckte Botschaft für die polizeilichen Ermittlungen? Manchmal kam ihr Hans von Hagen schon etwas seltsam vor. In diesem Moment klopfte es leise, aber bestimmt an der Zimmertür.

Ob das der Hauptkommissar war?

»Wer ist da?«

»Clemens – Wieland.«

Ihr Herz begann schneller zu schlagen. Eilig überprüfte sie im Spiegel den Sitz ihres Halstuches und öffnete dann die Tür. Usti konnte es kaum erwarten, seine schwarze Nase durch den Türspalt zu stecken.

»Darf ich reinkommen?«

Sanft schob sie ihren neugierigen Hund zur Seite.

»Ja, klar, Entschuldigung.« Sie öffnete die Tür und ließ den Hauptkommissar ins Zimmer. Er stand ein wenig verlegen im Raum.

»Ich weiß gar nicht, wie ich anfangen soll. Ich weiß, dass das völlig inakzeptabel ist«, begann er.

»Was?« Janas Herzschlag beschleunigte sich zunehmend.

»Dass ich Sie hier aufsuche, um mit Ihnen den Fall zu besprechen.«

»Ja, ist es. Schon …« Ihr Herzschlag verlangsamte sich wieder.

»Ja, trotzdem würde ich mich gerne mit Ihnen besprechen. Ich weiß, dass das, was ich da von Ihnen verlange, jenseits allen Erlaubten ist.« Er schaute sie an und erwartete eine Reaktion.

»Der war ja lustig«, dachte Jana. Entgegen der Vorschriften.

»Deshalb möchte ich Sie bitten, auch keinesfalls auf eigene Faust zu ermitteln.«

»Wissen Sie, Sie bringen mich in eine unmögliche Situation! Und ich bin mir nicht ganz sicher, was Sie eigentlich von mir wollen«, entgegnete Jana. Warum war sie auf einmal so hart? Sie hatte doch selbst Gefallen an den Ermittlungen gefunden.

»Wir können uns auch irgendwo anders treffen, wir können den Hotelier fragen, ob er uns einen Konferenzraum zur Verfügung stellt«, antwortete der Hauptkommissar.

»Das meinte ich so nicht … Den Hotelier brauchen Sie übrigens gar nicht erst zu suchen, der macht sich rar.«

Der Hauptkommissar schaute sie verwundert an und legte die Stirn in Falten: »Wie rar?«

»Seit unserer Begegnung am Mittwoch habe ich ihn nicht mehr gesehen. Seine Angestellten sagen, er sei krank. Und das hier«, sie zeigte auf die Prospekte, die auf ihrem Tisch lagen, »das hier hat er mir in einem Umschlag weiterleiten lassen. Ich weiß nicht so recht, warum er das gemacht hat und was ich damit anfangen soll.«

Der Hauptkommissar stellte seine Tasche auf den Fußboden und beugte sich über den Tisch, schob eine Broschüre nach der anderen zur Seite, nachdem er im Schnelldurchgang die Seiten durchgeblättert hatte. »Haben Sie ihn vielleicht nach Infos zum Hotel gefragt?«, versuchte er es mit der naheliegenden Erklärung.

»Nein, nicht das ich wüsste.« Nach einer kurzen Pause sagte sie: »Ich habe sowieso den Eindruck, dass der Mordfall etwas mit«, sie suchte nach der passenden Beschreibung ihrer Vermutung, »irgendetwas mit der Geschichte, also der Historie dieses Hotels oder zumindest von Ahrweiler oder Marienthal zu tun hat.«

»Und das wäre?«

»Das weiß ich nicht. Aber so vieles weist immer wieder auf Marienthal hin.« Sie versuchte, dem Hauptkommissar im Schnelldurchgang einen Überblick über die ersten Ergebnisse ihrer Nachforschungen zu geben. Sie berichtete vom ungewöhnlichen Grenzverlauf in Marienthal, den geplanten archäologischen Grabungen und der merkwürdig heftigen Reaktion des Cafépächters, dem ausweichendem Verhalten einiger Leute bei ihren Fragen nach Marienthal und ihrem Termin mit der Immobilienmaklerin. Zuletzt gab sie Lucies Einschätzung der Beziehung der Eheleute Tewes wieder. Hauptkommissar Wieland hatte sich mittlerweile auf einen der Sessel gesetzt und machte sich gelegentlich Notizen.

»Das sind alles noch keine stichhaltigen Beobachtungen«, Jana wollte sich gerade für ihren Redeschwall entschuldigen, als der Hauptkommissar fortfuhr, »jedoch sind da einige Beobachtungen dabei, die uns im Moment vielleicht nur wie lose Mosaiksteine vorkommen, aber später durchaus die eine oder andere Leerstelle in der Aufklärung des Falles füllen könnten, vielleicht sogar erst das fehlende Verbindungsteil herstellen.« Er hielt kurz inne und schaute Jana, die weiter vor ihm stand, unmittelbar in die Augen. »Wir kommen auf ihre Beobachtungen später noch einmal zurück. Jetzt berichte ich Ihnen mal, was die Spurenermittlungen ergeben haben.« Er griff nach seiner Aktentasche, holte einen bereits mit etlichen Blättern gefüllten Schnellhefter hervor und schlug das Deckblatt zur Seite: »Also, Herr Tewes hat eine Stichwunde, hier, Moment«, er zog ein Obduktionsfoto aus einer Klarsichthülle und zeigte es Jana. »Sie sehen genau den Einstichkanal. Es muss sich um eine circa zwei bis drei Zentimeter breite und mindestens zwölf Zentimeter lange Klinge gehandelt haben.«

Wie ein Blitz durchzuckte Jana die Erinnerung an den Vorfall letzter Woche, als sie das Messer an ihrem Hals gespürt hatte.

»Keinesfalls ein übliches Küchenmesser, eventuell ein Utensil aus dem Weinbau, das bezweifle ich aber. Eher ein Dolch oder etwas in der Art«, berichtete der Hauptkommissar weiter.

»Ein Dolch?«, fragte Jana verdutzt, nachdem sie sich wieder gefangen hatte. »Wer hat denn so was? Also zum Wandern nimmt ja wohl niemand einen Dolch mit. Es sei denn …«

»Was?«

»Na ja«, überlegte Jana, »Wie heißen diese Dinger noch. So ein Trekkingmesser oder so was …«

»Guter Hinweis.«

»Und wenn nicht, wenn es also doch ein Dolch war?«

»Dann grenzt das unseren Täter doch eher ein.«

»Ein Sammler?«

»Vielleicht. Entscheidend ist übrigens, dass der Fundort nicht der Tatort war. Das haben wir beide ja auch sowieso schon vermutet.«

»Er wurde also dorthin gebracht, von jemandem, der einen Dolch mit sich führt oder an dem Ort greifbar hat, an dem Herr Tewes ermordet wurde«, schlussfolgerte Jana.

»Genau, dann hätte Herr Tewes vielleicht noch nach dem Vortrag seinen späteren Mörder aufgesucht.«

»Warum auch immer …«

»Warum auch immer«, grübelte der Hauptkommissar. »Und außerdem sind wir uns noch nicht ganz sicher, ob Herr Tewes zum Zeitpunkt, als ihm die Stichverletzung beigebracht wurde, bei vollem Bewusstsein war.«

»Wieso das?«

»Tewes hatte Benzodiazepine im Blut, das hat die erste Analyse des Blutbildes ergeben.«

»Benzodiazepine?«

»Ja, Beruhigungsmittel, Tranquilizer.«

»Ich weiß, was Benzodiazepine sind. Danke«, entgegnete Jana belustigt. »Ob ihn jemand vorher betäubt hat? Aber wann? Und wie? Oder nahm er das Zeugs selbst?«

»Seit ich das mit den Benzodiazepinen weiß, rufe ich Tewes' Frau fast viertelstündlich an. Nichts. Sie könnte uns zumindest sagen, wer sein behandelnder Arzt war und ob ihr Mann Beruhigungsmittel einnahm.«

»Gut möglich, dass er Beruhigungsmittel brauchte. Er hatte ja diesen relativ lauten Streit nach dem Vortrag, und beim Gespräch mit Nicole Knies hat er sich ja auch noch aufgeregt.«

»Was?«, fragte Clemens Wieland überrascht. »Davon haben Sie mir ja noch gar nichts erzählt, und wer ist diese Nicole Knies?«

»Das ist mir vor nicht allzu langer Zeit auch erst wieder eingefallen«, gab sie zu und erklärte dann in knappen Worten, wer Nicole Knies war. Aus welchen Gründen auch immer verschwieg Jana dem Hauptkommissar allerdings ihre nächtliche Rotweinverkostung mit Meike Jacob und Nicole Knies und die Begegnung mit dem alten Mann. Doch Wielands Gesicht verriet, dass er zwischen den Zeilen etwas zu lesen schien. Sie fasste an ihr Halstuch. Diesen Griff registrierte Wieland sehr wohl.

»Zurück zu Frau Tewes. Wie sieht es eigentlich mit ihrem Alibi aus? Wo war sie während des Vortrags und zur Tatzeit? Bremen oder Hamburg oder doch …«, murmelte Jana.

»Eben, es gibt durchaus Anhaltspunkte für ein Motiv. Eheprobleme etwa, die wir allerdings bislang nur vom Hörensagen kennen.«

»Könnte die Tat denn Frau Tewes vielleicht mit einem Komplizen zusammen verübt haben?«

»Wir hatten vor einigen Jahren einen vergleichbaren Fall, ja … denkbar ist alles«, sinnierte Wieland. »Im Zwischenmenschlichen …«, fügte er fast ein wenig resigniert hinzu. Jana spürte, dass er ebenfalls ein Päckchen mit sich herumtrug, vielleicht hatte er gerade selbst private Probleme.

»Wie sieht es eigentlich mit den Reifeneindrücken aus?«

»Ach ja, wir konnten auch – ohne Ihre Fotos übrigens …«, Jana zuckte zusammen und wäre am liebsten im Polster des Sessels versunken. Sie wagte kaum aufzuschauen, doch sogleich erkannte sie erleichtert, dass er grinste. »Ist nicht schlimm«, beruhigte er sie weiter. Doch sein ernster Blick, der auf sein Grinsen folgte, ließ Jana innehalten. Hatte er sich möglicherweise über sie erkundigt und erfahren, dass …?

»Also zu den Reifenspuren«, nahm er den Faden wieder auf. »Anhand der Bereifung und des Radstandes wissen wir sicher, dass es sich um einen Geländewagen handeln muss. Möglicherweise um einen Land Rover.«

Wenigstens ein Anhaltspunkt. Jana ahnte jedoch, dass sie das zunächst nicht viel weiterbringen würde, denn sie hatte hier im Ort und in den Weinbergen viele Geländewagen erblickt.

»Winzer nutzen gerne solche Fahrzeuge …«, bemerkte der Hauptkommissar.

»Ja, das konnte ich bereits beobachten«, fiel ihm Jana ins Wort.

»… trotzdem sollten wir nicht gleich davon ausgehen, dass ein Winzer unser Täter ist. Zumal es sowieso fraglich ist, ob die Spuren wirklich von dem Fahrzeug stammen, mit dem die Leiche an den Ort gebracht wurde«, ergänzte Clemens Wieland.

Jana musste an die Schleifspuren denken. Sofort hatte sie das Bild des Sacks, in dem sich die Leiche befand und in dem sie sich mit dem Fuß verheddert hatte, vor Augen. Sie musste schlucken und nahm plötzlich das Pfeifen in ihrem Ohr wieder wahr: der Albtraum von heute Nacht, sie selbst in dem Sack und dann das Messer. Sie wollte versuchen, nicht mehr daran zu denken.

»Frau Vogt, was ist mit Ihnen?«

Immer noch das Rauschen im Ohr.

»Was?«

»Sie sind so blass?«

»Alles gut, mir war nur für einen kurzen Moment etwas – eingefallen. Was ist mit den Schuhabdrücken?«

»Ist wirklich alles in Ordnung mit Ihnen?«

Er wusste etwas, ganz sicher! Sie nickte stumm und wenig überzeugend, wie sie befürchtete.

»Also gut«, er schien ihr nicht wirklich zu glauben. »Auf dem Weg gab es massig Schuhabdrücke. Von Wanderschuhen und Arbeitsschuhen. Und im Hang selbst ist das Geröll leider nicht sehr konservativ, was Fußspuren angeht. Da kam alles ins Rutschen.«

»Fakt ist, wir haben außer dem möglichen Eheproblem keinen Hinweis auf ein Motiv«, resümierte Jana.

»Ja«, gab ihr Clemens Wieland fast ein wenig kleinlaut recht. »Noch nicht. Was halten Sie davon, wenn wir es für heute gut sein lassen?«

Jana nickte.

»Ich bin doch sowieso heute hier im Hotel. Das mit dem Zimmer hat ja, wie ich an der Rezeption erfahren habe, geklappt. Danke dafür.«

»Keine Ursache.« Jana lächelte und zog ihr Halstuch zurecht. Clemens Wieland registrierte auch diesen Handgriff wieder und fuhr dann fort: »Hätten Sie Lust, heute Abend mit mir essen zu gehen?«

Konnte er ihre Gedanken lesen? Denn heute Abend wollte sie ungern allein sein. Allerdings zog sie es vor, nicht in Ahrweiler auszugehen. Glücklicherweise fiel ihr die Bemerkung der Rezeptionistin ein, dass heute in Dernau Weinfest war. Ihr Vorschlag kam gut an, schließlich konnte auch der Hauptkommissar ein wenig Zerstreuung gebrauchen. Sie verabredeten sich für später an der Rezeption, um dann gemeinsam mit der Ahrtalbahn in den übernächsten Ort, den nächsten Halt hinter Marienthal, zu fahren.

TAG 3 – ABEND

Schon an der Bahnhaltestelle »Ahrweiler Markt« begegneten ihnen viele heitere Leute. Man konnte erahnen, dass bereits vor Fahrtantritt das eine oder andere Gläschen Wein genossen worden war. Die Fahrt nach Dernau brachte Jana definitiv auf andere Gedanken. Im Abteil plauderten viele Menschen, an manchem Hals baumelte ein kleines Gläschen mit Aufschriften wie »Weinfeste an der Ahr« oder »Ahrroter forever«. Bei einigen Frauen, jenen mit etwas mehr Körperfülle, hingen diese Gläschen fast schon in Höhe des Halses oder dessen, was in ihrer Jugend ein Hals gewesen war. Die herb-schöne Landschaft zog an ihnen vorbei. Die letzten Sonnenstrahlen des Tages tauchten die Kuppen der Weinberge in ein magisches Licht. Der nächste Halt war Walporzheim. Hier stiegen nur wenige zu. Die Bahn setzte sich wieder leise ruckelnd in Bewegung. Kurze Zeit später tauchte etwas abseits die Marienthaler Klosterruine auf. Die Mauern reckten sich in die Höhe wie eine steinerne Erinnerung an eine längst vergangene Zeit. Nach wenigen Minuten hatten sie Dernau erreicht. Die Bahn leerte sich, die beiden wurden von der weinseligen Menge einfach mitgerissen. Als sie wieder Blickkontakt zueinander hatten, sahen sie sich fragend an.

»Wohin?«

»Einfach der Menge nach«, antworteten sie unisono und mussten lachen.

Sie überquerten die Hauptstraße und ließen sich in den alten Dernauer Ortskern treiben. Überall standen kleine Weinstände, waren Höfe geöffnet, die zu einer Weinverköstigung einluden. Es roch nach Bratwurst und Reibekuchen. In der Nähe der Kirche war eine kleine Bühne aufgebaut, auf der eine Band Hits der 70er- und 80er-Jahre spielte. »Mamma Mia« von ABBA erklang gerade. Die unbekümmerte Atmosphäre tat Jana gut. In einem der Innenhöfe kauften beide sich ein Gläschen Wein und ließen sich auf einen Strohballen fallen. Die rockigere Musik, die aus einer Anlage ertönte, entsprach mehr Janas Geschmack und so fing sie an, im Takt mit dem Fuß zu wippen. Der Hauptkommissar spielte mit seinen Fingern auf seinen Oberschenkeln ganz verschämt Schlagzeug. Jana fühlte sich besser.

»Du Spinner!«, schrie plötzlich nicht weit entfernt von ihnen ein Mädchen um die 20. »Hast du se noch alle?!«

Ein junger Mann redete auf sie ein, doch das Mädchen ließ sich nicht beruhigen. Sie versuchte, mit einer Serviette, die ein anderes Mädchen ihr reichte, ihr T-Shirt zu reinigen, auf dem ein handtellergroßer roter Fleck leuchtete. Jana und der Hauptkommissar waren offensichtlich Zeugen eines Beziehungsstreites geworden. Kaum war jedoch der Ärger abgeklungen, standen beide wieder eng umschlungen da und unterhielten sich mit den anderen Jugendlichen, als wäre nichts gewesen.

»Ja, ja, die Jugend«, murmelte Clemens. »Noch ein Gläschen?«, wollte er dann gut gelaunt wissen.

So saßen beide da, tranken ein Gläschen Wein nach dem anderen, quatschten über dies und das und merkten erst, als ihre Mägen knurrten, dass sie noch nichts gegessen hatten.

»Ich glaube, ich bin beschwipst«, stellte Jana mit erhobenem Zeigefinger fest.

»Gut, dass wir mit der Bahn gekommen sind, sonst würde mich nachher die Polizei anhalten und ich müsste ins Röhrchen pusten.« Der Hauptkommissar lachte laut auf.

Jana kicherte. »Sie können mich nicht verwarnen, ich bin von der Mordkommission«, imitierte Jana seine imaginäre Antwort und lachte dabei wie ein Schulmädchen.

»Psssst«, murmelte Clemens Wieland und hielt dabei einen Zeigefinger vor seinen Mund. »Wir sind doch undercover im Einsatz.«

Wieder kicherte Jana.

»Sollen wir was essen?«, schlug Clemens Wieland vor.

Jana war dabei, denn nach etlichen Gläsern Wein hätte sie ohne etwas im Magen vermutlich nicht mehr lange durchgehalten. So viel hatte sie schon lange nicht mehr getrunken und erst recht nicht an zwei Abenden hintereinander.

Sie fanden bald einen Stand, an dem es Reibekuchen und Gebratenes gab. Mit ihrem Essen kämpften sie sich an der Menschenmenge, die die Straßen in Beschlag nahm, vorbei und suchten ein ruhigeres Plätzchen, das sie am Ahrufer fanden. Der Abend war mild, und so setzten sie sich einfach auf die Wiese am Fluss. Zu ihren Füßen plätscherte das Wasser. Mittlerweile war es dunkel geworden. Im Licht der Kerzen und Laternen wirkte alles romantisch. Über dem Ort lag ein Schallteppich aus Lachen, Singen und einem Wirrwarr der unterschiedlichsten Musikstile.

»Tut das gut, endlich einmal unbeschwert zu sein«, seufzte Jana.

Clemens Wieland nickte still. Dann wurde er ernst: »Ich habe ein ungutes Gefühl.«

»Warum?« Jana verstand nicht, worauf er hinauswollte.

»Ihretwegen«, antwortete er knapp mit einem sehr bedrückten Unterton in der Stimme.

»Wegen mir?« Jana verstand noch immer nicht.

»Ich habe mich über Sie erkundigt und dabei erfahren, dass Sie«, er hielt inne, »Probleme bei einem Einsatz hatten.«

Jana wurde es plötzlich warm. Sie merkte, wie das Blut durch ihre Adern rauschte und ihre Wangen rot wurden. Hoffentlich bemerkte Clemens Wieland das nicht. Was wusste er genau? Alles oder nur dass es, wie er es fast verharmlosend umschrieb, »Probleme« gegeben hatte? Während sie überlegte, wie sie reagieren sollte, zeigte er auf ihr Halstuch.

»Das Halstuch hat damit etwas zu tun, oder?«, fragte er vorsichtig.

Jana fiel fast ihr letztes Stückchen Reibekuchen aus der Hand. Sie wusste definitiv nicht, was sie sagen sollte. Sie wusste ja noch nicht einmal selbst, was dieser Vorfall mit ihr machte. Musste er das jetzt ansprechen? Der Abend war doch bisher so schön gewesen.

»Ich musste das einfach zur Sprache bringen«, er sah sie von der Seite an. »Sind Sie beurlaubt?«, fragte er dann direkt.

Jana fühlte sich wie bei einer Vernehmung. Nein, das war sie nicht, wie konnte er das nur glauben? Sie schüttelte heftig mit dem Kopf.

»Nein, ich habe regulären Urlaub«, fauchte sie.

»Entschuldigung, ich wollte Ihnen da nicht zu nahetreten.«

Augenblicklich tat ihr ihre harsche Reaktion leid. »Ich hatte den Urlaub wirklich schon vor Wochen geplant«, murmelte sie kleinlaut. Es war doch wirklich nicht verwerflich, dass er sich Sorgen machte.

»Wollen Sie mir vielleicht berichten, was passiert ist? Ich meine, Sie müssen nicht.«

Aha, er kannte die genauen Umstände also nicht. Und das war gut so.

»Selbstverständlich habe ich nichts von unseren Ermittlungen erzählt. Aber ich wüsste halt gerne, wie belastbar Sie gerade sind. Ich möchte nämlich nicht schuld daran sein, dass Sie mit einem eventuellen Trauma nicht fertig werden.«

Sie überlegte, ob sie ihm alles erzählen sollte, entschied sich jedoch dagegen. Nicht alles wieder aufwühlen.

»Alles ist gut«, entgegnete sie mit fester Stimme und lenkte dann ab: »Ich möchte nur keinen Ärger, Sie wissen schon, wegen der Zuständigkeiten und so.«

»Okay – das bekommen wir schon hin … Ich bin übrigens Clemens.«

»Und ich bin Jana.«

Mit einem Mal sah er ihr in die Augen. Es war ihr, als wolle er nach ihrer Hand greifen, doch er machte einen Rückzieher. Bisher hatte Jana noch nicht wirklich über Clemens nachgedacht. Sie hatte lediglich gemerkt, dass da mehr war. Und nun, nach einigen Gläsern Wein, oder aufgrund des Weines, beschlich sie eine wohlige Vertrautheit gegenüber diesem ihr im Grunde doch fremden Mann. Was wusste sie über ihn, außer dass er Kriminalkommissar war? Keiner von beiden sagte etwas, sie saßen einfach nur da und jeder hing seinen Gedanken nach, begleitet vom Plätschern des Flusses. Wie schön wäre es, wenn er sie nun in den Arm nähme und sie einfach nur den Augenblick genießen könnte. Doch schnell nahmen Janas Gedanken ihren eigenen Weg und drifteten von ihren persönlichen Gefühlen zum aktuellen Verbrechen. Ein Gedankensplitter jagte den nächsten: Wer hatte ein Motiv, Herbert Tewes umzubringen? Warum legte der Mörder die Leiche ausgerechnet im Weinberg ab? Wo war Tewes seinem Mörder begegnet, kannten sie sich zuvor? Wieso konnten in seinem Blut Benzodiazepine nachgewiesen werden? Was und wo war die Tatwaffe? Woher kam eigentlich der Sack?

»Clemens, was ist eigentlich mit dem Sack?«

»Häh?«, fragte Clemens etwas abwesend und warf ein Steinchen in die Ahr, dessen Aufprall auf der Wasseroberfläche nur ganz leise zu hören war.

»Der Sack, in dem Herr Tewes eingewickelt war.«

»Sag mal!« Er schüttelte gespielt fassungslos den Kopf. Offensichtlich waren seine Gedanken weitaus romantischer gewesen. »Also, der Sack. Das ist auch so ein Punkt, der mir Kopfzerbrechen bereitet. Übrigens waren es zwei Säcke, einer über den Kopf und einer über die Füße gestülpt. In der Mitte waren die mit einer Kordel zusammengebunden. Aber die Kordel hatte sich gelöst und lag weiter unten im Weinberg. Ich bin noch nicht ganz durch mit den Unterlagen, vielleicht steht da noch mehr drin. An der Kleidung des Toten fanden sich übrigens Faserspuren eines grünen Wollstoffes. Sag mal, trug er noch die Sachen, die er während des Vortrags anhatte?«

»Du meinst, ob er sich noch einmal umgezogen hat? Hm, ich habe ja von der Leiche nicht viel gesehen. Dazu kann ich eigentlich nichts sagen. Aber wenn du mir Fotos zeigst, kann ich das beurteilen ... grüne Wollfasern also. Von einem Pulli? Oder einem Teppich?«

»Möglich ...«

Jana hatte den Eindruck, als wollte Clemens sich heute Abend nicht weiter damit befassen. Doch das beeindruckte sie nicht wirklich. Wenn sie erst einmal angebissen hatte, dann gab es für sie keinen Feierabend. Auch ihre zarten Gefühle für den Hauptkommissar hatten da keinen Platz.

»Und der Weinberg, wem gehört der?«

»Jana, lass es doch für heute gut sein.«

»Wieso?«

»Hm, du gibst keine Ruhe?«

»Nö.«

»Soweit ich mich erinnere, irgendeinem Kölner. Die Adresse habe ich aber in den Unterlagen. War für meine Kollegen gar nicht so leicht, das rauszufinden. Aber einer der Ahrweiler Kollegen kennt da jemanden, der den Weinberg daneben hat. Die Anfrage beim Liegenschaftsamt hätte viel länger gedauert«, erklärte Clemens.

»Vermutlich spielt das aber auch keine Rolle, wem der Weinberg gehört. In den eigenen Weinberg wird ja wohl niemand eine Leiche legen. Aber ...«, Jana schlussfolgerte weiter, »manchmal ist es dennoch kein Zufall, wo eine Leiche abgelegt wird. Immerhin war die Lage nicht so wirklich verkehrsgünstig. Vielleicht ...«

»Ja?«

»Vielleicht will der Mörder damit etwas ausdrücken. Entweder eine falsche Spur legen oder, hm, einen indirekten Hinweis geben?«

»Möglich«, Clemens gähnte. »Entschuldigung. Ich bin echt müde.«

Über diese Bemerkung ging Jana einfach hinweg. »Ich werde mich genauer mit dem Weinberg befassen, das ist kein Zufall, dass die Leiche da lag. Ich werde mal recherchieren, dazu hast du vermutlich ohnehin keine Zeit.«

»Mach mal …« Hinter ihnen, in der Nähe der Hauptstraße, war ein lautes Grölen zu hören. Als sie sich umdrehten, konnten sie zwei Männer erkennen, die offensichtlich eine Auseinandersetzung hatten. Einer der beiden rief dem anderen, der augenscheinlich vor ihm weglief, etwas zu. Nichts an der Szene wirkte allerdings besorgniserregend. Kein Grund, einzuschreiten, dachte wohl Clemens, der ein weiteres Steinchen ins Wasser warf, nachdem er sich wieder umgedreht hatte.

»Hast du eigentlich noch was Wichtiges bei deinen Vernehmungen in Ahrweiler herausgefunden?«, ließ Jana nicht locker. »Oder war dafür noch keine Zeit?«

Clemens gähnte. »Nee, nicht wirklich. Ich habe einfach nicht genug Leute, ich weiß ja selbst, dass die ersten 48 Stunden entscheidend sind für die Mordaufklärung«, entgegnete er gereizt.

»Entschuldigung, ich wollte dich nicht so anblaffen. Es ist nur …« Am Ufer quakte aufgeregt eine Ente. Eine zweite erwiderte das Quaken etwas lauter und übertönte für einen Moment sogar die allgemeine Geräuschkulisse.

»Entschuldigung ebenso. Ich will dich nicht kritisieren, echt nicht, aber wenn ich erst mal an einer Sache dran bin …«

»Ja, ja, das habe ich auch schon über dich gehört«, lachte Clemens. Jana boxte ihm sanft in die Seite. »Also gut, ich werde mich weiter umhören und recherchieren. Mein Gefühl sagt mir, dass der Dreh- und Angelpunkt bei Herbert Tewes' Forschungen zu suchen ist. Und dass das Hotel in Ahrweiler, beziehungsweise das, was es früher war, und Marienthal, also das Kloster dort, der Schlüssel zu allem sind. Ich beschäftige mich mal intensiver mit den Grabungen, was es damit auf sich hat. Ach ja, wusstest du, dass die alten Klosteranlagen zwei Jahre lang saniert wurden? Komisch, dass man damals nicht gleich auch archäologische Grabungen durchgeführt hat.«

»Vermutlich sind jeweils andere Institutionen zuständig, oder es lag am Geld, oder man sah keine Notwendigkeit dazu?«, fand Clemens gleich mehrere schlüssige Erklärungen.

»Denkbar. Vielleicht ist jetzt etwas herausgekommen, was man damals noch nicht wusste?«, spekulierte Jana. Sie war so damit beschäftigt, sich ihre Theorien zurechtzulegen, dass sie nahezu alles um sie herum ausblendete. Erst als ein bläuliches Licht Clemens' Gesicht erhellte, kapierte sie, dass sein Handy geklingelt hatte. Clemens schaute missmutig auf das Display. »Um diese Uhrzeit? – Ach ja, meine Schwester.« Er stand auf und lief einige Schritte am Ufer entlang. Er klang aufgeregt. Jana konnte allerdings nicht verstehen, was er sagte, es ging sie ja auch nichts an. Als er endlich zu ihr zurückkam, wirkte er bedrückt.

»Familienkram.« Das war alles, was er dazu sagte. »Wollen wir uns noch ein Weinchen genehmigen oder fahren wir zurück?«

»Lass uns zurückfahren«, beschloss Jana.

Als der müde wirkende Clemens sie fast ein wenig dankbar ansah, schob sie noch hinterher: »Usti soll nicht schon wieder so lange am Abend allein bleiben.«

»Wieso – schon wieder?«

»Ach, am Donnerstagabend …« Sie biss sich auf die Zunge.

»Was…?«

»Ach nichts …«

»So, so.«

Statt mit der Ahrtalbahn zurückzufahren, hatten sie sich ein Taxi bestellt. Jana war das wesentlich lieber, was sie vor Clemens jedoch nicht zugeben mochte. Die vielen Menschen zwischen ein wenig angeschickert und sturzbetrunken machten ihr nicht gerade Angst. Jedoch empfand sie, vor allem wenn sie sich gemeinsam mit solchen Leuten in einem geschlossenen Raum befand, ein ziemliches Unbehagen. Außerdem neigten alkoholisierte Menschen zu allerlei seltsamen Verhaltensweisen, mit denen sie während ihrer Ausbildung häufig konfrontiert worden war. Ihr Arbeitgeber schickte gern junge Kolleginnen zum Einsatz auf den Kölner Rosenmontagszug. Um solche und ähnliche Einsätze zu umgehen, hatte sie eine Laufbahn bei der Kriminalpolizei eingeschlagen und sich schließlich auf die Dokumentation spezialisiert. Sie nahm sich vor, den Selbstverteidigungslehrgang noch einmal aufzufrischen, wenn sie wieder im Dienst war. Seltsamerweise kam ihr dieser Gedanke genau zu jenem Zeitpunkt, als das Taxi durch das Obertor fuhr und vor dem Hotel Halt machte. Während Clemens bezahlte, war da plötzlich wieder dieses seltsame Gefühl von gestern Abend. Was, wenn jemand hinter ihr her war und sie genau jetzt beobachtete?

»Magst du nicht aussteigen?«, riss Clemens sie aus ihren Überlegungen.

»Doch, na klar.«

Still folgte sie ihm ins Hotel und ging an der Rezeption vorbei in den Trakt, in dem sich ihr Zimmer befand. Nun standen sie vor ihrer Zimmertür und keiner sagte ein Wort. Drinnen hörte man den Hund rascheln. Jana spielte verlegen mit der Key-Card.

»Jana, irgendetwas ist doch noch. Du bist so still, seitdem wir mit dem Taxi in Ahrweiler angekommen sind«, bemerkte Clemens.

»Wo ist denn dein Zimmer?«, fragte sie. Ihre Stimme klang ganz schwach.

»Hier gegenüber, 24. Sag mal, es ist doch etwas, oder?«

»Nun ja, es war sicher nur ein Hotelgast, der sich im Gang geirrt hatte, heute Nacht.« Mist, sie wollte darüber doch nicht sprechen.

»Wie bitte? Jana, was meinst du? Jetzt bitte Klartext!«

»Heute Nacht war jemand vor meiner Tür, glaube ich«, schränkte sie im gleichen Atemzug jedoch wieder ein. »Ich hatte Albträume und dann hörte ich im Gang jemanden. Usti auch, ich meine, der lauschte ganz angestrengt. Ich glaube schon, dass er auch etwas gehört hat, also dass da jemand vor der Tür war. Es war bestimmt nur ein Hotelgast, der sein Zimmer gesucht hat.«

»Du meinst, dass es nur ein Hotelgast war?«

Wie peinlich! Und wenn es dieser Jens Scheuermann gewesen war, der doch mehr von ihr wollte? Das wollte sie Clemens vielleicht nicht sagen.

»Gibt es denn Anhaltspunkte dafür, dass dich jemand um diese Uhrzeit aufsuchen wollte?«

»Nein, wer denn auch, wenn es Jens Scheuermann nicht war«, dachte sie.

»Woran erinnerst du dich genau?«, fragte er.

Dann berichtete sie davon, dass sie kurz darauf zum Fenster gegangen war. »Als ich dann in den Hof schaute, sah ich einen Mann eilig in Richtung Straße gehen«, erklärte sie.

»Kann das die Person gewesen sein, die vor deiner Tür war?«

»Woher soll ich das wissen?«

Sie zuckte mit den Schultern. Warum rückte sie nicht mit der ganzen Wahrheit raus? Endlich nahm sie all ihren Mut zusammen und schilderte, wie der alte Mann sie mehr oder weniger in der Oberhutstraße gestellt und wie aggressiv seine Stimme geklungen hatte. Und sie schilderte zudem, was sie in diesem Moment empfunden hatte. »Ich leide nicht unter Verfolgungswahn. Außerdem habe ich diesen Mann schon mal gesehen, aber ich weiß einfach nicht mehr wann und wo.«

Clemens strich ihr sanft über den Arm. »Du hältst dich ab sofort zurück. Du fragst niemanden mehr wegen des Mordfalles. Du kannst gerne im Netz recherchieren, meinetwegen auch über die Historie von Marienthal und Ahrweiler, aber mehr nicht. Und wenn dir irgendetwas auch nur ansatzweise seltsam vorkommt, dann rufst du mich an. Lieber einmal zu viel als einmal zu wenig. Keine Alleingänge, okay?«

»Ja, schon gut«, maulte Jana, die sich doch gerade erst wieder gefangen hatte und glaubte, die Dämonen nun endgültig besiegt zu haben.

»Ich meine es ernst, sonst petze ich deinem Vorgesetzten, dass du hier auf eigene Faust ermittelst.«

»Ha, ha«, feixte Jana, »du drohst mir?«

In dem Moment wurde es Usti, der noch immer hinter der verschlossenen Tür wartete, zu viel. Er fing an zu bellen.

Der Abschied war kurz und dennoch ungewöhnlich vertraut ausgefallen. Nachdem Jana die Tür von innen verschlossen hatte, begrüßte sie ein wenig zu nebensächlich ihren Vierbeiner, der beleidigt auf seine Decke trottete und mit einem laut vernehmbaren Schnaufen sein Missfallen ausdrückte. Sie horchte noch eine Weile an der Tür. Schließlich fiel die gegenüberliegende Tür ins Schloss. Jana seufzte, genau in dem Moment klopfte es unvermittelt.

»Ja? Wer ist da?«, flüsterte sie.

»Na, ich, machst du noch mal kurz auf, bitte?«

Als sie öffnete, blickte er sie erwartungsvoll an.

»Wollen wir morgen zusammen frühstücken?«

»Gute Idee«, fand Jana.

TAG 4

Ein neuer Tag brach an. Sie hatte einigermaßen gut geschlafen, obwohl sie in der Nacht mehrere Male aufgeschreckt war im Glauben, draußen auf dem Korridor etwas gehört zu haben. Dann hatte sie jedes Mal den Atem angehalten und in die Dunkelheit gelauscht. Außer dem leisen Schniefen ihres Hundes war jedoch nichts zu hören gewesen. Letztendlich waren es nur die üblichen Geräusche eines Hotels sowie ab und an das Knacken einiger alter Holzbalken. Als sie aus der Dusche kam und sich gerade ihren Morgenmantel überstreifte, hörte sie Schritte auf dem Korridor, die sich von ihrer Zimmertür entfernten. Auf dem Boden gleich neben der Tür lag ein zusammengefalteter weißer Zettel. Sie zog den Gürtel ihres Morgenmantels fester um ihre Taille. Usti stand vor der Tür und sein ganzer Körper drückte Enttäuschung aus. Spätestens jetzt war Jana klar, dass der Zettel von niemandem stammen konnte, der ihr Böses wollte. Erleichtert bückte sie sich nach dem Papier. Mit zittrigen Händen faltete sie es auseinander und las die Nachricht:

> »Hallo Jana,
> ich bin im Frühstücksraum und warte auf dich.
> Bis gleich! C.«

Er hatte eine schöne Handschrift, flüssig mit großen ausdrucksstarken, klaren Buchstaben. Ihre Hände zittern immer noch ein wenig. Hatte Clemens eben angeklopft, während sie noch im Badezimmer war? Bei dieser Vorstellung verspürte sie in ihrem Körper ein leichtes Kribbeln. Sie drückte den Zettel kurz an sich, musste darüber allerdings sofort den Kopf schütteln. Was hatte sie denn plötzlich für Anwandlungen? Eilig machte sie sich fürs Frühstück fertig.

Im Frühstücksraum war einiges los, fast alle Tische waren besetzt. Sie suchte Tisch für Tisch mit ihren Augen ab, aber sie konnte Clemens nirgends entdecken.

»Guten Morgen«, begrüßte sie die Kellnerin. »Darf ich Ihnen behilflich sein?«

»Guten Morgen, ja, ich suche Herrn Wieland«, flüsterte sie. Es musste einen Grund geben, warum er, anders als angekündigt, nicht hier war.

»Ach ja, wir haben in einem kleinen Nebenraum einen Tisch aufgestellt, da sind sie etwas ungestörter. Ich führe Sie dorthin. Darf ich Ihnen Kaffee oder Tee bringen?«

»Ein Milchkaffee wäre sehr nett, danke«, und dann sah sie auch schon Clemens. Überall auf einem Tisch lagen Unterlagen, Mappen, Berichte und Fotos verteilt.

Sie begrüßte ihn fröhlich, er grüßte eher flüchtig zurück. Um ihn nicht allzu sehr zu stören, ging sie zum Buffet und stellte ein Frühstück für zwei zusammen. Als sie mit dem Tablett zurückkam, dampfte auf dem Tisch bereits ihre große Tasse Michkaffee. Clemens hatte außerdem seine Unterlagen zur Seite geschoben und auf drei kleinere Stapel verteilt.

»Oh, wie lecker«, lobte er Jana. »Wie ich sehe, eine überaus gelungene Zusammenstellung. Herzlichen Dank.« Er half ihr dabei, Teller, Besteck sowie Speisen auf dem Tisch zu verteilen. »Entschuldigung, dass ich eben so kurz angebunden war, aber ich versuche mir einen Überblick zu verschaffen. Es gibt so viele Merkwürdigkeiten in dem Fall.«

»Erzähl«, ermunterte ihn Jana, während sie ihr Croissant in die Tasse tunkte.

Er schaute sie amüsiert an.

»Was?«

»Ach nichts … echt niedlich, wie du isst«, grinste Clemens.

Verlegen senkte sie ihren Blick und zupfte an ihrem Halstuch.

»Hast du eigentlich einigermaßen gut geschlafen heute Nacht?«, wollte er wissen, während er zu seiner Kaffeetasse griff und sie über den Rand der Tasse hinweg anschaute.

»Ja«, erwiderte sie. »Ich konnte zwar nicht durchschlafen … jedenfalls war niemand an der Tür – glaube ich.«

»Hm? Du nimmst es aber schon ernst, oder?« Seine Stirn lag in Falten.

»Hm, weiß nicht«, sie zuckte mit den Schultern. »Doch schon, irgendwie. Ich passe auf, versprochen«, versicherte sie, allerdings etwas halbherzig.

»Deswegen hältst du dich auch ab sofort zurück«, mahnte Clemens. »Und wir sehen zu, dass wir den Fall möglichst schnell lösen.« Er überlegte und wartete auf Janas Reaktion. Diese nickte nur leise und fügte dann an: »Also erzähl, was beschäftigt dich?«

»Es gibt so viel, was mich stutzig macht: Woher kommen die Säcke, in die Tewes eingewickelt war? Hast du solche Säcke schon mal irgendwo gesehen? Was transportiert man denn im Allgemeinen darin? Solche Säcke sind doch ziemlich aus der Mode, oder?«

»Habt ihr darauf keine Beschriftung gefunden?«, wollte Jana wissen.

»Ich habe die Unterlagen fast durch, aber bisher nichts dazu gelesen. Ich muss sonst am Montag noch mal bei der Kriminaltechnik gezielt danach fragen.«

»Mir fallen nur solche alten Leinensäcke ein, die man früher zum Transportieren von Kohle oder Kartoffeln nutzte, oder halt Überseeprodukte wie Kaffee zum Beispiel. Die werden neuerdings übrigens auch zur Herstellung von Wohnaccessoires oder Taschen zum Upcycling genommen«, erläuterte Jana. »Und wenn die in Zweitverwendung«, sie hustete kurz, »ich meine, wenn die schon mal für den Transport von Waren benutzt wurden, dann müssten im Gewebe sicher Spuren davon zu finden sein.«

»Hm, hoffentlich finden wir irgendwas, was uns weiterbringt. Ach, ja, ich habe heute Morgen bereits Frau Tewes ans Telefon bekommen.«

»Nanu?«

»Ja, sie war erwartungsgemäß wieder kurz angebunden. Ich wollte wissen, ob ihr Mann irgendwelche Beruhigungsmittel nahm.«

»Und?«, fragte Jana gespannt.

»Ja, tatsächlich. Er nahm wohl früher häufiger ein Mittel namens, Moment«, Clemens blätterte in seinem Notizbuch, »ah, hier, in dem Bericht hier steht der Name eines starken Beruhigungsmittels – Tran-quil-or.«

»Ist es das, was man auch in seinem Blut nachweisen konnte?«

»Soweit waren die von der Rechtsmedizin noch nicht.«

»Jedenfalls wäre es dann auch relevant zu wissen, wie hoch die Konzentration im Blut war und ob man eventuell Rückschlüsse auf den Einnahmezeitpunkt ziehen kann«, kommentierte Jana.

»Ja, ja, klar, so könnten wir abschätzen, ob er es selbst einnahm oder es ihm verabreicht wurde. Apropos: Bei der Obduktion konnten wohl keine direkten Abwehrspuren festgestellt werden. Was dafür spricht, dass der Stich sehr überraschend kam. Da er jedoch von vorne geführt wurde…«

»…kannte Herr Tewes vermutlich seinen Mörder. Oder …«, überlegte Jana.

»Oder?«, fragte Clemens, um dann seinerseits den Satz zu ergänzen, »… oder er war benommen und konnte nicht mehr reagieren.«

»Genauso«, pflichtete ihm Jana bei. »Ich hole mir noch eine weitere Tasse Kaffee, für dich auch noch?«

Clemens nickte und brütete dann wieder über seinen Unterlagen. Kaum war Jana zurück und hatte die Tassen auf den Tisch gestellt, als Clemens erneut das Thema Beruhigungsmittel ansprach: »Weißt du, was seltsam ist?«

Jana schüttelte den Kopf.

»Dass Herbert Tewes seit seiner Verabschiedung von der Schule nicht mehr beim Arzt war und kein neues Rezept mehr für sein Tranquilor ausgestellt wurde.«

»Seit wann ist er denn im Ruhestand?«, fragte Jana.

»Seit letztem Jahr im Sommer.«

»Also gut ein Jahr. Du meinst, er brauchte kein Beruhigungsmittel mehr?«

»So würde ich das interpretieren.«

»Und was meint seine Frau dazu?«

»Das ist es ja, sie wusste nicht, ob er weiter Beruhigungsmittel einnahm.«

»Das ist aber doch jetzt wieder merkwürdig, und dieses Nichtwissen reiht sich in ihre bisherigen Antworten ein und passt zu ihrer«, Jana suchte nach einem treffenden Wort, »ihrer Gleichgültigkeit. Irgendwie. Ich glaube langsam, dass sie uns mit ihrer Betroffenheit bei ihrem ersten Besuch etwas vorgemacht und ihr Wutausbruch etwas vertuschen sollte. Irgendwas. Aber was?«, grübelte Jana.

»Aber was?«, wiederholte Clemens.

Nachdem sie nicht weiterkamen und Jana ihre Aussage vom Mittwoch unterschrieben hatte – »damit alles seine Richtigkeit hat«, hatte Clemens gesagt, hatten sie sich voneinander verabschiedet. Jana war unschlüssig, was sie heute unternehmen könnte. Usti, der während des Frühstücks auf dem Zimmer gewartet hatte, musste jedenfalls unbedingt an die frische Luft.

Usti lief immer der Nase nach. Das Altstadtpflaster lieferte ihm eine Fundgrube an Gerüchen. Der Himmel hatte sich zugezogen. Aus einer Bäckerei schlenderte ein älterer Mann, eine gut gefüllte Brötchentüte in der Hand. Sie kannte den Mann, es war Karl Knies, der ehemalige Journalist. Auch heute trug er wieder einen roten Pullover. Ob es derselbe war, den er am Vortag anhatte? Journalisten sind über die Geschehnisse im Ort bestens im Bilde. Es könnte also sehr nützlich sein, das Gespräch mit ihm zu suchen. Vielleicht würde er ihr so ganz nebenbei einige fallrelevante Informationen preisgeben. Ohne sich einen genauen Plan gemacht zu haben, wie sie am unverfänglichsten mit ihm ins Gespräch käme, rief sie seinen Namen. Es schien, als nickte er in ihre Richtung. Sie winkte. Doch er zögerte nur kurz und marschierte dann einfach weiter, ohne von ihr Notiz zu nehmen. Hatte er sie nicht gehört? Nicht begriffen, dass sie es war, die mit ihm sprechen wollte? Oder wollte er sie nicht hören, nicht mit ihr sprechen? Noch einmal rief sie ihm hinterher, jedoch ohne Erfolg. Stattdessen warfen ihr andere Passanten kritische Blicke zu, die sie nicht zu deuten wusste. Waren es diese Blicke oder der Wunsch, aus dem stadtmauerumgebenen Ort hinauszuwandern? Sie wusste es nicht und folgte instinktiv dem Wegweiser zum AhrSteig. Es ging über die Ahr und an einer Reihe von Häusern vorbei auf die Höhe. Jana begann zu keuchen. Der Aufstieg strengte sie einigermaßen an. Vielleicht trugen die beiden Abende eine gewisse Mitschuld, an denen sie eindeutig – für ihre Verhältnisse – zu viel getrunken hatte. Plötzlich fand sie sich inmitten von Reben wieder. Von dort öffnete sich ein Panoramablick auf Ahrweiler. Das Ahrtor erkannte sie sofort und dahinter die Kirche. Ein weißes Gebäude mit einer dunklen Haube konnte sie ausmachen. Waren sie während der Stadtführung daran vorbeigekommen? Sie konnte sich nicht erinnern. Sie genoss für Sekunden den Ausblick und wanderte weiter. Irgendwann hatte sie den nächsten Wegweiser mit dem AhrSteig-Logo verpasst, was ihr aber nichts ausmachte. Die Weinreben wichen nun Obstwiesen und Pferdekoppeln. Usti war jetzt in seinem Element. Er hatte die meiste Zeit seine Nase auf dem Boden und sprühte nahezu vor Begeisterung angesichts der vielen Geruchseindrücke. Gerade hatte er Geschmack an den vielen Kaninchenkötteln gefunden, die überall rechts und links des Weges herumlagen. Na, Mahlzeit! Aber das kannte sie bereits von den Kölner Stadtparks. Der Weg führte sie weiter über eine Straße hinein in ein Wohngebiet am Waldrand. Dort standen einige Häuser mit gepflegten Vorgärten und ländlichem Charme. Hinter einer Reihe mannshoher Hecken entdeckte Jana eine Frau, die gerade eilig hinter das Haus lief, gefolgt von einem braunen Labrador.

»Ach, das war doch Meike Jacob«, murmelte sie vor sich hin. Wohnte sie hier? Jana näherte sich dem Haus. Meike blieb zunächst verschwunden. Neugierig schaute sie auf das Klingelschild, das an dem Pfosten eines dunkelbraunen Jägerzauns befestigt war und auf dem »Hermann Jacob« stand. Wer das wohl war, ihr Mann? Ein schmaler, von hohen Hecken gesäumter Weg führte an dem Haus vorbei in den Wald. »Den nehmen wir«, bestimmte sie. Das war genau das Richtige für Usti: Unter der Hecke schien es magisch zu riechen. Während Jana ihrem Vierbeiner die Freude ließ, Marder-, Iltis-, Igel- oder Katzenduft, oder was auch immer es war, nachzuspüren, hörte sie auf einmal Meike Jacobs aufgeregte Stimme. Als Jana durch die Hecke lugte, erkannte sie, dass die Stadtführerin hektisch gestikulierte, während sie in ihr Handy sprach. Sie bekam nur einzelne Gesprächsfetzen mit, es ging anscheinend um irgendwelche Gartenarbeiten, das erschloss sie aus den Worten »graben« und »herausholen«.

»Guten Tag!« – Jana zuckte zusammen. Ein älterer Herr mit Spazierstock und grauen Haaren kam geradewegs auf sie zu und schwenkte den Spazierstock in ihre Richtung. Jana fühlte sich ertappt. Hatte er sehen können, dass sie Meike Jacob beobachtete?

»Ein herrlicher Tag, heute, nicht wahr?«

»Ja, Guten Tag«, versuchte sie möglichst leise zu antworten. Der Mann wanderte milde lächelnd an ihr vorbei. Das Klappern seines Spazierstocks war noch eine Weile zu hören. Ob Meike Jacob etwas mitbekommen hatte? Jana suchte das Grundstück, soweit sie es einsehen konnte, mit ihren Augen ab. Sie konnte die Stadtführerin jedoch nirgends ausmachen. Anscheinend hatte sie mittlerweile das Telefonat beendet und war ins Haus gegangen.

Jana schaute auf ihre Uhr und erschrak. Sie musste dringend zurück zum Hotel, denn sie hatte heute Nachmittag noch etwas Wichtiges vor. Der Einfachheit halber ging sie denselben Weg zurück. Nun lag die Stadt genau vor ihr, ein herrliches Panorama mit den Weinbergen als Kulisse. Zum ersten Mal entdeckte sie mehrere große Pfeiler in den Weinbergen, etwas oberhalb der Kirche. »Seltsame Bauteile«, dachte sie. Sie fuhr mit ihren Augen die Berge ab und ihr Blick wanderte dabei immer weiter nach links, bis zu dem Punkt, an dem die Berge am rechten und linken Ahrufer perspektivisch ineinander verschmolzen. Irgendwo dahinter befand sich der Weinberg, in dem sie die Leiche von Herbert Tewes gefunden hatte. Sie wollte den Ort in den nächsten Tagen noch einmal genauer auf sich wirken lassen. Warum legte ein Mörder eine Leiche an einer Stelle wie dieser ab? »Erstens«, murmelte sie laut vor sich hin, »er wurde gestört und musste den Körper auf die Schnelle entsorgen. Zweitens, er legte ihn absichtlich dorthin. Aber warum? Sollte der Tote gefunden werden und wenn ja, von wem? Hatte er eine bestimmte Person im Auge, die ihn finden sollte?« Sie bemerkte, dass sie vor sich hin sprach und schaute sich um. Weit und breit war niemand zu sehen, der sie hätte belauschen können. Nur Usti schaute sie einigermaßen erstaunt an. Oder hatte er eine Antwort auf ihre Fragen? Sie grinste und marschierte weiter. Halt, eine Theorie hatte sie noch, wenngleich diese recht abwegig erschien: Vielleicht wollte der Mörder, oder der, der die Leiche dort abgelegt hatte, auf den Fundort aufmerksam machen?

Mittlerweile hatte sie das Ahrtor durchschritten und die Buchhandlung erreicht. Durch das Schaufenster bemerkte sie zwei Frauen. Eine davon war vielleicht Elvira Dahlmann, denn es schien so, als empfehle sie einer Kundin ein Buch in einem Regal. In Jana keimte Hoffnung auf. Möglichst unauffällig versuchte sie, durch die große Fensterfront ins Innere zu spähen. Doch als die Sonne hinter einer Wolke hervorkam, spiegelten sich die gegenüberliegenden Häuser in der Scheibe. Jana veränderte ihre Position und konnte so besser hineinsehen. Ja, das musste Frau Dahlmann sein. Plötzlich wurde ihr Blick von einem Buch im Schaufenster geradezu angezogen. Der Titel, »Chronik von Marienthal«, sprang ihr ins Auge.

Die Zeit musste sie sich nehmen!

In der Buchhandlung roch es nach Papier und Druckerfarbe. Nach Büchern eben. Samstags war hier einiges los. Und da hinten, vor einem Regal mit Kriminalromanen, stand die Frau von eben. Das musste Elvira Dahlmann sein, ganz sicher. Jedenfalls hatte sie Jana beim Vortrag gesehen. Und das war die Frau, die am Donnerstag vor der Alten Kellnerey einer anderen Person einen Briefumschlag übergeben hatte.

»Könnten Sie bitte Ihren Hund etwas zur Seite nehmen, er versperrt den Eingang«, bat ein Kunde, der gerade hinter ihr in den Laden trat. Verunsichert machte sie Platz. Waren hier Hunde überhaupt gestattet? Egal. Gerade steuerte die Buchhändlerin zielstrebig auf sie zu.

»Guten Morgen, kann ich Ihnen weiterhelfen?«

Jana suchte nach einem Aufhänger für ihr Gespräch. Na klar, das Buch in der Auslage: »Guten Morgen, im Schaufenster liegt ein Buch über Marienthal.«

»Oh wie schön, dass Sie danach fragen, darf ich es Ihnen holen?«, fragte die Buchhändlerin. Jana nickte. Wieso um Himmels willen freute sie sich so über ihr Interesse? War das Buch etwa ein Ladenhüter?

Mit den Worten »So, hier ist es« übergab die Buchhändlerin ihr die Chronik. Jetzt oder nie, Jana musste nicht lange überlegen, wie sie das Gespräch unverfänglich in die angestrebte Richtung bringen konnte.

»Entschuldigen Sie bitte, haben wir uns nicht schon einmal gesehen? Wo war das nur? Sie müssen wissen, ich bin hier im Urlaub.«

»Bestimmt hier im Geschäft.«

Jana wusste, dass das nicht stimmte. »Nein. Moment. Doch, doch, war das nicht im Hotel beim Vortrag vor einigen Tagen?«

»Ach, Sie waren auch da? Schrecklich, was mit Herrn Tewes …«, sie verstummte kurz. »Sie wissen es doch sicher aus der Zeitung …«

Jana nickte betroffen.

»Ja, schrecklich«, wiederholte sie. Sie wollte gerade zum Thema Marienthal überleiten, als sich eine andere Kundin einmischte und kundtat, dass sie ein Tierbuch für Kinder suchte. »Einen Moment, ich bin gleich bei Ihnen«, versicherte Elvira Dahlmann und drückte Jana die Chronik in die Hand. »Die Kasse ist dort.« 45 Euro für die »Chronik von Marienthal« war ein stolzer Preis. Ob das Buch diesen Preis auch wert war?

Kaum hatte Jana ihren Fuß wieder auf das Ahrweiler Pflaster gesetzt, da nahm Usti unerwartet Fahrt auf und zog sie auf die andere Straßenseite. Kein Wunder, vor der gegenüber liegenden Bäckerei saß artig wartend eine schokobraune Labradordame. Es war die Bäckerei, vor der

sie erst vorhin Karl Knies gesehen hatte. Die Labradordame wartete schon sehnsüchtig mit wedelndem Schwanz
auf Usti. Noch während der Begrüßungszeremonie der
Hunde kam Meike Jacob mit einem Brot unter dem Arm
aus der Bäckerei. Sie musste unmittelbar nachdem Jana sie
oben vor dem Haus am Waldrand gesehen hatte, losgegangen oder vielleicht mit dem Auto hierhergekommen sein.

»Ach, das ist ja eine Überraschung.«

»Das finde ich auch«, antwortete Jana.

»Die beiden Hunde verstehen sich ja prächtig, wie ich
sehe«, stellte Meike Jacob fest.

»Ach, das ist …«, tat Jana ahnungslos.

»Gini, genau«, ergänzte die Stadtführerin.

»Wie schön.«

»Haben Sie heute Nachmittag schon etwas vor?«

Jana schluckte: »Sind wir seit vorgestern nicht per Du?«
So ganz sicher war sie sich auf einmal nicht mehr.

»Oh ja, Entschuldigung. Das hatte ich vergessen. Zu
viel Wein?«

»Ja, vermutlich.«

»Also? Hast du heute Nachmittag schon etwas vor? Ich
führe heute Nachmittag nämlich noch eine kleine Gruppe
nach Marienthal und zurück. Möchtest du mitkommen?«

»Ach ja, eigentlich gerne, aber ich habe heute Nachmittag tatsächlich schon etwas anderes vor«, entgegnete Jana.
Gut zupass kam ihr allerdings das Stichwort »Marienthal« und so wagte sie heute schon zum zweiten Mal einen
mutigen Vorstoß: »Hast du schon gelesen, was gestern in
der Zeitung stand?«

»Nein, was denn? Was meinst du?«

»In Marienthal sollen archäologische Grabungen
durchgeführt werden.«

»Wie bitte?« Das war kein Erstaunen, das war Entsetzen, das sich in ihrem Gesicht widerspiegelte. Nach kurzem Innehalten versuchte Meike Jacob ihre Fassung wiederzufinden, was ihr aber nicht gelang. »Ja, der Weg nach Marienthal ist wirklich herrlich. Und das Wetter soll heute wieder sonnig werden. Also, vielleicht sehen wir uns ja bald noch einmal«, plapperte sie. Dann löste sie den Knoten, mit dem sie die Leine ihrer Hündin an einem Tisch fest gemacht hatte, und wünschte Jana und Usti noch einen schönen Tag. Dann war sie auch schon durch das Ahrtor verschwunden.

»Was war jetzt das?«, wunderte sich Jana. »Sehr befremdlich. Immer wieder Marienthal …«

TAG 4 - NACHMITTAG

Da lag sie nun, die »Chronik von Marienthal«. Aus alter Gewohnheit schrieb sie gleich ihren Namen auf die erste Seite. Der ockerfarbene Buchumschlag mit einer Schwarz-Weiß-Abbildung der Klosterruine von Marienthal wirkte nicht wirklich einladend und machte kaum auf den Inhalt neugierig. Jana konnte sich lebhaft vorstellen, dass das Buch höchst selten gekauft wurde. Wer hatte es eigentlich geschrieben? Nirgendwo auf dem Cover war der Name des Autors zu lesen. Auch nicht auf der ersten Titelseite. Sie studierte das Impressum. Endlich fand sie den Namen des Autors: »Rudolf Spieß«. Spieß? Dieser Name sagte ihr nichts. Sie kramte ihr Handy hervor und rief die Liste der Teilnehmer des Vortrags auf. Name für Name las sie sich laut vor, aber ein Rudolf Spieß war nicht darunter. Der hätte doch interessehalber zum Vortrag kommen müssen, fand sie.

Im Anhang befand sich ein ausführlicher Lebenslauf: Rudolf Spieß war demnach 1951 in Buenos Aires als Diplomatensohn auf die Welt gekommen und hatte dort an der Zweigstelle der Universität Bologna sowie später in Italien und Wien Geschichte und Kunst studiert. Später an den Universitäten in Rom und Wien doziert und war seit 1984 freiberuflicher Kunstsachverständiger.

Ein bewegtes Leben schien dieser Mann gehabt zu haben. Jana empfand kurzzeitig so etwas wie Bewunderung. Die Stationen seiner Karriere riefen bei ihr Bilder mondäner Gebäude, antiker Stätten und eines bemerkenswerten Lebensstils wach. Sie konnte förmlich das Flair dieser Städte hören, schmecken, riechen. Wieder einmal im unpassendsten Augenblick spielte ihr Handy »Tod auf dem Nil.« Jana nahm das Gespräch entgegen. Es war Simone, ihre Freundin.

»Du kommst aber doch rechtzeitig zu Julius' Geburtstagsparty, oder?«, maulte sie, vermutlich weil Jana ihr etwas geistesabwesend erschien. Die Freundinnen kannten sich seit Jahren. Die kleinste Regung der anderen registrierte man in einer Millisekunde. Simone war aber nicht nur Janas beste Freundin, sondern auch ihre Kollegin bei der Kölner Kripo. Natürlich würde sie pünktlich zur großen Party ihres Patenkindes kommen.

»Denk an das Geschenk!« – »Also echt, Simone, bitte, natürlich denke ich an das Geschenk!«, lachte Jana. »Ich bin um drei bei euch.« – »Ja, dann mal los, viel Zeit bleibt dir nicht mehr!«

Meine Güte, Simone hatte recht, sie musste sich noch umziehen, hier ein wenig aufräumen sowie ihre Klamotten packen.

Nur 20 Minuten später stand sie mit Hund und einer kleinen Reisetasche bepackt an der Rezeption. Usti war ungewöhnlich unruhig und zog ständig an der Leine, während Jana immer wieder versuchte, ihn dazu zu bewegen, sich zu setzen. Sie wollte dem Hotelpersonal mitteilen, dass sie in der kommenden Nacht nicht im Hotel übernachten, morgen aber ihren Urlaub fortsetzen würde. Da sie Clemens seit dem Frühstück nicht mehr gesprochen hatte und eine SMS für unpassend hielt, ließ sie ihm eine handgeschriebene Nachricht ins Postfach legen mit der Info, dass sie bis morgen Vormittag in Köln sein werde. Während sie mit der Abgabe des Zettels beschäftigt war, tippte ihr plötzlich jemand auf die Schulter. Usti versuchte sich dazwischenzudrängen.

»Usti, lass das doch mal«, meckerte sie, während sie sich umdrehte und genau in das Gesicht von Jens Scheuermann blickte. »Der hat mir jetzt noch gefehlt«, dachte sie. Sie ließ sich aber nichts anmerken.

»Ach, hallo. Ich habe angenommen, Sie wären schon abgereist.«

»Haben Sie etwa geglaubt, ich würde mich nach unserem netten Abend einfach so aus dem Staub machen?«

Was sollte sie darauf erwidern? Die Verlegenheitspause zog sich in die Länge.

»Nun, dann. Ich lasse Ihnen mal meine Karte hier. Vielleicht sehen wir uns ja bald einmal wieder.« Er zog seinen rechten Mundwinkel nach oben und zwinkerte ihr zu. Dann schnappte er seinen silbernen Rollkoffer und verließ das Hotel. Jana schüttelte ihren Kopf. Gut, dass er weg war. Länger hätte sie sein anstrengendes Getue nicht mehr ausgehalten. Außerdem wartete der achtjährige Julius in Köln bestimmt schon auf sein Geburtstagsgeschenk.

TAG 5 – SEHR FRÜHER MORGEN

»Jana, hörst du mich?«

Sie träumte gerade so schön. Wer ruckelte bloß so penetrant an ihrer Schulter?

»Jana, hallo.«

»Lass das!«

»Jana?«

»Ja, was?«

»Jana, ich muss los.«

»Wohin?«

»Jana, hör mir bitte mal für einen Moment zu.«

Erst jetzt realisierte sie, wo sie war. Sie öffnete nur widerwillig ihre Augen.

»Ach, Simone, du bist es.« Sie setzte sich im Bett auf.

»Wer denn sonst?«

»Was machst du hier?«

»Was soll ich denn schon hier zu Hause bei mir machen?! Sag mal, was ist denn mit dir los?«

Jana lächelte verträumt. »Wie spät ist es eigentlich?«

»4.30 Uhr.«

»Waaaaas? Und dann weckst du mich? Spinnst du?! Ich hab doch Urlaub«, maulte Jana und zog die Decke übers Kinn und noch weiter bis zur Nasenspitze, während sie sich wieder ins Kissen fallen ließ. »Ich mag nicht aufstehen«, murmelte sie ins Plumeau.

»Jana«, Simones Stimme wurde energischer. »Ich habe einen Mordfall.«

»Was heißt denn *du*?«, fragte sie verständnislos.

»Ja, ich, und ich muss jetzt los.«

»Wieso ich?«, brummelte Jana unter der Decke, die sie sogleich geschwind aus ihrem Gesicht zog. »Ich komme natürlich mit«, bestimmte sie.

»Nichts da!«, vermeldete die Freundin. »Und du weißt auch warum.«

»Ich komme mit!« Jana war nun hellwach und schlüpfte in ihre Klamotten, die auf einem Stuhl neben ihrem Gästebett lagen.

»Du hast Urlaub«, raunte Simone, während Jana gerade dabei war, einen Klecks getönte Tagescreme im Gesicht zu verreiben. »Geh mal zur Seite, ich kann mich gar nicht im Spiegel sehen.«

»Sag mal, du spinnst doch, ich kriege mächtig Ärger, wenn ich dich mitnehme«, sagte Simone. Man merkte, dass sie es so ernst allerdings nicht wirklich meinte. Derweil war Jana mit ihrem schwarzen Kajalstift beschäftigt. »Und wer soll die Fotos machen? Ich weiß doch, dass fast alle krank sind, die man gebrauchen kann.«

»Meinetwegen, aber auf deine Verantwortung«, gab sich Simone geschlagen. »Aber du machst, was ich sage.«

»Ja, Frau Kriminalhauptkommissarin.«

»Und ich ruf jetzt meinen Ex an, der hat sich sowieso gestern zu wenig um seinen Sohn gekümmert.«

Nur eine Minute später stand Jana abfahrbereit in Simones Flur. Usti hatte es gut, er durfte weiterschlafen.

Noch war es still, die Stadt dämmerte vor sich hin und würde erst später erwachen. Ganz anders als an einem Wochentag, an dem jetzt schon die ersten Pendler unterwegs wären.

»Wohin fahren wir eigentlich?«, fragte Jana, während sie ihre Lippen mit einem beigen Lipgloss beschmierte.

»In ein Buchantiquariat mit Antiquitätenhandlung. Dort drinnen befindet sich ein Toter, mehr weiß ich auch nicht.«

Nach einem kurzen Stopp in der Dienststelle, wo Jana ihre Kameraausrüstung abgeholt und Simone weitere Utensilien ins Auto gepackt hatte, kamen sie bereits eine Viertelstunde später am Tatort in einer ruhigen Seitenstraße an. Vor einem Laden mit der Aufschrift »Antik im Veedel« hielten sie. Zwei Polizeiwagen und ein Rettungswagen standen mitten auf der engen und zugeparkten Straße. Die blauen Lichter blinkten in einem heimlichen Takt, so als hätten sie sich abgesprochen, und wirkten ohne jegliche akustische Untermalung ziemlich bizarr in der ansonsten unbelebten, nur von wenigen Laternen beleuchteten Straße. Simone und Jana waren gerade ausgestiegen, da deutete ihnen ein Polizeibeamter den Weg: »Hier entlang, wir müssen in den Hinterhof«, dirigierte er und ging den beiden Frauen voraus. Er führte sie an der Häuserfront entlang durch einen schmalen Durchgang zu einem Hinterhof. Ein greller Scheinwerfer beleuchtete den Ort. Der Polizist zeigte auf den rückwärtigen Eingang, der über den Innenhof sowie drei steinerne Treppenstufen zu erreichen war. »Da hinein!«

Simone nickte und zog zwei Paar Plastikschuhe hervor, die die beiden Frauen über ihre Schuhe streiften. Die weißen Schutzanzüge trugen sie bereits. Dann traten sie ins Innere des Ladens, der mit Bücherregalen vollgestellt war. In manchen Regalen standen die Bücher in Zweier-, wenn nicht sogar Dreierreihen. An den wenigen freien, nicht von Büchern besetzten Stellen fanden sich einige antike Gegenstände. In einer Vitrine mit auffälligen Gebrauchsspuren waren silberne Kerzenständer, Kisten und Kästchen ausgestellt. Es roch muffig, nach altem Papier, Staub und morschem Leder. Und dann bemerkten sie den Toten. Er saß auf einem Schemel, mit dem Rücken zu ihnen. Sein Kopf war auf die Platte eines großen Schreibtischs gefallen. An seinen Haaren klebte Blut, getrocknetes Blut.

»Jana?«

»Ja.«

»Machst du direkt mal ein paar Fotos?«

»Bin schon dabei«, meldete sie sich. Schließlich wusste sie, was zu tun war.

Simone öffnete ihren Koffer, zog zwei Paar Handschuhe heraus und gab ihr eines davon.

»Wo ist Klaus?«, fragte sie einen weiteren Polizisten, während sie den Kopf des Toten inspizierte.

»Kommt gleich«, war die knappe Antwort.

»Aha, ich sehe schon, ein Loch im Schädel. Sagen Sie mal, wer war außer dem Notarzt noch hier? Hat sonst jemand die Leiche angefasst?«

»Ja, die Frau des Toten.«

»Bitte?!«, stutzte Simone.

»Ja, seine Frau hat ihn gefunden und …«, erklärte der Polizist.

»Oh je, die Ärmste. Dann wissen wir auch schon, wer er ist?!«

»Ja, Stefan Mayer-Kühn, der Inhaber.«

»Wieso wurde er zu dieser ungewöhnlichen Uhrzeit gefunden?«, wunderte sich Simone.

»Seine Frau steht völlig unter Schock, wird gerade vom

Notarzt behandelt. Aber so viel wissen wir bereits: Ihr Mann war wohl öfter bis spät abends im Laden, hat Bücher sortiert oder was auch immer. So genau wusste sie das nicht. Als es immer später wurde, wurde sie unruhig. Weil er nicht an sein Handy ging, fuhr sie dann letztlich in den Laden. Da war es gegen 4 Uhr. Die hintere Tür stand auf und dann fand sie ihn.«

»Einbruch?«, fragte Simone knapp.

»Können wir noch nicht genau sagen, sieht aber eher nicht danach aus.«

»War der Laden gestern geöffnet und wenn ja, wie lange? Hatte er eine Verabredung?«

Keiner der Kollegen konnte ihr darauf antworten.

»Klären Sie das! Hat er noch Mitarbeiter, die wir fragen können, auch ob hier was weggekommen ist?«, fragte Simone und blickte ein wenig ratlos auf die vielen Bücher, Papiere und den ungeordneten Krimskrams.

»Das müssen wir noch ermitteln«, war die für Simone sehr unbefriedigende Antwort.

»Ach gut, Klaus, dass du da bist«, hörte Jana Simone sagen. Sie selbst war so in das Fotografieren vertieft, dass sie das Eintreffen des Kollegen nicht bemerkt hatte.

»Hi, Klaus.«

»Jana? Ich denke, du hast Urlaub?«

»Pssst«, antworte Jana und lächelte ihn an.

Er nickte konspirativ. Er war einer von den Verlässlichen.

»Sollte nicht der Ulli während deines Urlaubs die Fotos machen?«, flüsterte er.

»Jana hat heute Nacht bei mir geschlafen, warum sollte ich sie dann nicht mitbringen?«, mischte sich Simone ein.

»Unsere Jana«, grinste er anerkennend. »Außerdem,

bei ihr weiß man wenigstens, dass die Fotos was werden«, lästerte und gab dann zu bedenken: »Ulli wird aber mächtig sauer sein.«

»Ja, ich habe ihn einfach nicht erreicht«, flunkerte Simone. »Pech, dass er sein Handy immerzu verlegt.« Sie unterbrach sich selbst und motivierte sich und die anderen, weiterzuarbeiten. »So, nun aber los. Guck mal hier …«

Die Bücher und Antiquitäten übten eine magische Anziehungskraft auf Jana aus. Nachdem sie Simone zur Hand gegangen war, schaute sie sich deshalb im Laden um, blickte auf die Buchtitel, fotografierte, blickte wieder auf die Buchrücken, als sie unvermittelt innehielt: Was war das? Sie sah genauer hin: »Ahrtaler Geschichte«. Wie interessant. Sie musste einfach diesen Teil des Bücherregals fotografieren. Sie hatte da so eine Eingebung …
Beim Heranzoomen entdeckte sie zwischen der »Ahrtaler Geschichte« und dem daneben stehenden Buch »Kölner Mundart« eine Lücke. Und im Halbdunkel dieser Lücke schimmerte doch etwas.

»Simone?«

»Ja, hier.«

»Hast du mal 'nen Augenblick?«

»Ja, wo bist du?«

»Hier, in Richtung vorderer Eingang. Bring mal 'ne Taschenlampe mit, bitte.«

»Moment. – Also …«

»Ah, gut, Simone, leuchte bitte mal zwischen die beiden Bücher, ja genau …«

Beide Frauen schauten einander an: Mehr oder weniger gut versteckt lag hinter der ersten Buchreihe etwas Metallisches, etwas, das nicht unbedingt dorthin gehörte.

»So, ich nehme mal die ›Kölner Mundart‹ weg«, erklärte Simone.

Und dann kam der Gegenstand auch schon deutlicher zum Vorschein: Es war ein Schlüsselbund mit zwei Sicherheitsschlüsseln.

»So, Foto, warte, noch eins, okay.«

Das Blitzlicht warf eigenartige Reflexionen auf die Bücher. Als Jana ihr ein Zeichen gab, nahm Simone den Schlüsselbund vorsichtig an sich. Bevor der in einer Papiertüte verschwand, schaute sich Jana den Schlüsselbund ganz genau an. Der Anhänger, der daran baumelte, stellte eine stilisierte Weintraube dar.

»Wer den dahin gelegt hat und welche Schlüssel das wohl sind? Herr Czerwinski?«, rief Simone.

»Ja«, ertönte eine Stimme aus den Tiefen des Antiquariats.

»Ob die Ehefrau diese Schlüssel kennt? Fragen Sie doch mal bitte, vorausgesetzt sie hat sich einigermaßen gefangen.«

Herr Czerwinski nahm die Tüte, in der der Schlüsselbund steckte, an sich und verließ den Laden. Nur wenige Minuten später kehrte er zurück.

»Sie kennt den Schlüsselbund nicht«, erklärte der Polizist.

»Wie geht es ihr?«, fragte Simone.

»Na ja, nicht besonders.«

»Ob ich sie nachher mal kurz sprechen könnte?«

»Ich frage mal nach. Aber hier herein wird sie sicher nicht mehr kommen«, mutmaßte der Kollege.

»Fragen Sie bitte mal, ob wir uns später im Hof treffen können, so in 15 Minuten. Wenn der Notarzt fahren will, kann sie ja so lange in einem der Einsatzwagen warten.

Ist nicht Regina Wallrath auch hier, die könnte ihr doch etwas zur Seite stehen.«

Regina Wallrath war eine Polizeikollegin, die für ihr einfühlsames Wesen geschätzt wurde.

»Wo ist eigentlich der Ladenschlüssel?«, fragte Simone weiter.

»Ich glaube hier«, antwortete Jana und zeigte auf die Haupteingangstür, die zur Straße lag und in deren Schloss ein Schlüsselbund mit einem metallenen Kölner Dom als Anhänger steckte.

»Okay. Hat jemand hier im Raum oder draußen einen kantigen, schweren Gegenstand gesehen?«, rief Simone an alle Anwesenden gewandt. »Ich suche noch den Gegenstand, mit dem Herr Mayer-Kühn offensichtlich erschlagen wurde.«

Niemand antwortete ihr.

»Irgendwas gefunden?«

Wieder nur Stille, jeder konzentrierte sich auf seine Aufgabe. »Wäre ja auch zu schön gewesen«, stellte Simone resigniert fest.

»Entschuldigung«, eine junge, zierliche Polizistin in Uniform, die ihr ausgezeichnet stand, steckte den Kopf in die Tür, die zum Hof führte. »Wo ist Frau Maxrath?«

»Hier. –Hallo, Regina.«

»Hallo, Frau Maxrath, Frau Mayer-Kühn geht es nicht gut und sie kann auf keinen Fall hierher kommen, auch nicht in den Hof. Würden Sie mich vielleicht zum Einsatzwagen begleiten, dann können Sie dort mit ihr sprechen?«

Simone streifte ihre Handschuhe ab und informierte Jana beim Hinausgehen: »Ich spreche mit Frau Mayer-Kühn. Wenn wir dann hier fertig sind, fahren wir zur

Dienststelle und laden deine Fotos auf den Rechner. Dann sehe ich zu, dass ich dich schnell zu meiner Wohnung bringe, vielleicht kann ich mich auch noch duschen. Und du fährst dann zurück nach Ahrweiler, damit du noch was von deinem Urlaub hast. Danke übrigens.«

»Wofür, Simone? Ich danke dir.« Die Tatortuntersuchung hatte sie wieder in ihren eigenen Alltag mit den unregelmäßigen Arbeitszeiten zurückgeführt. Und dieser Alltag fühlte sich ziemlich gut an. Da es nichts mehr für sie zu tun gab, nahm sie sich noch einmal die Buchtitel vor. Da hatte jemand ziemlich alles zur rheinischen Geschichte zusammengetragen. Wenigstens hatte der Inhaber versucht, die Buchtitel grob nach Regionen und Themen zu ordnen, so ganz war ihm das allerdings nicht gelungen. Erstaunlich viele Titel fanden sich tatsächlich über das Ahrtal. Seltsamer Zufall, mal wieder. Nur wenige Antiquitäten lagerten hier, auch wenn der Name des Ladens etwas anderes vermuten ließ. Die repräsentativsten Stücke waren offensichtlich in der Vitrine am Hintereingang ausgestellt. Warum eigentlich nicht vorn im Geschäft? Auch wenn Jana nicht so recht wusste, warum, so versuchte sie, die Vitrinentür zu öffnen, was problemlos möglich war. Dass die Tür nicht abgeschlossen war, sprach nicht für einen besonders großen Wert der Kästchen, Kisten und Kerzenständer. Auch wenn sie bisher bei sich keine besondere Vorliebe für derlei Dinge entdeckt hatte, fotografierte sie die Gegenstände. Denn alles konnte wichtig sein. Sie schrieb es ihrem Instinkt zu, dass sie außerdem ihr Smartphone zückte und damit ebenfalls Fotos machte.

Ob es noch weitere Räumlichkeiten gab? Die Luft war stickig und tat ihr nicht gut. Sie brauchte frische Luft, außerdem begann ihr Magen zu rebellieren. Sie ging an

Klaus und seinen Mitarbeitern, die gerade ihre Sachen zusammenpackten, vorbei zur Hoftür und sog die frische Morgenluft ein. Der Himmel war wolkenverhangen. Sie schaute beiläufig auf ihre Uhr und stellte verwundert fest, dass es schon nach 7 Uhr war. Mittlerweile war es schon eine ganze Weile her, dass Simone zum Einsatzwagen gegangen war, um mit Frau Mayer-Kühn zu sprechen. Wo sie nur blieb? Allmählich übermannte sie eine extreme Müdigkeit. Ein Kaffee wäre jetzt gut. Sie ließ sich auf eine der Treppenstufen fallen und rieb sich müde die Augen. Etwas war seltsam an diesem Tatort. Irgendetwas stimmte hier nicht. Es war nur ein Gefühl, dem sie allerdings gern nachgegangen wäre. Sie hatte keine Gelegenheit mehr, sich darüber weitere Gedanken zu machen, denn gerade bog Simone um die Ecke.

»Jana, du glaubst nicht, was auf der Straße los ist. Leute, alles voller Leute. Dabei waren auch einige Nachbarn. Ich habe etliche Gespräche geführt, vielleicht ist ja der eine oder andere Hinweis dabei. Das muss ich später mal in Ruhe alles rekapitulieren. Und dann rennt da zwischen all den Leuten die Neumann rum und nervt alle.«

»Oh nein, um diese Uhrzeit? Ist die aus dem Bett gefallen?«

»Vielleicht war sie noch gar nicht drin«, lästerte Simone knurrend.

»Sie hat übrigens viel zu übereilt einen Artikel über den Ahrweiler Fall geschrieben.«

»Den was?«

»Ähm, ja.«

»Was meinst du?«, fragte Simone abwesend. Vielleicht war es gut so, dass Simone ihr nicht richtig zugehört hatte. Je weniger Simone von ihren Recherchen in Ahrweiler wusste, desto besser. Diesmal kam Jana sogar die neugierige Neumann zu Hilfe. Denn diese war Simone offensichtlich gefolgt. Nun versuchte sie gerade einen der Polizeikollegen auf sich aufmerksam zu machen und aus dem Hof zu lotsen.

»Frau Neumann!«, sagte Simone verärgert, »Wenn Sie nicht augenblicklich verschwinden, bekommen Sie Ärger wegen Behinderung der Polizeiarbeit!«

Nur widerwillig folgte die Journalistin dieser Anweisung.

Simone stöhnte. Sie wirkte genervt und müde zugleich. Janas Bemerkung, die sie noch vor einer knappen Minute hatte stutzig werden lassen, hatte sie offensichtlich vergessen. Ohne noch einmal darauf zurückzukommen, verfügte sie: »Lass uns los!« Sie gab den Polizisten, die bereits vor den beiden am Tatort gewesen waren, einige Anweisungen und hakte sich schließlich bei Jana unter. Kurz bevor sie den Hof verließen, drehte sich Jana noch einmal um. Irgendetwas war ihr vorhin beim Hereinkommen in der Nähe des Hintereingangs aufgefallen. Plötzlich blieb sie wie vom Donner gerührt stehen, sodass Simone ziemlich unsanft gebremst wurde.

»Au! Was ist?«

»Moment«, rief Jana voller Elan und zog Simone mit sich. Am Hintereingang ließ sie ihren forschenden Blick wie einen Scanner hin und her wandern. »Da, siehst du das?«

Simone wackelte skeptisch mit dem Kopf. Für sie standen dort wohl nur Gerümpel, alte Kartons, Tinnef.

»Da, nu schau doch.«

»Oh, Jana, was denn?«

»Na, der Vogel.«

»Welcher Vogel denn um Himmels willen?«

»Da, die Figur auf dem Fenstersims neben der Tür.«

»Du meinst diesen schwarzen … ach, nein.«

Beide Frauen schauten einander an, dann wieder die Tierplastik, die eine schwarze Krähe darstellte, die auf einem Steinsockel saß. Der Vogel war offensichtlich aus Bronze gefertigt und vermutlich ein Stück aus Mayer-Kühns Laden.

»Er steht da, als habe ihn jemand absichtlich dahin gestellt«, da war sich Jana ganz sicher. Sie hatte vorhin auf den Treppenstufen nur wenige Zentimeter entfernt davon gesessen.

Simone nickte nur, während Jana Fotos schoss, und ging ein wenig näher an den Bronzevogel heran, legte den Kopf schief und untersuchte ihn mit zusammenge-kniffenen Augen.

»Am spitzen Schnabel haftet Blut – Klaus.« Simones Ruf war von einer so immensen Nachdrücklichkeit, dass der Gerufene unverzüglich den Kopf durch die Hinter-tür steckte: »Jaaaa?«

»Da«, war Simones kurze Anweisung.

»Oh ja, das könnte …«

»Das ist«, erklärte Simone ein wenig überheblich.

TAG 5 - NACHMITTAG

Als Jana endlich an der Rezeption ihres Ahrweiler Hotels ankam, war es mittlerweile Nachmittag geworden. Der Aufenthalt in der Dienststelle hatte länger gedauert als vermutet. Sie war wieder in ihrem Element. Sie hätte ihren Urlaub völlig vergessen, wenn ihr Chef sie nicht irgendwann entdeckt und zum Ausgang des Gebäudes komplimentiert hätte. Da Simone nun die Ermittlerteams zusammenstellen musste und sie nicht nach Hause bringen konnte, wo Usti sicher aufgeregt auf sie wartete, hatte sich Jana kurzerhand ein Taxi genommen. Simones Exmann ließ sie ins Haus. Von ihm erfuhr sie, dass es Julius gut ging und er mit den Nachbarskindern spielte. Nach einem kurzen Stopp bei einer nahegelegenen Bäckerei fuhr sie in ihre Wohnung, schaute nach der Post, die glücklicherweise keine negativen Überraschungen wie Rechnungen bereithielt. Usti war anscheinend der Meinung, dass sie nun zu Hause bleiben würden, denn er rollte sich auf seiner Hundematratze zusammen. Für einen Moment zögerte auch Jana, ob sie nicht einfach hierbleiben sollte. Jedoch musste sie sowieso zurück nach Ahrweiler, allein schon, um ihre Sachen zu holen. Außerdem, so ganz gleichgültig waren ihr weder der dortige Mordfall noch der überaus sympathische Hauptkommissar.

Eine gute Stunde später stand Jana auch schon an der Rezeption des Hotels Am Mühlenteich, um sich zurückzumelden. Sie fragte sich, ob Clemens die Nachricht erhalten hatte, die sie gestern hinterlegt hatte. Der Rezeptionstresen war nicht besetzt. Dafür stand einige Meter entfernt Hans von Hagen. Er war in ein Gespräch mit einer Hotelangestellten vertieft. Diese gestikulierte wild mit den Händen, während der Hotelier dreinschaute, als habe er gerade in eine Zitrone gebissen. Jetzt wechselte er schlagartig seine Gesichtsfarbe. Als er realisierte, dass Jana ihn anschaute, wurde er noch blasser. Es ging um sie? Sein Blick sprach jedenfalls dafür.

»Frau Vogt«, von Hagens Stimme war ernst. Er schaute sich um. Ein junges Pärchen verschwand gerade in den Innenhof. Weitere Gäste waren nicht in der Nähe. »Also, ich weiß gar nicht, was ich sagen soll«, er kam mit gesenktem Kopf auf sie zu. Dann flüsterte er, obwohl sie ganz unter sich waren: »Wir haben Spuren an Ihrer Zimmertür gefunden. Es sieht so aus, als«, stammelte er, »als habe man versucht, in Ihr Zimmer einzubrechen.«

»Wie bitte?«, fragte sie ungehalten.

Hans von Hagen zuckte deutlich zusammen. Seine Kollegin stand wie ein Schulmädchen neben ihm.

»Wann wurde das denn festgestellt?«

»Gerade eben, als unsere Angestellte die Minibar auffüllen wollte«, erläuterte Hans von Hagen. »Ich würde gerne mit Ihnen zusammen mal das Zimmer anschauen, ob es sich wirklich um einen«, er sah sich um, »Einbruch handelt. Ob etwas fehlt, eventuell«, er stammelte wieder, »vielleicht war es ja nur ein Versuch«, beruhigte er sich selbst.

Während sie missmutig dem Hotelier folgte, Usti wie

immer an ihrer Seite, überlegte sie fieberhaft, ob sie etwas Wichtiges im Zimmer zurückgelassen hatte. Etwas, das keinesfalls in fremde Hände gelangen durfte. Die Kamera hatte sie dabei, aber ihr Laptop. Ihr lief es heiß und kalt den Rücken herunter. Hatte sie oder hatte sie nicht den Laptop noch in den Safe gelegt? Sie war doch gestern Nachmittag so überhastet aufgebrochen. Es waren zwar keine wichtigen Daten auf der Festplatte, aber ärgerlich wäre es allemal. Keine Versicherung würde den Verlust bezahlen. Als sie vor ihrem Zimmer angekommen waren, sah Jana, dass es schlimmer zu sein schien als vermutet: Die Tür war mutwillig aufgebrochen worden, die Zarge beschädigt. Da war jemand mit grober Gewalt vorgegangen.

»Wann war denn zum letzten Mal einer der Angestellten in meinem Zimmer, kann man das nachprüfen?«, fragte Jana.

Der Hotelier überlegte und antwortete dann: »Hm, da Sie ja gestern Nachmittag Bescheid gegeben haben, dass sie in der Nacht von Samstag auf Sonntag auswärts übernachten würden«, er kratzte sich nervös am Oberarm, »hat unser Zimmermädchen das letzte Mal gestern Morgen sauber gemacht.«

»Das hört sich plausibel an. Aber an dem Zimmer sind doch bestimmt noch mehrere Angestellte und auch Gäste vorbeigegangen. Und niemand hat etwas gemeldet? Seltsam.« Sie blickte den Hotelier unzufrieden an. »Und es hat niemand etwas beobachtet, etwas gehört?«

Der Hotelier zuckte mit den Schultern.

»Und eine Videoüberwachung haben Sie auch nicht, nehme ich an.«

Mit seinem heftigen Kopfschütteln beantwortete Hans von Hagen ihre Frage. Wenn nicht noch jemand eine zufällige Beobachtung melden würde, so wäre es fast aussichtslos, den genauen Zeitpunkt zu ermitteln. Wie es wohl drinnen aussah? Jana befürchtete das Schlimmste. »Sie warten bitte hier draußen, ich schaue erst einmal allein nach.« Sie traute sich kaum, ins Zimmer hineinzublicken. Mit den Fingerknöcheln schob sie vorsichtig die Tür auf.

Und dann das: Nichts war auf den ersten Blick zu sehen. Vielleicht war derjenige, der die Tür so malträtiert hatte, ja gestört worden? Vorsichtshalber eilte sie zum Safe, gab den Sicherheitscode ein und – war erleichtert. Sie hatte alles Wichtige hineingeräumt, alles war noch da. Vor allem ihr Laptop. An der Tür des Safes waren keine Spuren zu erkennen. Sie wusste, dass das nichts bedeutete, heute gab es genügend Möglichkeiten, einen elektronischen Safe zu öffnen, nahezu ohne jegliche sichtbare Spuren zu hinterlassen. Aber jemand, der mit roher Gewalt eine Tür aufbrach, hatte bestimmt keine dahingehenden Kenntnisse. Sie bemerkte Usti, der völlig irritiert mitten im Zimmer wartete und sein Frauchen mit weit aufgerissenen Augen ansah. Dann begann er seine Nase zu heben und zu schnüffeln. Er lief zur Eingangstür, dann zum Bett, zum Tisch und machte vor dem Safe erst einmal Halt. Schnüffelte auf dem Boden direkt darunter und ging dann wieder zur Tür. Jana konnte sein Verhalten nur so deuten: Es war jemand in ihrem Zimmer gewesen, während sie sich in Köln aufhielt. Ja, sie nahm ihn auch wahr, diesen Geruch …

»Frau Vogt, ist alles noch da? Müssen wir unbedingt die Polizei rufen?«, bat der Hotelier unsicher von seinem Aufenthaltsort an der Türschwelle aus.

Erst jetzt realisierte sie, dass ihr Hans von Hagen die ganze Zeit zugeschaut hatte. Sie überlegte und schlug dem

Hotelier vor, sich selbst darum zu kümmern und gegebenenfalls den Hauptkommissar entscheiden zu lassen, wie weiter vorzugehen sei. Diskret, auf jeden Fall, versicherte sie. Natürlich gehörten Einbruchsdelikte nicht zu Clemens' Zuständigkeitsbereich, aber das wollte sie an dieser Stelle nicht erörtern. Nachdem sich der Hotelier entfernt hatte und »prophylaktisch«, das war der von ihm gewählte Begriff, einen Schreiner beauftragen wollte, die Tür wieder herzurichten, wählte Jana Clemens' Telefonnummer. Sie hatte nicht nur das Gefühl, dass der Einbruch etwas mit dem Mord an Herbert Tewes zu tun hatte. Nein, sie bemerkte ganz deutlich diesen Geruch, der ihr bekannt vorkam. Wo hatte sie diesen Geruch das erste Mal bemerkt? War es am Tatort oder in Tewes' Haus gewesen?

Clemens versprach, sich zu beeilen. Er war nur wenige Gehminuten vom Hotel entfernt – auch an einem Sonntag ging er seiner Arbeit nach.

Sie ließ sich auf die Bettkante plumpsen und atmete tief ein und lange wieder aus. Was ging nur hier vor? Sie kam nicht weiter zum Nachdenken, denn vom Flur näherten sich Schritte.

»Ach du meine Güte«, begutachtete Clemens den Schaden an der Tür.

»Gut, dass du da bist«, begrüßte sie ihn grinsend.

»Aber hallo, da war einer in Rage«, er hielt inne. »Wieso lächelst du?«

»Keine Ahnung, irgendwie … ich weiß auch nicht. Ich renne im Moment nur von Tatort zu Tatort.«

»Verstehe ich jetzt nicht«, betonte Clemens Wieland.

»Ich weiß«, räumte Jana immer noch grinsend ein. »Ich erzähle es dir später«, beruhigte sie ihn.

»Fehlt denn etwas?«, fragte er.

»Soweit ich es überblicken kann, nein«, erklärte sie. Derweil kratzte Wieland seine dunklen Locken, nahm dann sein Handy und tippte.

»Wen rufst du an?«

Als ob ihre Frage überflüssig gewesen wäre, antwortete er knapp: »Die Spurensicherung.«

»Herr von Hagen hätte gerne, dass alles diskret abläuft«, erklärte sie eher beiläufig. »Und außerdem können wir das doch wohl auch.«

»Meinetwegen«, brummelte er klaglos.

In dem Moment ertönte aus dem Badezimmer ein undefinierbares Scheppern und Rumoren. War da etwa jemand? Das konnte doch nicht sein! Das Rumoren verstärkte sich. Sie blickte Clemens an und er sie. Mit seinen Augen signalisierte er ihr, dass er nachschauen würde. Kaum hatte er vorsichtig ins Bad gelinst, als er ihr mit einem breiten Lächeln signalisierte, selbst nachzusehen. Jana blickte hinein und … na, das war eine Bescherung: Usti war der Übeltäter. Er hatte den Papierkorb umgestoßen und die Toilettenpapierrolle von der Halterung heruntergerissen. Überall auf dem Boden verstreut lagen zerbissene und angesabberte Blätter.

»Sag mal, spinnst du?«, schimpfte sie. »Was soll das?«

Nachdem Clemens und sie zur Sicherheit einige Spuren an Türen, Safe und Schubladen gesichert hatten, entschied Clemens Wieland, das Zimmer wieder freizugeben. Während der Schreiner damit beschäftigt war, Tür und Schloss wieder funktionstüchtig zu machen, hatte es sich Jana im Innenhof gemütlich gemacht. Sie lauschte dem leisen Rascheln der Weinblätter im Wind, die den Innenhof begrünten, beobachtete die Wölkchen auf ihrer Reise über den Himmel und schrieb endlich die Postkartengrüße an ihre Freunde. Als sie damit fertig war, wurde sie allmählich unruhig. So eine Türreparatur konnte doch nicht ewig dauern. Sie war seit 4.30 Uhr auf den Beinen und allmählich müde. Unruhig wippte sie abwechselnd mal mit dem rechten, mal mit dem linken Fuß.

Der Hotelier war, seitdem sie ihn das letzte Mal vor ihrem Zimmer gesehen hatte, verschwunden. Und Clemens auch. Mit beiden hätte sie sich jetzt zu gerne unterhalten. Am liebsten allerdings mit Clemens. Sie hasste es zu warten. Plötzlich betrat eine wohlbekannte Person den Innenhof. Diese Frau war doch heute Morgen noch in Köln gewesen. Es war Carola Neumann, die nicht gerade für ihre sorgfältig recherchierten Berichte bekannte Kölner Journalistin verschwand hinter der Tür zur Hotelrezeption. Horchte sie nun etwa das Hotelpersonal aus? Hoffentlich hatte Clemens das Personal gebrieft und ausdrücklich darauf hingewiesen, niemandem und vor allem nicht der Presse Auskunft zu geben. Die junge Frau am Eingang zur Rezeption zeigte deutlich in Janas Richtung. Es hatte keinen Zweck, sich zu verstecken. Carola Neumann kam direkt auf sie zu.

»Sie sind doch …?«, flötete da auch schon die Neumann, als sie Jana erkannte.

Was wollte sie von ihr?

»Wie süß, ist das Ihr Hund?«, säuselte sie und kraulte Usti, bis es ihm zu viel wurde und er sich hinter Frauchens Stuhl versteckte. Der konnte sich wenigstens verstecken. Das übertriebene Getue der Neumann gab Jana jedoch die Chance, sich eilig eine Strategie zu überlegen.

»Guten Tag, Sie sind also Frau Vogt?«, begann sie das Gespräch und zog, ohne zu fragen, einen Stuhl vom

Nebentisch heran und setzte sich. »Ich kannte Ihren Namen ja noch gar nicht. Ich bin jetzt etwas verwirrt. Ihr Gesicht habe ich doch heute Morgen in Köln«, sie hielt inne und zischte dann »am Tatort«, sie schaute sich um, »am Antiquariat gesehen. Ich dachte, Sie würden bei der Kölner Polizei arbeiten. Und jetzt sind Sie hier?«

Während Jana überlegte, was sie antworten sollte, fuhr die Journalistin fort: »Ich suche eigentlich den zuständigen Hauptkommissar, der den Mordfall Tewes bearbeitet. Und dann sagte die Dame an der Rezeption, dass Sie vielleicht etwas wüssten.« Sie schaute Jana mit großen, erwartungsvollen Augen an.

»Worüber?«, fragte Jana süffisant.

»Äh ja, wo der Hauptkommissar ist?«, erklärte die Journalistin unsicher.

»Ich verbringe doch hier nur meinen Urlaub. Und heute Morgen, das war nur ein kurzer Einsatz, um die Kollegen zu unterstützen.«

»Sie wissen also nicht, wo der Kommissar«, sie suchte offensichtlich nach seinem Namen, »wo Hauptkommissar Wieland ist?«

Sollte Jana sich dumm stellen oder doch zugeben, dass sie den Hauptkommissar persönlich kannte? Allerdings konnte sie keine Auskunft darüber geben, wo er sich gerade aufhielt. Also antwortete sie wahrheitsgemäß: »Nein, tut mir leid. Ich kann Ihnen da nicht weiterhelfen.«

Bevor die Journalistin noch weiter über ihre Beziehung zu Clemens Wieland nachforschen konnte, versuchte Jana, sie ein wenig aus der Reserve zu locken. Seit Langem wollte sie der Neumann ohnehin schon mal eins auswischen: »Ich habe vor ein paar Tagen Ihren Kurzartikel gelesen«, eröffnete sie den Angriff.

»Ja?«, fragte die Journalistin unsicher.

»Das war ja keine Glanzleistung!«, punktete Jana.

»Wie meinen Sie?«

Carola Neumanns Gesichtsfarbe wurde kurzfristig mindestens eine Nuance heller, bevor sich vom Hals herauf eine deutliche Rotfärbung zeigte. Als diese Rotfärbung an den Wangen angekommen war, stemmte sie trotzig ihre Hände in die Hüften. Usti ging vorsorglich noch einen weiteren Schritt zurück.

»Na ja«, erklärte Jana, nicht ohne sich innerlich zu amüsieren, »so ganz sauber recherchiert war der nicht.«

»Ach so«, erwiderte sie kleinlaut. »Ja, stimmt. So was kommt vor, wenn man nicht selbst vor Ort ist und recherchiert.«

»Und deshalb wollen Sie jetzt also mit dem Hauptkommissar sprechen, um …?«, forderte sie die Neumann heraus. Diese schnappte nach Luft, wollte etwas erwidern, schluckte sogleich die Frage deutlich erkennbar herunter. Dann nahm sie allerdings noch einmal einen Anlauf, um den Angriff zu parieren und auszuteilen: »Kann mir denn jemand Offizielles etwas sagen? Ich finde, es wäre langsam Zeit, dass einmal eine Pressemitteilung rausgeht«, beschwerte sie sich.

»Ja, tut mir leid, aber das weiß ich nicht, wer da zuständig ist, schließlich sind wir hier ja in Rheinland-Pfalz. Fragen Sie doch einfach einmal bei der Kripo nach.« Jana kringelte sich innerlich vor Lachen. Simone wäre stolz auf sie.

»Ja, darauf wäre ich von selbst nicht gekommen«, tönte es von Carola Neumann. »Nun gut«, fügte sie dann deutlich freundlicher hinzu, so als habe sie sich gerade eine andere Strategie überlegt. Dann streckte sie Jana zum Abschied die Hand entgegen und stand auf.

»Ich bin mir sicher, dass der zuständige Hauptkommissar sich bald mit einer Pressemitteilung an die Öffentlichkeit wenden wird«, fügte Jana ein wenig zu überheblich hinzu.

Wieder schnappte die Neumann nach Luft. »Und was ist jetzt eigentlich heute genau in Köln passiert?«

Oha!

»Sie können sich doch denken, dass ich dazu nichts sagen kann …« Jetzt wurde es Jana allerdings doch etwas mulmig zumute. Hatte sie sich eventuell mit diesem kleinen Schlagabtausch keinen Gefallen getan? Hoffentlich nannte sie die Neumann in einem ihrer nächsten Artikel nicht namentlich. Das würde Ärger mit ihren Vorgesetzten und vielleicht sogar mit Simone geben.

»Wenn ich Ihnen einen Tipp geben darf: Warten Sie unbedingt die offiziellen Verlautbarungen ab. Sie sind doch an einer guten Zusammenarbeit interessiert, und wie ich mitbekommen habe, gab es ja in der Vergangenheit so einige Differenzen, oder?« Mit dieser Bemerkung konnte sie Carola Neumann mit Sicherheit dazu bewegen, sich wenigstens diesmal auf die offiziellen Fakten zu beschränken und die offizielle Pressemitteilung abzuwarten.

»Ja, gut, ich warte«, ließ sie sich tatsächlich darauf ein. Ihre Antwort klang ehrlich. Jana war erleichtert. Mit ihrer Bemerkung hatte Jana vermutlich ins Schwarze getroffen. Nach einigen groben Patzern hatte man die Neumann nämlich seitens der Polizei inoffiziell zur Persona non grata erklärt. Und eine Verbesserung dieses Verhältnisses wäre der Neumann'schen Karriere bestimmt zuträglich.

Kaum war die Journalistin verschwunden, gab man ihr Bescheid: Tür und Schloss ihres Zimmers waren repariert worden und wie neu. Nichts wies mehr auf den Einbruch oder den Einbruchversuch, so genau konnte sie das noch nicht einordnen, hin. Jana schloss die Zimmertür hinter sich. Was für ein Tag! Übermüdet legte sie sich, angezogen wie sie war, aufs Bett und lauschte erst einmal dem schon schnarchenden Usti. Wie Meeresbrandung beruhigte dieser Rhythmus. Durch das Fenster konnte sie den dunkelblauen, dämmrigen Himmel erkennen. Dann nickte sie ein.

Der Mond erhellte den Hof. Schemenhaft erkannte sie Kisten, Bücher und Gerümpel. Vor ihr tat sich eine überdimensionale Tür auf. In der Tür stand etwas: ein Mensch? Riesengroß! Nein, es war kein Mensch – statt der Arme waren da schwarze Federn, die im Mondlicht glänzten. Es war eine Krähe. Aber diese Krähe hatte Menschenaugen. Plötzlich tauchten zwischen dem Gefieder Hände auf, überdimensionale Hände. In einer dieser Hände blitzte eine Klinge im Mondlicht auf. Dicke Tropfen flossen von der Klinge, dicke rote Tropfen. Die Hand raste auf sie zu. Die Bilder schienen mit einem Mal in Zeitlupe abzulaufen. »Hilfe!«, wollte sie schreien, jedoch kam kein Ton aus ihrer Kehle. Nun wurden die Bilder immer schneller. Das Messer raste auf sie zu. »Neeeeeeein!«

Plötzlich hörte sie ein Klopfen. Da, noch mal. Ein dumpfes Klopfen drang in ihr Unterbewusstsein. Sie fasste an ihren Hals, da war nichts. Doch, sie hielt etwas in ihrer Hand, etwas Weiches. Es klopfte, es klopfte noch mal. Sie öffnete zaghaft die Augen und blickte auf ihre Hand. Sie hielt ihr Halstuch in der Hand. Ja, es klopfte wirklich.

»Jana?« Die Stimme kannte sie doch. »Jana, bist du da?«
Endlich begriff sie und fuhr hoch. Du meine Güte, sie
hatte geträumt. Was für einen Mist!

»Jana, mach doch auf.«

Benommen stand sie vom Bett auf. Ihr war leicht
schwindelig. Beinahe wäre sie über Usti gestolpert, der
den Weg zur Tür versperrte und sein Frauchen fragend
anschaute. Sie öffnete schlaftrunken.

»Sorry, Clemens, ich bin wohl eingeschlafen. Ich habe
ein Zeugs zusammengeträumt. Schön, dass du da bist.«

»Ich hörte immer nur ›Nein‹ und dachte, ich sollte wieder gehen.«

Jana strich sich durchs Haar. Sie sah bestimmt ver-
knautscht aus. »Wie spät ist es eigentlich?«

»20 nach sechs, tut mir leid. Ich bekam vorhin einen
Anruf von der örtlichen Polizei. Es hatte sich ein Zeuge
gemeldet, der in der Tatnacht etwas beobachtet hatte.«

»Wobei?«, fragte Jana, immer noch vom Traum benommen.

»Wie, was, wobei?«, brachte Clemens seine Verwun-
derung zum Ausdruck. »Du bist ja noch total verschlafen.«

Jana rieb – noch immer unter dem Eindruck des Traumes stehend – sich die Augen. Vermutlich war ihr Kajal
verlaufen, hoffentlich hatte sie keine schwarzen Ränder
unter den Augen. »Ja, ja, ich habe wirklich einen Mist
geträumt. Hatte wohl mit unserem Kölner Fall zu tun.
Irgendwie war in dem Antiquariat auch alles echt ein bisschen merkwürdig. Und dann diese Figur …«

Clemens schaute sie besorgt an, fast so, als habe er den
Eindruck, Janas Geisteszustand bedürfe dringend einer
eingehenden Untersuchung. »Kölner Fall? Figur?«

»Erzähle ich dir später.«

»Jana, meine Güte, du hast ja eine schlimme Wunde am Hals.«

Sie erstarrte, fasste sich an den Hals. Das Tuch. Sie hatte es noch in der Hand. Eilig legte sie es um. »Ja, also: Welcher Zeuge hat sich gemeldet?«

Clemens schaute sie besorgt an, ging aber nicht weiter auf ihre Wunde ein. Stattdessen setzte er sich an den Tisch, auf dem neben Janas Kamera noch Prospekte und Broschüren der Gegend lagen.

»Also, heute hat sich wohl ein Mann aus Oberwinter gemeldet, der durch Zufall im Internet auf den Artikel von Frau Neumann gestoßen ist. Er kam in der besagten Nacht von einem Geschäftstermin in Altenahr zurück und war auf dem Weg nach Hause. Kurz hinter der Stelle, an der die Straße zum Kloster Marienthal von der Bundesstraße abzweigt, kam ihm gegen 2 Uhr nachts mit überhöhter Geschwindigkeit ein dunkler, vermutlich dunkelgrüner Geländewagen entgegen. Also aus Richtung Ahrweiler. Er fuhr sogar etwas über die Mittellinie, weshalb der Zeuge leicht nach recht steuern musste. Beim Blick in seinen Rückspiegel konnte er ein ›AW‹-Kennzeichen an dem Auto erkennen, leider kann er sich an die Buchstaben oder Zahlen nicht mehr erinnern. Und«, Clemens machte ein vielsagendes Gesicht, »er konnte im Spiegel auch beobachten, dass der Geländewagen in Richtung Kloster Marienthal einbog.«

»Der Täter, das war der Täter«, rief Jana aufgeregt, die noch immer vor Clemens stand.

»Na, mal langsam. Von dort bis zum Fundort ist es ja noch ein Stückchen. Es kann, muss sich aber nicht um den Täter gehandelt haben.«

»Hm«, schmollte Jana. Er hatte natürlich recht. Wie konnte sie so vorschnell urteilen. Gründe gab es genug, warum ein Auto mit Ahrweiler Kennzeichen nachts nach Marienthal unterwegs war. Schließlich wohnten dort ja auch einige Leute.

»Kannst du dich bitte mal setzen?«

Jana folgte seiner Bitte. »Konnte er denn den Wagentyp erkennen?«

»Ja, er kennt sich mit Autos aus und war sich sicher, dass es ein Land Rover der Discovery Series I war.«

»Obwohl es dunkel war?«

»Ja, er ist sich ziemlich sicher. Könntest du vielleicht mal die Augen aufhalten? Wenn dir hier beim Spazierengehen ein solcher Wagen auffällt ... Ich schreibe dir hier mal die Daten auf, im Netz findest du viele Fotos des Modells. Du kannst dir ja dann das Kennzeichen merken. Aber nichts unternehmen, ja? Wir haben noch keinen ausreichenden Verdacht, um Überprüfungen anzustellen.«

»Wisst ihr denn inzwischen, wem der Weinberg gehört, in dem Tewes' Leiche lag?« murmelte Jana. »Gehört der Weinberg nicht einem Kölner? Hast du das nicht neulich gesagt?«

Clemens nickte. »Die Kollegen haben den Inhaber des Weinbergs mittlerweile darüber informiert, was passiert ist. Es gibt aber keine Anhaltspunkte, dass er etwas mit Herbert Tewes zu tun hatte.«

»Ihr müsst übrigens auch überprüfen, ob der Weinberg verpachtet ist, dann käme nämlich noch ein Pächter infrage«, ergänzte Jana.

»Hm, stimmt. Ich werde das noch klären lassen.« Er schrieb sich diesen Hinweis gleich in sein Notizbuch.

»Konnte der Zeuge den Fahrer sehen?«, erkundigte sich Jana.

»Nein, nur schemenhaft. Die Scheinwerfer blendeten wohl ziemlich. Die Aussage bringt uns insofern weiter, dass das Wagenmodell mit den Spuren am Tatort überstimmt. Aber wie gesagt, mehr ist da zunächst nicht verwertbar«, fasste Clemens zusammen

»Weißt du, ich habe mir nun mal nähere Gedanken über die Tat und den Täter gemacht.« Sie hielt kurz inne, um zu überprüfen, ob Clemens einverstanden war, wenn sie ihre Hypothesen formulierte.

»Nur zu«, bestärkte er sie.

»Also, es gibt da ein paar Varianten. Erstens, der Einzeltäter. Kräftig, weil er ihn ja transportieren musste. Männlich, nehme ich dann einfach einmal an. Heute fahren leider nicht mehr nur bestimmte Berufsgruppen solche Wagenmodelle. Vor ein paar Jahren noch wäre es einfacher gewesen, den Fahrer einzugrenzen, etwa als Winzer, Förster oder Jäger. Zweitens, Täter und Transporteur, sage ich mal, sind zwei Personen. Dann könnte der Täter auch eine Frau sein, eventuell eine Beziehungstat, und dann wäre derjenige, der das Auto gefahren hat, ihr Liebhaber oder Komplize oder eine Komplizin. Oder drittens: Es gibt gleich mehrere Täter, eine Art Mordkomplott oder einen Auftragsmord«, referierte Jana.

»Wie kommst du bitte auf Version drei?«, fragte Clemens erstaunt, während er mit dem Kugelschreiber einzelne Worte seiner Notizen nachmalte.

»Ich weiß nicht, mir kam das gerade. Wenn ich an das seltsame Verhalten der Leute hier im Ort denke: Herr Knies, der nicht mit mir reden will; die Buchhändlerin, die tagelang nicht zu sprechen ist; Meike Jacob, die abblockt, wenn ich sie auf Marienthal und die Grabungen anspreche ...«

»Du meinst, da steckt eine größere Sache dahinter? Aber was?«, resümierte Clemens.

»Irgendeine Grundstücksgeschichte vielleicht. Hey, der Pächter des Cafés in Marienthal war doch auch so gestresst wegen der Grabungen. Habt ihr den Lebenslauf von Herbert Tewes eigentlich mal genauer unter die Lupe genommen?«

»Ja, schon, aber da ist nichts in der Richtung, jedenfalls nichts Offenkundiges. Aber, Moment«, er blätterte in seinem Notizbuch. »Hier. Hast du nicht eben den Namen Knies erwähnt?«

»Ja, ich nehme an, dass das der Vater von Nicole Knies ist. Doch, das hat sie mir ja sogar an dem Abend gesagt.«

»An dem Abend?«

»Karl heißt der. Ich hatte es nur vergessen, weil ...«

»Weil ...?«

»Weil ich zu viel getrunken hatte«, gab Jana zu.

»Von welchem Abend sprichst du eigentlich?«, wiederholte Clemens seine Frage.

Im Schnelldurchgang berichtete Jana von dem Abendessen mit Jens Scheuermann und dem anschließenden netten Zusammensein mit Meike und Nicole. Sie vermied es so gut es ging, Jens Scheuermann allzu häufig zu erwähnen, um nicht den Eindruck zu erwecken, er bedeute ihr etwas. Trotzdem – oder vielleicht gerade deshalb? – konnte sie in Clemens' Gesicht ein gewisses Unbehagen, vielleicht sogar einen Anflug von Eifersucht ausmachen. Dass es sich auch um Besorgnis handeln könnte, bedachte sie nicht. Zunächst ließ sich Clemens nichts weiter anmerken und informierte sie über seine vergangenen

Ermittlungsschritte. Etwa dass er sich am Samstagabend ein wenig umgehört habe. Er habe sich ein wenig unter die Leute gemischt und verschiedenen Weinstuben einen Besuch abgestattet.

»Dienstlich, na klar«, scherzte Jana.

»Den Leuten beim Reden in gemütlicher Atmosphäre zuzuhören, bringt so manches ans Licht«, rechtfertigte er sich.

In einer Weinstube schließlich habe er Aufschlussreiches vernommen: »Ein Karl, den der Wirt später mit Herr Knies angesprochen hat.«

»Karl Knies also«, unterbrach ihn Jana.

»Ja, der machte sich tatsächlich über Herbert Tewes lustig.«

»Was, echt? Inwiefern?«, staunte Jana. Ihr war klar, dass sie bisher so gut wie gar nichts über den Toten wusste.

»Ja, er meinte, dass Herbert Tewes sich wohl ziemlich wichtig genommen habe. Dass er sich neuerdings zum Hüter der Stadtgeschichte aufgespielt und sogar den Archivar beleidigt hatte, weil der nichts wusste, seiner Meinung nach. Das war außerdem der Grund dafür, dass Knies nicht zum Vortrag gekommen war.«

»Interessant, puh. Dann hat sich Alexander Gründlig gegenüber anderen über das Verhalten von Herbert Tewes beschwert. Dachte ich es mir doch, dass ihn das sehr gekränkt hat. Ein Motiv, den Heimatforscher umzubringen?«

»Na ja, wenn es das wäre, dann gäbe es wohl noch mehr Morde. Trotzdem, wir verstehen, dass Tewes, sagen wir es einmal vorsichtig, wohl kein einfacher Charakter war.«

Jana wirkte plötzlich völlig abwesend.

»Jana? Was ist los?«

»Hm? Ich überlege. Dann war Nicole statt ihres Vaters beim Vortrag? Du, ich habe entsetzlichen Hunger und kann gar nicht mehr richtig denken. Können wir eine Pause einlegen?«, bat sie.

TAG 5 - ABEND

Es klopfte an der Tür. Jana hatte sich gerade ein wenig frisch gemacht. Neuen Kajal und Lippenstift aufgelegt und ein anderes Tuch um ihren Hals drapiert.

»Machst du auf?«, flüsterte Clemens hinter der verschlossenen Tür.

»Moment«, rief sie und versuchte, möglichst lässig zu klingen. Schnell warf sie noch einen prüfenden Blick in den Spiegel, schubste sanft den vorwitzig im Weg stehenden Usti zur Seite und öffnete. Im Türspalt erschien nicht Clemens, sondern ein weißer Karton mit einer rot-grünen Aufschrift.

»Pizzaservice.«

»Hey, komm rein. Das ist ja eine super Idee. Ich kann wirklich schon gar keinen klaren Gedanken mehr vor lauter Hunger fassen. Und …«, sie schmunzelte, »ich glaube, es wird noch ein längerer Abend.« Damit räumte sie den Tisch frei und legte ihre Kamera aufs Bett.

»Na prima«, entgegnete Clemens mit gespieltem Widerwillen. »Außerdem«, er zog seine rechte Hand hinter dem Rücken hervor, »habe ich auch noch einen leckeren Spätburgunder mitgebracht.«

»Von der Ahr?«

»Na klar.«

Sie aßen ihre Pizza zunächst schweigend und nippten nur vorsichtig am Wein, vor allem Jana wollte sich heute zurückhalten.

»Ach ja, in der Weinstube habe ich noch etwas gehört«, nahm Clemens den Faden von vorhin schließlich wieder auf. »Du hast doch bereits mehrfach angedeutet, dass du irgendeinen Zusammenhang mit Marienthal vermutest. Vielleicht hat das nichts mit unseren Fall zu tun, aber möglicherweise eröffnet sich uns mit dieser Bemerkung ja doch eine neue Spur.«

Jana wurde hellhörig und nahm einen kleinen Schluck aus dem Weinglas.

»In einer der Weinstuben unterhielt ich mich eine Weile mit dem Wirt Bernd Dresbach. Irgendwann kam dann ein junger Kerl mit seiner Freundin herein und setzte sich an einen Tisch unmittelbar neben der Theke. Er erklärte seiner Freundin, ein hübsches, rothaariges Mädchen war das …«, Clemens grinste. Wollte er sie ärgern oder gar eifersüchtig machen?

»Clemens, erzähl weiter …«

»… also, er hatte wohl auch den Artikel gelesen, dass demnächst in Marienthal die Archäologen in die Tiefe gehen wollen«, er lachte verschmitzt über dieses Wortspiel.

»Sag mal, was bist du denn so albern plötzlich?«, lachte Jana.

»Schon gut … »Also. Ja, der junge Mann, den seine Freundin ›Marc‹ nannte, war wohl bis vor Kurzem Lehrling bei einem Elektromeister namens Wolfgang Debus. Und der verlegte während der Sanierungen an den Klostergebäuden von Marienthal …«, Clemens machte ein wichtiges Gesicht, »sämtliche Elektroleitungen.«

Jana wollte schon flapsig »wie spannend« dazwischenrufen, ließ es aber dann doch, um nicht zu albern zu wirken. »Dieser Marc ist wohl sauer, dass sein ehemaliger

Chef ihn nach der Ausbildung nicht übernommen hat. Denn er meinte: Hoffentlich kommen sie ihm jetzt auf die Schliche, also dem Wolfgang Debus.«

»Und was soll er denn angestellt haben?«

»Also, angeblich hat er wohl eines Tages was eingesteckt, das er in einem Kellergewölbe der Klosteranlage fand. Ich konnte es nicht genau verstehen, da er nur sehr leise sprach. Ich kann dem allerdings nicht nachgehen, da es nur Hörensagen ist und außerdem kein direkter Zusammenhang mit unserem Mordfall besteht.«

Jana überlegte krampfhaft, ob sie etwas wusste, womit sie diese Information zusammenbringen konnte. Jedoch fiel ihr nichts ein. Stattdessen kam ihr die Beobachtung des Zeugen in den Sinn, der den Land Rover am Dienstagabend gesehen hatte. Ihre grauen Zellen funktionierten wieder besser.

»Wenn der Zeuge den Land Rover gegen zwei Uhr nachts gesehen hat. Nehmen wir mal an, das war wirklich der Täter«, sie überlegte kurz. »Ich habe Tewes' Stimme nach dem Vortrag noch gegen 23 Uhr gehört, als ich vom Spaziergang zurückkam. Dann wurde er nicht vor 23 Uhr und nicht nach 2 Uhr umgebracht.«

»Stimmt, die Einschätzung des rechtsmedizinischen Gutachtens geht von einer Zeit um Mitternacht aus.«

»Er wurde nicht im Hotel umgebracht, das wissen wir doch, oder?«

»Na ja, die Wahrscheinlichkeit dafür ist eher gering«, pflichtete Clemens ihr etwas zögernd bei.

»Dann wurde er wo umgebracht?« Janas Frage war rhetorisch gemeint, denn sie beantwortete sie umgehend selbst: »Das kommt jetzt auf die Anhaftungen an der Leiche an, die ich im Moment nicht kenne, ich rede jetzt mal ins Blaue hinein. Also, These eins, eher unwahrscheinlich aber möglich: irgendwo draußen. These zwei: in einer Garage, wo man den Wagen in der Nähe hatte, oder einem Keller. Dann wäre die Frage, warum er dort war, mit wem er sich da getroffen haben könnte. These drei: bei dem Mörder oder einem Komplizen des Mörders zu Hause. Gleiche Frage wie bei These zwei, das Warum. These vier: Bei sich zu Hause. Habt ihr die Tewes'sche Wohnung auf Blutspuren untersucht?«

Clemens schnappte nach Luft. Jana schaute ihn fragend an und wartete gespannt auf eine Reaktion. Die kam dann auch umgehend: »Mann, bist du schnell im Kopf. Also! Zu deiner ersten These: Die scheidet wirklich aus, da es an der Kleidung und auch sonst nirgends am Körper des Toten irgendwelche Anhaftungen gab, die auf einen Aufenthalt in der Natur schließen lassen. Außer den Steinchen aus dem Weinberg, die wohl durch das Gewebe von außen eingedrungen sind. These vier scheidet auch weitgehend aus. Wir konnten zwischenzeitlich das Haus der Familie Tewes genauer untersuchen.«

»Wann war das?«

»Wieso willst du das wissen?«

»Sag schon.« Jana hatte da einen Verdacht.

»Also gut, am Freitagmorgen, ganz früh.«

»Das macht Sinn …«, murmelte Jana.

»Was?«

»Klar, dass Frau Tewes' Schwester so abweisend war, als ich gegen Mittag dort klingelte.«

»Du hast was?«

»Ja, ich wollte mal mit ihr sprechen …« Clemens schaute sie vorwurfsvoll an. »Kein Wunder, dass sie so reagiert hat, sie war vermutlich von der Polizeiaktion genervt. Nun gut, wenn These eins und vier auszuschließen sind, dann bleiben noch These drei und zwei: Entweder er hielt sich aus welchem Grund auch immer im Haus des Mörders auf oder sie trafen sich irgendwo sonst, wo es keine weiteren Zeugen gab.«

»Toll, das hilft uns jetzt weiter: irgendwo sonst«, sagte Clemens.

»Ich wette, er hat seinen Mörder besucht. Wir müssten nur wissen, wo das war. Habt ihr orten können, wo sein Handy das letzte Mal eingeloggt war?«

»Wir warten noch auf die Rückmeldung der Telefongesellschaft. Aber viel weiter wird uns das nicht bringen, denn die Log-in-Zellen haben ja immer einen gewissen Radius.«

»Und was ist mit Überwachungskameras, kann man da nicht mal nachschauen, ob Tewes darauf um die fragliche Zeit auftaucht? Gibt es welche?«

»Da sind wir noch dran.«

Sie schwiegen sich eine Weile an, dann fragte Clemens neugierig: »Okay, dann will ich aber endlich wissen, was du meintest, als du vorhin von einer Krähe und einer Figur sprachst, und habe ich eben nicht auch etwas wie ›unser Kölner Fall‹ gehört?«

Waren das Dienstgeheimnisse, die sie vorhatte auszuplaudern? Aber dieses Gefühl, dass irgendetwas mit dem Kölner Fall nicht stimmte oder eben merkwürdig war, war zu drängend. Kurz und knapp schilderte sie, was sich am Morgen zugetragen hatte. »Und dann war da eben diese Krähenfigur, vermutlich die Tatwaffe. Ach ja, außerdem fand ich zwischen all den Büchern einen Schlüssel. Offensichtlich versteckt oder deponiert. Und dieser Schlüssel hatte als Anhänger eine stilisierte Weintraube. Ich musste sofort an Ahrweiler denken, wegen der ganzen Bücher, die dort auch über Ahrweiler und das Ahrtal in den Regalen …«

Jana hatte während ihres Redeschwalls nicht auf Clemens geachtet, der sie spätestens seit dem Wort »Weintraube« mit großen Augen anschaute. »Wie bitte?«, kam er aus dem Staunen nicht mehr heraus. »Ein Schlüsselanhänger in Form einer Weintraube?«

Jana nickte.

»Du hast nicht zufällig ein Foto von dem Schlüsselbund gemacht, das du mir zeigen könntest?«, hakte Clemens nach.

Das hatte Jana zwar, aber die Speicherkarte mitsamt der dienstlichen Kamera befand sich im Kommissariat in Köln. So versuchte sie, so gut es ging, aus der Erinnerung heraus eine Beschreibung.

Clemens sprang so hastig auf, dass Usti aus seinem Schlaf aufschreckte. »Und du bist dir sicher, dass einer der Schlüssel mit einem blauen Punkt markiert war?«

»Ja.«

»Das gibt es doch nicht!«

»Nu sag, was ist denn?«

»Das ist mit hoher Wahrscheinlichkeit der Schlüssel von Herbert Tewes. Genau so hat Frau Tewes mir den Schlüsselbund beschrieben.«

TAG 5 – SPÄTER ABEND

Die Dunkelheit hatte sich über Ahrweiler ausgebreitet. Jana war gerade von ihrem letzten Spaziergang mit Usti zurückgekehrt. Ihr Hund schnarchte bereits. Wieder fühlte sich Jana außen vor, denn Clemens war vorhin unmittelbar aufgebrochen, nachdem ihm klar geworden war, dass Herbert Tewes' Schlüssel bei den Asservaten in Köln liegen musste. Vorher hatte er sich von Jana noch Simone Maxraths Telefonnummer geben lassen. Eben noch hatten sie wie ein eingespieltes Ermittlerteam Hypothesen formuliert und Informationen zusammengetragen, und jetzt saß sie allein in ihrem Hotelzimmer. Clemens und Simone würden nun gemeinsam die Ermittlungen koordinieren, und da war kein Platz mehr für Jana. Sie fasste einen Entschluss und hoffte, ihn nicht zu bereuen: Wenn Clemens und Simone nun gemeinsame Sache machten, dann würde sie sich eben unabhängig von beiden um die Beschaffung von Informationen kümmern. Sie war sich sowieso sicher, dass ihre Mutmaßungen die richtigen waren. Sie musste dringend herausbekommen, was es mit den Grabungen auf dem Klostergelände auf sich hatte. Außerdem ließ ihr der Gang der Renovierungen der dortigen Gebäude keine Ruhe. Sie wollte nachvollziehen, wann renoviert worden war und wer der Auftraggeber gewesen war. Vielleicht stimmte es ja sogar, was der ehemalige Lehrling des Elektrikers gegenüber seiner Freundin angedeutet hatte. Und welche Verbindung gab es zwischen Herbert Tewes und dem toten Kölner Antiquar? Da waren noch viele weitere Fragen, die sie sich irgendwo notiert hatte. Hoffentlich notiert hatte, denn in ihrem Kopf ging es gerade ziemlich drunter und drüber.

Ihre Müdigkeit schien komplett verflogen zu sein. Nach und nach tippte sie die verschiedenen Stichworte in die Suchmaschine ihres Browsers ein. »Weinberge bei Marienthal«, »Renovierungen Kloster Marienthal« waren einige der Wortkombinationen. Aber alle Ergebnisse lieferten keine sachdienlichen Informationen. »Dann gebe ich eben nacheinander ›Herbert Tewes‹, ›Agnes Tewes‹, ›Sibille Maurer‹, ›Karl Knies‹, ›Nicole Knies‹, ›Hans von Hagen‹ und ›Meike Jacob‹ ein«, dachte sie fast trotzig. Ach ja, und der Archivar, Alexander Gründlig, war für sie keineswegs aus dem Rennen. Gerade die ruhigen und diejenigen, die man schlecht behandelte, konnten zu Tätern werden, war sie überzeugt. Vor allem wenn Tewes ihn beleidigt und als inkompetent bezeichnet hatte. Vielleicht sogar öffentlich? Egal wie, sie wollte Ergebnisse. Zunächst sah es ganz so als, als käme bei ihrer Namenssuche wieder nichts raus, doch dann, als sie nicht mehr daran glaubte, tat sich endlich mal ein wirklich nützlicher Hinweis auf: Herbert Tewes hatte bis zu seiner Pensionierung am Kurfürst-Konrad-Gymnasium gelehrt, das wusste sie bereits. Jedoch befand sich unter dessen Lehrerkollegen ein Peter Mayer-Kühn. Der Name war nicht gerade häufig. Ob es sich hier um einen Verwandten des toten Antiquars handelte? Dann gab es hier vielleicht die gesuchte Verbindung zwischen den beiden Mordfällen. Hatten sich die beiden Toten sogar gekannt? Jana notierte sich diese Erkenntnis auf dem Briefpapier des Hotels und malte ein großes Fragezeichen dahinter.

Ihre weiteren Recherchen brachten jedoch so gut wie nichts. Auch nicht die zu ihrem derzeitigen Hauptverdächtigen Alexander Gründlig. Nur von einer der Personen fand sie ein Facebook-Profil, und zwar von Nicole Knies. Wie unter der Altersgruppe üblich, war das gesamte Profil öffentlich einsehbar, auch für Nicht-Freunde. Jana war zu erschöpft, um die gesamten Chronik-Einträge zu durchsuchen, aber der erste Post zeigte ein Foto von Nicole und einem großen, schlaksigen jungen Mann. Das Foto war nicht ganz scharf und offensichtlich auf einem Fest aufgenommen worden. Nein, das konnte nicht sein. Sie konnte nicht glauben, was da im Kommentar stand: »Manu und ich auf dem Dernauer Weinfest.« Das Datum des Posts war gestern. »Gestern um 23.37 Uhr« stand da. Das Foto war also vor Mitternacht hochgeladen worden. Hatte Jana das Gesicht des jungen Mannes nicht schon einmal gesehen? Nur wo? Sie fühlte sich müde, aber nicht müde genug, um nicht vor dem Schlafengehen einen weiteren Namen in die Suchmaschine einzugeben: »Clemens Wieland«. Voller Erwartung überflog sie die angezeigten Ergebnisse. Aber alle Treffer waren rein dienstlicher Natur, nichts wirklich Wichtiges, außerdem befanden sich einige Veröffentlichungen in polizeilichen Fachblättern darunter, mehr nicht. Über den privaten Clemens fand sie nichts. Enttäuscht schaltete sie ihren Laptop aus. Kaum hatte sie sich bettfertig gemacht, war sie auch schon eingeschlafen. Nur einmal wachte sie für einige Sekunden auf, dachte an einen Satz in einem der Artikel über Marienthal und dass sie morgen unbedingt einmal in dieses Buch schauen musste. Ja, die Chronik. Wo lag die eigentlich? Dann schlief sie endgültig ein.

TAG 6

Es war noch früh am Morgen. Draußen wurde es gerade erst hell. Lange hatte sie nicht schlafen können. Jana war wieder früh aufgewacht und hatte sich seitdem in einem seltsamen Dämmerzustand in ihrem Bett hin und her gewälzt. Träumte sie oder war sie wach, als sie Schritte auf dem Hotelkorridor hörte? Schlug im Traum oder in der Realität eine Zimmertür zu? Sie fühlte sich matt und unausgeschlafen, doch liegen bleiben konnte sie einfach nicht mehr. Ihre Gedanken sprangen ruhelos von einem Tatort zum anderen, von einer Person zur nächsten. Ob Simone und Clemens bereits etwas in die Wege geleitet hatten? Hatten sie vielleicht schon die entscheidende Spur zum Täter?

Für das Frühstück war es noch zu früh. Was stattdessen tun? Relativ unmotiviert schaute sie noch einmal die Tatortfotos vom Mittwoch in ihrer Kamera durch. Der tote Herbert Tewes im Weinberg, die Säcke, mit denen seine Leiche transportiert worden war, der instabile Untergrund, der kaum Fußabdrücke konservierte. Da! Zwischen den Reben lag eine zerknitterte orangefarbene Zigarettenpackung, aus der noch einige Zigaretten hervorlugten. Die Packung war vielleicht dem Mörder oder demjenigen, der die Leiche dorthin gebracht hatte, aus der Tasche gefallen – oder einem Winzer, bremste sie ihren Übereifer. Was war das nur für eine Zigarettenmarke? Sie konnte die ersten Buchstaben entziffern: »Reva«. Du meine Güte, sie erinnerte sich. Ihr Großvater hatte diese Marke geraucht, »Reval« hieß sie, ja, sie erinnerte sich daran. Vermutlich handelte es sich nur um eine Trugspur. Sie blätterte weiter und kam schließlich zu den Fotos, die die Wartenden an den Absperrbändern zeigten. Sie betrachtete die Gesichter genauer, indem sie sie vergrößerte. Moment: Der Typ, der sich so auffällig verhalten hatte, der mit der Kamera, den die Polizistin namentlich angesprochen hatte. Wie hatte sie ihn nur genannt? Zunächst war das egal, denn: Der Typ hatte auffallend große Ähnlichkeit mit dem Mann, den Nicole Knies in ihrem Facebook-Post als »Manu« betitelt hatte. »Manu« hieß bestimmt Manuel. Wie sonst? Wohl kaum Manfred, den würde man ja wohl »Manni« nennen. Ein anderer Name kam Jana gerade nicht in den Sinn. Der musste es sein, Nicoles Freund. Sie hatte ein gutes Gedächtnis für Gesichter. Zur Sicherheit rief sie Nicoles Facebook-Profil auf. Ja, es handelte sich um ein und dieselbe Person.

Zu gern hätte sie die Fotos vom Kölner Tatort angeschaut. Aber halt! Mit ihrem Smartphone hatte sie einer Eingebung folgend die Stücke in der Vitrine fotografiert. Beim Anschauen der Fotos fielen ihr sogleich kleine Zettelchen an den Gegenständen auf. Sie zoomte näher heran. Die Schrift wurde unscharf, dennoch konnte sie eines dieser Etiketten entziffern. Auf einem an einem silbernen Kästchen angebrachten stand in krakeliger Handschrift: »Slg. Merkenau, Mergenthal«. Das »Slg« stand wohl für »Sammlung«. Mergenthal war sicher ein Ort, aber wo? Sie rief die Internetsuchmaschine auf. »Außer einem Ortsteil von Nossen – nie gehört«, dachte sie – »im sächsischen Landkreis Mcißen gibt es keinen anderen Ort mit diesem Namen.«

War das alles mühsam, wenn man nicht an einem Polizeicomputer arbeitete. Sie verlor die Lust und machte sich fürs Frühstück fertig.

Wieso meldete sich keiner? Na ja, Simone hatte keinen wirklichen Grund, sie in die Ermittlungen einzubeziehen. Oder doch? Sie hätte sie aus dem Urlaub zurückbeordern können. Und Clemens …? Unmotiviert lief sie nach dem Frühstück durch die Ahrweiler Altstadt, und Usti tat es ihr gleich. Auch er wirkte irgendwie deprimiert. Jana wusste nicht wirklich, was sie mit sich anfangen sollte, denn abgesehen vom Anreisetag hatte sie während ihres Aufenthaltes kein bisschen in den Urlaubsmodus gefunden. Was sollte sie also noch hier? Um abzuschalten und Sehenswürdigkeiten anzuschauen, war ihr irgendwie die Lust vergangen.

Und selbst wenn sie auf eigene Faust die Hintergründe der beiden Todesfälle hätte erforschen wollen, fehlte ihr dazu schlichtweg der Zugang zu den weiterführenden Polizeidatenbanken. Diese Recherche im Internet brachte nichts, ärgerte sie sich. Halt, sie hatte zumindest herausgefunden, dass Nicoles Manu der Fotograf vom Tatort war. Tolle Erkenntnis! Aber da war doch noch etwas: Tewes' ehemaliger Lehrerkollege hieß Mayer-Kühn und war vielleicht ein Verwandter des Kölner Mordopfers. Vielleicht … das war wirklich nicht ergiebig. Wenn Clemens greifbar wäre, dann könnte sie ihm zumindest ihre Vermutungen mitteilen. Aber so?

Ganz in ihre Gedanken versunken wäre sie beinahe mit dem Archivar zusammengestoßen, der um den Brunnen vor dem Blankarthof herumlief.

»Guten Morgen, Frau …«, suchte der Archivar nach ihrem Nachnamen. Jana konnte sich nicht erinnern, ob sie sich bei ihrem ersten Zusammentreffen überhaupt vorgestellt hatte, und half ihm deshalb auf die Sprünge.

»Sie waren doch am Donnerstag zusammen mit dem Kommissar bei mir im Archiv, richtig?« Als Jana nickte, fuhr er fort. »Sie fragten doch nach den historischen Besitzverhältnissen des Weinbergs. Der, den sie mir beschrieben haben, dürfte in der Lage Leywingert zu finden sein. Bis zur Säkularisation des Klosters Marienthal befanden sich die meisten der heutigen Weinberge im Klosterbesitz, vermutlich auch die Parzelle, die Sie meinen. Aber da müssten wir noch mal genauer schauen, ich habe eine Karte dazu gefunden. Wenn Sie möchten, kann ich Ihnen das genauer zeigen. Allerdings habe ich jetzt noch eine interne Besprechung.« Er zeigte auf das Gebäude und blickte wie zur Bestätigung des Gesagten demonstrativ auf seine Armbanduhr mit schwarzem Lederband und goldenem Zifferblatt.

»Nur eine Frage noch«, schoss Jana eine Eingebung durch den Kopf: »Können Sie mir vielleicht in einer Sache weiterhelfen, die ich nicht so ganz verstehe?«

»Aber nur, wenn es ganz schnell geht.« Er tippte auf seine Armbanduhr.

»Ja, entschuldigen Sie bitte. Zum Abschluss seines Vortrages machte Herr Tewes noch eine Bemerkung, die ich nicht einordnen kann. Was könnte er mit seiner Aussage gemeint haben, die Zuhörer sollten ganz sicher sein, dass er die Dinge hinterfragen würde, oder so ähnlich?«

»Keine Ahnung«, antwortete der Archivar reserviert. »Ich muss«, warf er ihr noch zu, dann war er im Archivgebäude verschwunden.

Wieder hatte man sie einfach stehen gelassen. Langsam schien das zur Tradition zu werden. Usti zog sie indes weiter, möglicherweise weil er hoffte, Gini erneut vor der nahegelegenen Bäckerei zu treffen. Jana blieb einen Augenblick vor der Buchhandlung stehen und plötzlich, beim Blick ins Schaufenster, fiel der Groschen. Wo war eigentlich die »Chronik von Marienthal« abgeblieben? Jetzt erinnerte sie sich: Mit diesem Gedanken im Kopf war sie gestern Abend eingeschlafen. Nun fiel es ihr wieder ein. Die »Chronik von Marienthal« hatte sie am Samstag auf dem Tisch in ihrem Zimmer liegen gelassen. Aber dort befand sie sich definitiv nicht mehr. Es gab nur eine schlüssige Erklärung: Der Einbrecher hatte das Buch mitgehen lassen. Aber warum? Wenn dem so war, dann war sie auf der richtigen Spur. Definitiv.

Wo kam jetzt diese Melodie her? Noch ganz irritiert von der neuen Erkenntnis, dauerte es eine Weile, bis Jana kapierte, dass das die Melodie aus dem Film »Tod auf dem Nil« war, die ihr Handy abspielte. Sie musste unbedingt einen anderen Klingelton wählen, dieser passte nicht mehr zu ihr. Clemens rief an, endlich.

»Kannst du mir bitte einen Gefallen tun?«, fragte er aufgeregt, allerdings ohne jegliche Begrüßung. Das war nicht die feine englische Art. Sie erst sich selbst überlassen, sich stundenlang nicht zu melden und jetzt so zu tun, als ob alles im Lot wäre. Ohne Umschweife kam er sofort zur Sache. »Kannst du bitte gleich mal bei Frau Tewes vorbeigehen, sie hat wohl etwas gefunden, was sie mir geben möchte.«

»Ja, äh, ich bin grad in der Nähe, aber wieso, ich meine, warum gehst du nicht? Und will die mich denn überhaupt sehen?«, wunderte sie sich angesichts der bisherigen Erfahrungen mit der Witwe.

»Ja, sonst würde ich dich doch wohl kaum darum bitten«, hielt Clemens leicht gereizt entgegen und fuhr dann fort, ohne Janas Antwort abzuwarten. Er wollte offensichtlich kein Nein als Antwort gelten lassen. »Und dann komm doch bitte umgehend ins Wohngebiet auf der anderen Ahrseite.« Er nannte ihr einen Straßennamen und eine Hausnummer.

»Ja, natürlich«, antwortete sie ein wenig verschnupft, denn sie hätte schon gerne gewusst, was das sollte. »Und wo ist das genau? Brauche ich ein Auto?«

»Nein.« Er wollte ihr gerade den Weg erklären, da hatte sie den Straßennamen in die Navi-App ihres Smartphones eingegeben.

»Danke, ich komme schon klar.«

Wie sie es vermutet hatte, hielt sich auch heute die Freundlichkeit von Frau Tewes in Grenzen. Jana war froh, dass diesmal kein Wutanfall über sie hereinbrach. Nachdem Frau Tewes ihr an der Haustür einen Briefumschlag übergeben und sie diesen in ihrem Rucksack verstaut hatte, ging Jana zurück zum Ahrtor, um von dort aus zum Treffpunkt mit Clemens zu laufen. Mitten im Tordurchgang begegnete ihr eine aufgeregte Meike Jacob. Sie wollte gerade zu einem »Hallo« ansetzen, als Meike ihr auch schon hektisch zurief, dass sie es eilig habe, da sie eine Kollegin bei einer Führung vertreten müsse. »Die Nicole ist nicht zu ihrer Führung gekommen«, rief sie ihr noch zu, während sie weiterlief.

»Okay«, dachte Jana und widmete sich pflichtbewusst Teil zwei ihres gerade erhaltenen Auftrages. Sie ließ das Ahrtor hinter sich, marschierte über die Ahrtorbrücke, folgte auf der anderen Ahrseite eine Weile dem Fluss und kam bald zu einer weiteren kleineren Brücke, unter der die Ahr fröhlich murmelnd dahinplätscherte. Eine Wasseramsel lauerte auf einem größeren Stein nach Beute, ihre dünnen Beinchen wippten aufgeregt. Weiter führte sie der Weg in ein ruhiges, beschauliches Wohngebiet mit geschmackvollen Häusern und Vorgärten. Hier schien die Welt in Ordnung zu sein. Usti lief entspannt, und sie ließ sich von seiner Stimmung anstecken, bis sie vor dem richtigen Straßenschild stand. Auch die Navi-App signalisierte, dass sie gleich da war. Weiter hinten parkte vor einem Haus mit kurz geschnittenem Rasen und einer grau gepflasterten Garageneinfahrt ein Polizeiwagen. Dort musste es sein.

Als sie näher kam, sah sie Clemens an der Seite eines uniformierten Polizisten stehen. Beide widmeten ihre ganze Aufmerksamkeit einer schwarzen Mülltonne beziehungsweise deren Inhalt. Der Deckel war hochgeklappt und sie schienen sich tatsächlich über das, was sich darin befand, zu unterhalten. »Toller Job«, dachte Jana.

Als sie sich den beiden Männern bis auf wenige Meter genähert hatte, konnte sie verstehen, was sie sprachen.

»Was ist denn hier los?«, fragte Clemens mit einem vorwurfsvollen Unterton in der Stimme. »Warum haben Sie nicht auf mich gewartet?«

Also war er gerade erst hier eingetroffen.

»Wieso?«, konterte der Polizist fast ein wenig trotzig. »Wer sind denn Sie?«

»Clemens Wieland, Mordkommission Koblenz.«

Im selben Augenblick hielt er ihm auch schon seinen Dienstausweis unter die Nase.

»Was hat denn die Mord hiermit zu tun?«

»Hat Ihr Vorgesetzter Sie nicht informiert? Der anonyme Anruf könnte in Verbindung mit einem Mordfall stehen, den wir gerade bearbeiten.«

»Welcher anonyme Anruf?«

»Also hören Sie mal, was wissen Sie denn überhaupt?«

»Mir wurde nur gesagt, ich soll mal in der Mülltonne von Herrn Debus nachschauen, ob was Verdächtiges drin ist. Und das tue ich jetzt hier.«

»Und haben Sie etwas gefunden?«

»Nö, nur so einen Schraubenzieher, da«, damit deutete er auf das Werkzeug mit einem blauen Griff.

»Und den haben Sie natürlich angefasst.«

»Äh, ja, aber mit Handschuhen, ich wühle ja nicht mit bloßen Händen im Müll anderer Leute«, antwortete der Polizist stolz.

»Hier hinein«, mahnte Clemens und hielt dem Polizeikollegen eine Papiertüte vor die Nase, damit dieser das Werkzeug hineinfallen lassen konnte. In diesem Moment riss sich Usti von Jana los und preschte auf Clemens zu. Die Leine schepperte auf dem Pflaster der Garageneinfahrt. Bevor die beiden Polizisten sich umdrehten, sprang Usti an ihm hoch und versuchte nach dem eingetüteten Schraubenzieher zu schnappen.

»Bist du verrückt, Usti. Hör auf, das ist Beweismaterial«, lachte Clemens. »Gut, dass du da bist. Hallo«, begrüßte er Jana beiläufig, die versuchte, Usti wieder einzufangen. »Also …«, wandte er sich wieder an den Polizisten.

»Nehmen Sie das jetzt mit?«, fiel ihm der uniformierte Kollege ins Wort. Er schien richtiggehend froh zu sein, die Verantwortung für die Restmülltonne und deren Inhalt abgeben zu können. Doch so ganz konnte er sich nicht von seiner Aufgabe trennen, denn er stocherte währenddessen weiterhin zaghaft im Abfall herum.

»Lassen Sie das jetzt!«, befahl Clemens wütend.

»Ist ja schon gut«, war die widerwillige Antwort. Dann

zündete er sich eine Zigarette an und ließ Clemens wortlos stehen.

Usti wollte gerade einer Fährte folgen, die in Richtung Garage führte. Doch so weit kam es nicht.

»Jana, schau doch bitte mal«, rief Clemens. Seine Stimme klang seltsam verfremdet. Noch während sie sich umdrehte, musste sie unwillkürlich lachen. Clemens hatte seinen Kopf mittlerweile tief in die Mülltonne gesteckt. »Augen auf bei der Berufswahl«, dachte sie spöttisch.

»Was ist?« Sie konnte sich ein Lachen kaum verkneifen.

»Schau mal hier!«, tönte es aus den Tiefen der schwarzen Tonne. Mit spitzen Fingern beförderte Clemens sogleich zwei Bücher hervor. »Kommen die dir irgendwie bekannt vor?«

Jana musste sofort an die Bücher in Mayer-Kühns Antiquariat denken. Aber es war unmöglich, ohne eingehende Prüfung eine Verbindung herzustellen. Wenn es überhaupt möglich war. Außerdem gab es ähnliche Bücher in Dutzenden von Haushalten. Clemens schaute sich die jeweils ersten und letzten Seiten der beiden Bücher an. Sie wusste, wonach er suchte.

»Da!«, rief er und deutete mit seinen behandschuhten Fingern auf ein Exlibris.

Jana rückte näher, beugte ihren Kopf konspirativ über die aufgeschlagene Seite und las laut vor: »H. Tewes.« Sie hielt inne. »Das gibt es doch nicht. Im anderen auch?«

Clemens überprüfte das gerade und nickte zustimmend. »Das gibt es doch nicht«, pflichtete er ihr bei.

Bevor sich beide einen Reim auf diesen Fund machen konnten, eilte just in diesem Moment eine aufregt »Was machen Sie da!« rufende Frau mit Einkaufstasche auf sie zu. »Was machen Sie hier, sind Sie von allen guten Geistern verlassen?«, wiederholte sie ihre Frage. Anscheinend hatte die Frau trotz des vor ihrem Haus geparkten Streifenwagens nicht begriffen, dass es sich hier um einen Polizeieinsatz handelte. Dafür, dass ihr dies klar wurde, sorgte Clemens, der seinen Polizeiausweis zückte und ihr diesen freundlich lächelnd präsentierte.

»Mein Name ist Clemens Wieland, ich komme vom Kriminalkommissariat 11, Koblenz.«

»Ja, und warum machen Sie hier so eine Schweinerei?«, fragte die Frau.

»Darf ich bitte erst einmal wissen, wer Sie sind?«, erkundigte sich Clemens, ganz die Ruhe in Person.

»Mein Name ist Margret Debus, ich – ich wohne hier und das ist meine, unsere Restmülltonne«, antwortete sie.

Debus? Jana zuckte zusammen. War nicht gestern Abend im Gespräch mit Clemens der Name Debus gefallen? Es waren zwar gestern Abend so viele Informationen auf sie eingeprasselt, aber ja, das war doch der Name des Elektrikers, der in Marienthal gearbeitet hatte.

»Frau Debus«, versuchte Clemens Wieland die Hausherrin ein wenig zu bremsen. »Wenn das Ihre Restmülltonne ist, dann ist das sicher auch Ihr –«, er öffnete die Papiertüte, sodass sie hineinblicken konnte, »auch Ihr Schraubenzieher?«

»Kann ich nicht sagen, vielleicht der von meinem Mann.« Sie drehte sich um, ließ den verdutzten Hauptkommissar einfach stehen und marschierte wie selbstverständlich zum Hauseingang.

»Moment, Frau Debus, so geht das aber nicht«, meldete sich Clemens energisch zu Wort.

Die Dame drehte sich um. Ihre strohigen, braun-blonden Haare waren ihr ins Gesicht gerutscht.

»Warten Sie bitte. Wo ist Ihr Mann?«

»Bei einem Kunden, wo sonst.« Eine gereiztere Antwort war fast nicht möglich, und das hieß einiges, wenn man die Erfahrungen mit Frau Tewes bedachte.

»Und bitte wo?«

»Da muss ich erst in seinem Kalender nachschauen.«

»Rufen Sie ihn doch bitte an, er möchte hierherkommen – jetzt!«

»Na, ob er das so einfach kann?«

»Frau Debus, nicht dass Sie mich irgendwie falsch verstehen, aber Sie müssten sich schon ein wenig kooperativer zeigen«, sagte Clemens.

Jana verfolgte alles aus einiger Entfernung. Der von Clemens gemaßregelte Polizist stand die ganze Zeit an der Grundstückgrenze, einen Fuß lässig auf einen Rasenkantenstein gestützt, und rauchte völlig unbeteiligt seine Zigarette. Worum ging es hier eigentlich? Der Schraubenzieher, war der wichtig? Die Bücher jedenfalls stammten von Herbert Tewes. Aber vielleicht hatte er die auch weitergegeben oder auf dem Flohmarkt verkauft? Es musste um das Verbrechen an Herbert Tewes gehen, warum sonst war Clemens hier? Aber wieso ein Schraubenzieher? Sie dachte, er sei mit einem Dolch erstochen worden. Was hatte der Schraubenzieher mit dem Mordfall zu tun? Natürlich, sie schlug sich in Gedanken gegen ihre Stirn. Einbruch, der Schraubenzieher ist ein Einbruchswerkzeug. Bislang wusste sie nur von einem nachgewiesenen Einbruch – und das war der in ihr Hotelzimmer. Aber wieso befand sich das Werkzeug dann in dieser Mülltonne? Und woher wusste das die Polizei? Hatte sie nicht eben etwas von einem anonymen Anruf aufgeschnappt? Jana beschlich eine Vermutung. War Herr

Debus bei ihr eingebrochen? Aber warum? Moment. Die Chronik hatte sie seit ihrer Abreise nach Köln nicht mehr gesehen. Diese Bücher in der Tonne, waren die ein Hinweis? Vielleicht lag die Chronik ja auch noch irgendwo hier.

Während sie grübelte, hatte sich Clemens wieder der Besitzerin der Restmülltonne zugewandt. Endlich war bei Margret Debus angekommen, dass es hier um etwas Wichtiges ging. Sie rief ihren Mann über Handy an, das sie aus einer dunkelblauen Nyloneinkaufstasche zog.

Es ergab sich keine Gelegenheit, Clemens ihren Verdacht bezüglich der »Chronik von Marienthal« mitzuteilen. Nur fünf Minuten später kam Wolfgang Debus mit seinem weißen Kombi angefahren, der die Aufschrift »Wolfgang Debus, Elektromeister« trug. Noch bevor die Autotür ganz aufklappte, fluchte es aus dem Wageninnern: »Wat is dat dann für ene Driss!«

Seine Frau, die an der Auffahrt auf ihn gewartet hatte, verschwand auf der Stelle im Haus. Jana kam es vor, als befürchte sie, gleich für die Vorkommnisse verantwortlich gemacht zu werden. Derweil erklärte Clemens dem aufgebrachten Hausherrn in knappen Worten, worum es ging, und bat ihn um ein Gespräch.

»Wenn et dann sinn muss«, war die etwas genervt klingende Antwort.

»Moment«, unterbrach Clemens die Unterhaltung und winkte Jana herbei. »Das ist übrigens eine Kollegin von mir.«

»Guten Tag, Herr Debus …«, Sie war gespannt, wie Usti auf den Elektriker reagieren würde, von dem sie bereits einiges Verdächtiges gehört hatte und den sie durchaus im

Kreis der Verdächtigen sah. War er der Einbrecher? Oder gar der Mörder? Der Mörder von wem?

»Ja, wer is dat dann hee?«, fragte der jedoch relativ unbekümmert und beugte sich zu Usti hinunter. Anders als Jana erwartete, gab sich Usti alles andere als argwöhnisch. Stattdessen machte er Männchen, um sich eine Streicheleinheit abzuholen. Den Hund hinter dem Ohr kraulend zeigte der Elektriker plötzlich eine ganz andere, freundliche Seite seines Charakters. Jana war sprachlos. So ging Usti sicher nicht mit einem Verbrecher um, dessen Spur er des Öfteren während der vergangenen Tage gewittert haben musste.

»Wollen wir ins Haus gehen? Haben Sie etwas dagegen, wenn meine Kollegin und der Hund mitkämen?«

Jana fragte sich, warum er sie unbedingt dabeihaben wollte. Er würde es ihr später bestimmt erklären.

Im Hausflur ließ es sich Wolfgang Debus allerdings dann doch nicht nehmen, seinem Unmut noch einmal Ausdruck zu verleihen: »Hürense ens, ich hang ming Zeit uch net gestolle.«

Usti hatte es wohl nicht geschafft, ihn vollkommen umzustimmen.

»Können wir uns in Ruhe irgendwo hinsetzen?«, bat Clemens höflich.

»Wolfgang, nu biet dem Kommissar und seiner Kollegin doch schon einen Platz an«, ermahnte Frau Debus ihren Gatten.

Widerwillig ging er voran und führte sie in ein geräumiges, aber recht spießig eingerichtetes Wohnzimmer.

»Setzen Se sich ens«, deutete der Elektriker auf ein mit hellgrünem Stoff bezogenes, fabrikneues Sofa.

»Also, Herr Debus, kennen Sie diesen …«, er öffnete wie eben schon einmal die Tüte, »Schraubenzieher?«

»Nä«, war die knappe Antwort. »Nä, wat soll dann de Schrouvezieher in der Tütt do?«

»Wir wüssten gerne einmal, was Sie an den vergangenen Tagen gemacht haben«, begann Clemens die Befragung. Jana überlegte fieberhaft, welchen Tatzusammenhang es geben mochte. Für den Mord an Herbert Tewes müsste er nach einem Alibi für die Nacht von Dienstag auf Mittwoch fragen, für den Einbruch in ihr Hotelzimmer war die Zeitspanne dagegen ziemlich groß.

»Wieso?«

»Nun? Fangen wir mal mit der Zeit von Samstagnachmittag bis Sonntagnachmittag an«, half ihm Clemens auf die Sprünge. Es ging ihm also zunächst um den Einbruch in ihr Zimmer, oder?

»Dat is en zimmlich lang Zeijt. Do muss ich ens in Rouh üvverleeje.«

»In Ruhe? Dafür haben wir aber keine Zeit«, konterte Clemens.

»Magreeeet«, schrie er durchs Zimmer, »breng mer ens de Kalende!« Zu Clemens gewandt: »Morjens hatt ich noch ene Termin beijm Kunde.«

Man hörte Frau Debus in einem Nebenzimmer rascheln, dann eilte sie herbei und reichte ihrem Mann einen abgegriffenen Tischkalender. Unglaublich, im Zeitalter moderner Kommunikation nutzte ein Unternehmer einen Kalender aus Papier, um seine Termine zu koordinieren.

»Jenau. Lassen Se mich ens gucke – vun zwöllef bis eins han ich he daheim ming Mittachspaus gemaht. Donoch wor isch noch ens bei de Fammilich Knies.«

Janas Namensgedächtnis sprang wieder an. Ob es der Karl Knies war, Nicoles Vater, der frühere Journalist?

»Kann das Ihre Frau bestätigen?«, fragte Wieland derweil.

Herr Debus nickte einmal, seine Frau tat es ihm gleich.

»Also, ja!? Gut. Und welche Familie Knies?«

Clemens holte aus seiner Jackentasche sein Notizheft heraus und musste darüber aus irgendeinem Grund selbst lächeln. Jana fiel auf, dass auch er in bestimmten Situationen lieber analog unterwegs war. Er wartete auf die Antwort von Herrn Debus.

»Na, Karl Knies he in Ahrweiler.«

»Aha«, Clemens schien zu merken, dass hier jeder jeden kannte und jeder jedem Aufträge erteilte.

»Aha«, überlegte Jana, es handelte sich tatsächlich um Karl Knies. Damit hatte der für den Samstagnachmittag ein Alibi. Aber bis wann?

»So. Und wie lange waren Sie bei Herrn Knies und was haben Sie danach gemacht?«, forschte Clemens weiter nach. Die Gesichter von Frau und Herrn Debus sprachen Bände: Sie fühlten sich unwohl. Genervt, dachte Jana, sie sind einfach nur genervt.

»Du kamst um 17 Uhr irgendwas nach Hause, das weiß ich noch«, sprang Frau Debus zu Hilfe.

»Moment ens. Dä Herr Knies wollt um fünnef fott. Dann hann ich ming Arbeijtsutensilie zusammejepack. Und dann, jo un dann senn ich noch flott beijm Spieß vorbeijefahre. Der wor evver net do. Dä wollt von mir e Anjebot han. Ich wor anscheinend e bissje zu spät«, räumte Herr Debus ein. »Dann sin isch wedder noh Huss jefahre un han minge Papierkrom jemaat.«

Es dauerte eine Weile, bis Clemens weiterfragte. Er hatte offensichtlich Schwierigkeiten, den Dialekt auf Anhieb zu verstehen. Das war vermutlich auch der Grund, warum er sie als gebürtige Kölnerin bei dem Gespräch dabeihaben wollte. Kölsch und Ahrweiler Platt waren zwar nicht identisch, das würde jede Partei, die Kölner und die Ahrweiler, bestätigen. Aber es waren beides rheinische Dialekte, und deshalb konnte Jana dem, was Debus sagte, gut folgen. Sie sprach selbst kein Platt, hatte es nie gelernt, was sie eigentlich schade fand.

»Und dann, nachdem Sie nach Hause kamen?«, fragte Clemens nach einigen Sekunden. »Waren Sie ab da dann zusammen hier?«

Margret Debus, die hinter ihrem Mann stand, wirkte nervös. »Ne, nicht so ganz. Als er kam, war ich gerade dabei, zu einer Nachbarin zu gehen. Wir wollten uns im Fernsehen eine Sendung anschauen, weil er«, sie zeigte mit ihrem Kopf auf ihren Mann, »in der Zeit lieber die Sportschau guckt. Als ich zurückkam, hab mich nur gewundert, dass der Kaffeeautomat lief, denn das macht mein Mann sonst nie.«

»Jo, dä Papierkrom war esu drösch, do han isch mir ene Pott Kaffe opjesetzt.«

»Du weißt doch, du sollst nicht so viel Kaffee trinken, dein Hetz.«

Jana musste innerlich über das Ehepaar Debus lachen. Die beiden waren einfach zu authentisch.

»So, nun sachen Se ens, Herr Kommissar, wat wollen Se eigentlich jenau von mir?«

»Moment, Herr Debus, wir sind noch nicht ganz fertig.« Debus verdrehte die Augen. Dann fragte Clemens nach dessen Alibi für den Samstagabend sowie den folgenden Sonntag. Das, was Herr und Frau Debus an dem Wochenende erlebt hatten, entsprach dem, was Tausende von verheirateten Endfünfzigern in Deutschland wohl an einem Wochenende gemacht hatten: Am Samstagabend hatten beide eine Quizshow im Fernsehen angeschaut und waren später gemeinsam schlafen gegangen. Am Sonntag hatten sie nach einem Spaziergang an der Ahr, bei dem ihnen etliche Ahrweiler begegnet waren, gegen Mittag ihrer Tochter und den Enkelkindern einen Besuch in Bad Bodendorf abgestattet. Herr Debus kam also, so konnte Jana schließen, keinesfalls für den Einbruch in ihr Zimmer infrage.

»Also, Herr Debus, ich komme nun auf Ihre Frage zurück, warum wir hier sind. Es gab einen anonymen Hinweis bei der Polizei, dass sich dieser Schraubenzieher hier in Ihrer Restmülltonne befindet.«

Jana hielt für einen Moment den Atem an. Auch Usti spitzte seine Ohren.

»Ewwer isch ...«, stammelte Debus.

»Ich kann Ihnen nicht mehr dazu sagen. Sie haben nicht vor, an den nächsten Tagen zu verreisen, oder?«

Margret Debus schaute pikiert und antwortete kleinlaut: »Wir wollten doch endlich mal auf eine Kreuzfahrt. Ende Oktober ...«, ihr stiegen Tränen in die Augen.

»Ach so, ne, aber das sollte kein Problem sein, ich hoffe, dass bis dahin alles geklärt ist«, beruhigte sie Clemens.

Die Erleichterung war Frau Debus anzusehen. Wolfgang Debus dagegen schien es relativ egal zu sein, ob der Urlaub stattfinden würde oder nicht. »Er ist wohl eher mit seinem Betrieb verheiratet«, dachte Jana.

»Es sei denn ...« Das Ehepaar horchte auf. »Es sei denn ...« Clemens brach ab. »Ach, noch was, haben Sie Mitarbeiter, einen Lehrling vielleicht?«

»Nö, momentan nit. Dä letzte Stift, den ich hatt, wor esu faul, da machen isch dat jezz leever selver.«

»Soso …«, Clemens tat so, als wollte er die Befragung hiermit beenden, indem er aufstand und in Richtung Tür ging. Debus blickte derweil auf seinen Kalender, den er gleich einige Zentimeter zur Seite schob.

»Ach, noch etwas, Herr Debus«, nahm Clemens Wieland den Faden unerwartet wieder auf, »Sie haben doch in Marienthal im Kloster die Elektroleitungen verlegt. Richtig?«

Debus' Körper durchfuhr ein leichtes, aber merkliches Zucken. Dann verschränkte er die Arme vor seinem Körper. Die Pause war lang, bevor Debus endlich antwortete: »Joh, joh, wofür dat dann?«

»Waren Sie dort längere Zeit beschäftigt?«

»Ja, joh dat. Muss ich ens nohkucke.«

»Ne, das müssen Sie jetzt nicht nachschauen.« Clemens blickte fragend zu Jana, ob er Herrn Debus richtig verstanden hatte. Sie nickte zur Bestätigung und lächelte dezent. »Das ist zum jetzigen Zeitpunkt nicht notwendig. Mich würde vielmehr interessieren, ob sie damals dort alleine gearbeitet haben.«

»Nää, joh, manchmols …«

»Hatten Sie zu der Zeit einen Lehrling namens Marc?«

»Joh, rischtisch.«

»Marc – wie weiter?«

»Wie, wie weiter?«

»Sein Nachname.«

»Achsu. Marc Otto.«

»War das Ihr einziger Mitarbeiter?«

»Joh.«

»Also, waren Sie denn auch schon mal alleine dort?«

»Hm …«

»Marc Otto war doch bestimmt auch mal krank oder in der Berufsschule ...«, half ihm Clemens auf die Sprünge.

»Ja, joh, krank und ouch Berufsschull.«

»Worauf wollen Sie hinaus?«, mischte sich nun die Ehefrau ein.

»Danke, das war es – erst einmal.«

Warum beendete Clemens hier das Gespräch? Er hätte nach Janas Dafürhalten ruhig noch weiterbohren können. Irgendetwas musste damals im Klostergemäuer passiert sein. Debus war bei diesem Teil der Befragung auffällig mundfaul geworden, fast einsilbig. Und sein Körper zeigte eine gewisse Abwehrhaltung. Was das wohl zu bedeuten hatte?

»Haben Sie etwas dagegen, wenn wir uns draußen noch etwas umsehen?«, fragte Clemens.

»Nää, donn Se dat ens – ich muss jleich widder loss. Wenn wat is, froaren Se eenfach ming Frau. Ne, Marjret, du bis doch jetz hee, odder?«

Clemens bedeutete Jana, dass er hier abbrechen wollte, und gab ihr ein Zeichen, zu gehen. Man verabschiedete sich. Hinter den dreien fiel die Haustür ins Schloss. Drinnen hörte man das Ehepaar noch mehr oder weniger laut reden. Geschirr klapperte.

»Jungs, kann mal bitte einer von euch herkommen?«, rief Clemens nach einigem Überlegen dem wartenden Kollegen zu. Ein hagerer, blonder Mann schlurfte heran, während Clemens ihm den eingetüteten Schraubenzieher entgegenhielt. »Bitte dringend auf Fingerabdrücke untersuchen lassen. Aber ich bin mir relativ sicher, dass ihr nichts finden werdet. Viel wichtiger, und das ist wirklich dringend: Abgleich mit den Spuren vom gestrigen

Einbruch ins Hotelzimmer von Frau Vogt im Hotel Am Mühlenteich. Ich brauche die Ergebnisse noch heute.«

»Wird gemacht«, war die freundliche und durchaus verbindliche Antwort des Kollegen.

In diesem Moment öffnete sich die Haustür, und Wolfgang Debus eilte an ihnen vorbei, raunzte ihnen irgendetwas in rheinischer Mundart zu, was auch Jana nicht verstehen konnte, und fuhr mit seinem Kombi davon.

»Clemens, ich glaube, wir sollten auch noch einmal hier hinter der Garage nachschauen. Usti zog mich schon vorhin in diese Richtung.«

»Okay, wenn Usti das möchte.« Er grinste. »Lass ihm mal ein bisschen mehr Leine, ja genau …« Usti nahm das Angebot an und folgte einer Fährte bis zum rückwärtigen Gartentörchen. Es war verschlossen. Es zu überwinden wäre allerdings kein Problem, denn es war nicht einmal einen Meter hoch. Usti schnupperte an dem Törchen, das unmittelbar an einem schmalen Weg lag, der ein Durchgang zur nächsten Straße war. Und diese Straße wiederum führte direkt in die Innenstadt.

Jana und Clemens nickten einander zu. Von hier war also derjenige gekommen, der den Schraubenzieher in die Mülltonne gesteckt hatte. Das begriff auch Jana, ohne genau zu wissen, wer wann wen angerufen hatte.

»Vielleicht finden sich am Törchen noch verwertbare Spuren. Das mit dem Schraubenzieher ist ein Ablenkungsmanöver oder etwas in der Art«, befand Clemens.

»Aber von wem und vor allem – warum?«, fragte Jana. Sie verstand noch nicht so wirklich, was vorging.

»Hier fälscht einer ganz massiv Indizien. Um von sich abzulenken und wohl noch mehr, um andere mit hineinzuziehen. Da steckt mehr dahinter als das übliche Schaffen von Entlastungsindizien«, war Clemens felsenfest überzeugt.

»Trotzdem: Irgendetwas stimmt mit diesem Debus nicht«, war Jana sich sicher. »Hast du bemerkt, dass der bei deinen Fragen nach seinen Arbeiten in Marienthal nicht nur einsilbig wurde, sondern auch deutlich körpersprachlich abblockte?«

»Ja, gut. Klar ist mir das aufgefallen. Aber ich vermute stark, dass die Anschuldigungen seines Ex-Lehrlings nicht direkt mit unseren Fällen zu tun haben.«

»Apropos unsere Fälle«, dachte Jana. Was war nun eigentlich aus ihrer gemeinsamen Ermittlungsarbeit geworden? War sie jetzt noch mit dabei oder nicht? Was hatten die Kölner und die Koblenzer Kripo eigentlich mittlerweile veranlasst? Gab es vielleicht sogar ein länderübergreifendes Ermittlerteam? Wusste Simone neuerdings über Janas Beteiligung an den Ermittlungen zum Mordfall Tewes Bescheid? Auch über den Einbruch in ihr Hotelzimmer? Wenn Clemens ihre Mitarbeit nicht mehr benötigte, warum hatte er sie dann vorhin überhaupt angerufen? Apropos Anruf: Was hatte es eigentlich mit diesem Einsatz hier auf sich?

»Ich bekam eben etwas von einem Anruf mit. Wie kamst du eigentlich auf Debus?«, bohrte sie nach.

»Stimmt, du weißt es ja noch gar nicht, ich erzähle es dir gleich. – Äh, Herr … hinter dem Haus müsste auch noch mal nachgeschaut werden, da ist ein Törchen, da kam derjenige vermutlich her, der den Schraubenzieher hier versteckt hat«, beauftragte er den zugänglicheren der Kollegen. »Wir besprechen uns dann nachher in der Dienststelle in Ahrweiler, ja? – So, Jana …«

Und dann berichtete Clemens knapp, dass in den Morgenstunden ein Anruf bei der örtlichen Polizei eingegangen sei. Dass der männliche Anrufer mitgeteilt habe, in Debus' Mülltonne läge ein Tatwerkzeug, nach dem die Polizei suchen würde. Und dass es sich um ein Werkzeug handelte, das im Zusammenhang mit einem Mord stünde.

Jana hakte nach: »Sucht ihr denn ein Tatwerkzeug in Form eines Schraubenziehers?« Clemens schüttelte den Kopf. »Aber es kommt noch besser, Jana. Das Handy, mit dem der anonyme Anrufer sich bei der Polizei meldete …«

Jana schaute Clemens aufmerksam in seine grün-braunen Augen. »Mach es bitte nicht so spannend. Was ist damit?«

»Also, der Anrufer machte sich noch nicht einmal die Mühe, die Rufnummer zu unterdrücken.« Ein Kribbeln durchflutete Jana. Das hieß, sie hatten den Täter? Vielleicht war der Anrufer der Mörder von Herbert Tewes?

»Wir brauchten noch nicht einmal die Nummer abfragen.«

»Wieso?«

»Weil ich die Nummer schon auf einem Zettel stehen habe.«

Jana dämmerte etwas.

»Und den Zettel hat mir Frau Tewes gegeben, du erinnerst dich?«

»Tewes' Handy«, platzte Jana heraus.

Clemens nickte. »Es war natürlich wieder ausgeschaltet, als wir es orten wollten.«

»Moment, Moment«, versuchte Jana sich Klarheit zu verschaffen. »Nehmen wir mal an, Tewes hat es nicht verloren oder irgendwo liegen gelassen. Dann hat es der Mörder an sich genommen und bei der Polizei angerufen, um Debus verdächtig zu machen. Er platziert Bücher, die Herbert Tewes gehörten, in der Tonne. Woher hat er die? Vielleicht auch irgendwo gebraucht gekauft? Oder er war in Tewes' Haus, und Frau Tewes hatte doch die richtige Vermutung, dass jemand im Haus gewesen sei, weißt du noch? Da ihr keine Einbruchspuren fandet, müsste der Mörder die Schlüssel haben oder gehabt haben. Und dann …«, Jana erstarrte. Clemens nickte. »Dann habe ich die Schlüssel im Antiquariat in Köln gefunden.«

Alles hing zusammen! Sie konnte es nicht fassen.

»Ich muss mir auf alles erst einmal einen Reim machen«, erklärte Clemens, während er sich mit einer Hand in seine braunen Locken griff. »Wir treffen uns später, ja?«

Da auch Usti unruhig wurde, entschloss sich Jana, den Rückweg anzutreten, und kündigte an, zurück zum Hotel zu spazieren.

TAG 6 – SPÄTER VORMITTAG

Gut, dass Jana während der vergangenen Tage immer wieder Prospekte und Stadtpläne studiert hatte. So konnte sie sich den Umweg durch das Ahrtor schenken. Denn sie würde bei der kleinen Brücke, in deren Nähe sie vorhin die Wasseramsel beobachtet hatte, auf eine Straße stoßen, die sie von Westen durchs Obertor in die Stadt leiten würde. So wäre der Rückweg ins Hotel um einiges kürzer. Und genauso war es auch: In nur wenigen Minuten hatte sie das Obertor erreicht. Bisher kannte sie nur die Innenseite des Tores und war über die Außenansicht verwundert: Über dem Torbogen entdeckte sie mehrere Steinkugeln. Es sah aus, als ob diese dort vor langer Zeit eingeschlagen wären. Vermutlich hatte man sie jedoch nachträglich als Mahnung an frühere Belagerungszustände angebracht, überlegte sie. Den Blick nach oben gerichtet, bemerkte sie erst im letzten Augenblick einen grünen Geländewagen, der an ihr vorbei durch das Tor hindurchfuhr. Gleich hinter dem Tor bog er nach rechts in die Schützbahn ein. Ob das der gesuchte Wagen war? Sie versuchte sich an den murmelnden Zuhörern einer im Fußgängerdurchgang haltmachenden Stadtführung vorbeizudrängeln, um den Wagen nicht aus den Augen zu verlieren. Gerade noch konnte sie sehen, wie der Wagen langsam durch die Gasse rollte. Da raste von hinten klingelnd ein Radfahrer auf sie zu. Sie machte ihm Platz. Als sie sich wieder umdrehte, war das Auto verschwunden.

Mist! Es konnte doch nicht einfach vom Erdboden verschluckt worden sein. Entweder es war in die Tiefgarage ihres Hotels oder in die nächste kleinere Gasse hineingefahren. Ihr Hotel? Wohnte der Mörder in ihrem Hotel? Sollte sie es wagen, in der Tiefgarage nachzusehen? Nein, diesen Fehler würde sie nicht noch einmal machen … Das monotone Flimmern der Neonröhre, der Geruch in der Halle, die Schmerzen, auf einmal waren die Bilder wieder da. Sie lehnte sich erschöpft an die Stadtmauer und atmete tief ein und aus. Dann lief sie weiter, ohne wirklich auf ihre Umgebung zu achten. Langsam überlagerten die Gedanken an die aktuellen Ermittlungen wieder die schlimmen Erinnerungen: ein toter Heimatforscher, ein toter Antiquar, ein anonymer Anruf, der Einbruch in ihr Hotelzimmer, die »Chronik von Marienthal«, Schlüssel, Schraubenzieher, Bücher … was für ein Durcheinander.

Genauso verhangen, wie der Himmel sich gerade präsentierte, sah es auch in ihrem Innern aus. Es gab zu viele Verdächtige, eine merkwürdige Überkreuzung der Spuren und zu wenige Motive. Aber vielleicht war Clemens weiter vorangekommen, als sie es ahnte.

Vor ihr tauchten zwei Personen auf, die in ein angeregtes Gespräch vertieft waren. Selbst von hinten konnte sie erkennen, dass es sich dabei um Meike Jacob und Karl Knies handelte. Meike hatte offensichtlich ihre Stadtführung beendet. Gab es einen Grund, warum Nicole nicht zur vereinbarten Führung erschienen war? Hinter einer Hausecke tauchte ein halbrunder Turm auf, der offensichtlich zur mittelalterlichen Stadtbefestigung gehörte. Ganz oben auf dem Turm saß eine Krähe. Neben sich vernahm Jana Geräusche. Dort, im Schatten des Turms, bot sich ihr ein seltsames Bild. Auf einer steinernen Bank saß die Alte mit ihrem Rollator und ahmte das Krächzen der Krähe nach. Als sie Jana bemerkte, bedeutete sie ihr mit einem Wink näherzukommen. Perplex über dieses Kommunikationsangebot, wusste Jana zunächst nicht, wie sie reagieren sollte, wünschte ihr dann aber einen »Guten Tag!«.

Die Alte grüßte nicht zurück, legte den Kopf zur Seite und raunte: »Eine Krähe hackt der anderen ein Auge aus.«

»Wie bitte?«

»Eine Krähe hackt der anderen ein Auge aus«, wiederholte sie ohne Gesichtsregung, aber mit außergewöhnlichem Nachdruck in der Stimme.

»Äh, ja, heißt es nicht *kein* Auge?«, verbesserte Jana, die immer mehr daran zweifelte, ob sie die Alte ernst nehmen sollte.

»Eine Krähe hackt der anderen ein Auge aus«, wiederholte diese geduldig, fast nachsichtig, ein weiteres Mal. Eine Sekunde später richtete sie ihren Blick in die Ferne, so als habe sie Janas Anwesenheit wieder ausgeblendet.

Wer war nur diese Frau und wieso tauchte sie ständig in ihrer Nähe auf? Sprach aus ihr ein tieferer Sinn oder der blanke Unsinn? Jana beschloss, ihren seltsamen Worten keine weitere Bedeutung beizumessen, und blieb bei der Einschätzung vom ersten Tag: Die Alte hatte nicht alle Tassen dort, wohin sie gehörten. Sie rief ihr ein »Auf Wiedersehen« zu, das unbeantwortet blieb, und machte sich auf den Weg zum Hotel. Hinter ihr hörte sie das wohlbekannte Quietschen des Rollators. Noch einmal drehte sich Jana nach der Alten um, aber sie war nicht mehr zu sehen, so als hätten sie die historischen Mauern verschluckt.

Erst der grüne Wagen, nun die Alte. Verschwunden. Litt Jana etwa an Wahrnehmungsstörungen? Sie bog in die nächste Gasse ein und fand sich schon wenige Meter später am Mühlrad wieder, das diesmal bewegungslos verharrte. Der Mühlenteich plätscherte leise. Plötzlich stieg ihr ein unangenehmer Geruch in die Nase. Wo hatte sie diesen Geruch schon einmal wahrgenommen? Verflixt, wieso erinnerte sie sich nicht? Natürlich, in ihrem Hotelzimmer. Und wo noch? Ein Gefühl der Beklemmung machte sich breit. Beobachtete sie jemand? Sie schaute sich um. Dort, seitlich des stattlichen Fachwerkgebäudes, in dem das Schützenmuseum untergebracht war, stand mit dem Rücken zu ihr eine männliche Person. Was nicht wirklich ungewöhnlich war. Jana versuchte aus Ustis Körperhaltung irgendwelche Rückschlüsse zu ziehen. In der Tat wirkte er angespannt. Doch das wollte sie nicht wahrhaben. Es war helllichter Tag und sie einfach nur … Ja, was eigentlich? Übermüdet? Überlastet? Schluss mit den trüben Gedanken! Es war Mittagszeit, und sie hatte Hunger. Während sie den Weg zum Hotel einschlug, schaute sich Usti mehrfach um, so als wolle er seinem Frauchen den Rücken freihalten.

TAG 6 – MITTAG

Ob sich Clemens schon gemeldet hatte, fragte sie sich mit einem Blick auf ihr Handy, das sie während des Mittagessens ausgeschaltet hatte. Leider Fehlanzeige. Sie suchte in den Tiefen ihres Rucksacks nach ihrem Lippenstift und merkte dabei, dass im großen Innenfach etwas steckte. Oh nein, der Umschlag. Den hätte sie Clemens doch vorhin überreichen müssen. »WICHTIG« stand handschriftlich darauf. Sie schaute sich den Umschlag genauer an und erkannte, dass man ihn wohl längere Zeit aufgerollt aufbewahrt haben musste. Es gehörte sich nicht, aber sie konnte ihre Neugier nicht im Zaum halten. Die Lasche war nicht verklebt. Sie wischte noch einmal ihre Finger an der Serviette ab und zog ein einziges Blatt heraus. Das Papier sah aus wie echtes Büttenpapier. »Deutsche Kurrentschrift«, murmelte sie vor sich hin. Die verschnörkelten Buchstaben zu entziffern, fiel ihr nicht ganz leicht. Auf den ersten Blick erkannte sie die Jahreszahl 1770, das hatte sie nicht erwartet. Was sie beim ersten Lesen begriff, war, dass es sich wohl um ein Dankesschreiben eines gewissen Severinus Boisvin handelte. Dieser bedankte sich beim Prior von Mergenthal dafür, dass dieser Gräfin Sophie von Greve-Merkenau Unterschlupf gewährt habe. Sie habe sich dort als Nonne ausgegeben. Als Dank wolle die gräfliche Familie dem Kloster einige Kunstgegenstände für die Kirche übereignen.

Hah! Jana konnte es kaum glauben. Der silberne Kasten aus dem Antiquariat trug doch die Aufschrift »Mergenthal«. Und da, da stand auch der Name Merkenau. Auf dem Zettelchen hatte »Slg. Merkenau« gestanden. Was für ein Fundstück, das Frau Tewes da herausgerückt hatte. Woher stammte die Handschrift eigentlich? Sicher aus dem Nachlass ihres Mannes. Eilig machte Jana ein Foto mit ihrer Kamera, die sie ebenfalls aus den Untiefen ihres Rucksackes hervorzog. Und dann schnell noch eines mit dem Handy. Sie wollte gerade das Papier einer genaueren Überprüfung unterziehen, als wie aus dem Nichts Herr von Hagen vor ihr stand und sie ansprach: »Was haben Sie denn da Schönes?«

Wo kam er jetzt her? Erst ließ er sich lange Zeit nicht blicken und nun tauchte er genau in dem Augenblick auf, als sie ein brisantes Schriftstück in Händen hielt.

»Ach, nichts Wichtiges«, entgegnete Jana und versuchte, das Blatt so vorsichtig wie möglich und so schnell wie nötig in den Umschlag zurückzuschieben. Hans von Hagen schien keiner ihrer Handgriffe zu entgehen.

»Ist das ein altes Dokument?«, fragte er neugierig weiter.

Just in dem Moment öffnete sich die Tür zum Speiseraum, und kein geringerer als Clemens erschien.

»Was für ein Morgen«, seufzte er und ließ sich unaufgefordert auf den Stuhl an Janas Tisch fallen. Usti begann unverzüglich an seinem Hosenbein zu schnüffeln.

Sie war aufgeflogen. Es hatte keinen Zweck, den Umschlag verstecken zu wollen, um Clemens vorzugaukeln, sie kenne den Inhalt nicht. Der hatte blitzschnell die Situation erfasst und fixierte mit seinen Augen den

Umschlag. Auch Hans von Hagens Blick ruhte nach wie vor auf dem Briefumschlag. Jana wäre am liebsten unter den Tisch gekrochen. Sie hätten wohl noch lange so verharrt, wenn Gäste am Nebentisch nicht nach dem Hotelier verlangt hätten.

»Sag mal, versteckt du da etwa Beweismaterial?«, fragte Clemens im Flüsterton. Kleinlaut schob Jana den Umschlag zu ihm hinüber.

»Ist das das, was Frau Tewes mir geben wollte?«

Jana nickte.

»Du hast reingeschaut?«

Kannte er sie schon so gut? Leugnen half ohnehin nichts mehr, und so referierte sie den Inhalt, beziehungsweise was sie davon entziffert hatte.

»Weißt du, was das soll und woher Frau Tewes die Handschrift hat?«

»Ja, ansatzweise. Herr und Frau Tewes hatten nicht nur den Safe, in dem sie Dokumente und Wertsachen aufbewahrten.«

»Sondern?«

»Ihr Haus grenzt doch an die Stadtmauer.«

»Aha, ja, dieser Geruch, feuchtes Mauerwerk, ja. Aber, ich habe noch etwas anderes wahrgenommen …«

»Bitte? – Jedenfalls gab es in der Stadtmauer ein Geheimfach, und da fand Frau Tewes dieses Dokument. Als sie den Umschlag sah, erinnerte sie sich, dass ihr Mann vor einigen Tagen eine Bemerkung habe fallen lassen. Dass er dort etwas mit dem Vermerk ›wichtig‹ deponiert habe. Sie meinte, dass es genau das Dokument gewesen sei, über dem ihr Mann neulich stundenlang gesessen habe, nachdem er zuvor Besuch von einem älteren Mann gehabt hatte. Sie konnte nicht verstehen, was an dem alten Dokument so wichtig sei, aber ihr Mann maß dem ja wohl einige Bedeutung bei.«

»Aha! Ein älterer Mann war zu Besuch?«

»Ja. Ein älterer Mann. Du meinst …?«

»Ich weiß es nicht, nur so eine Ahnung. Erzähl weiter …«

»Ach ja, wir haben jetzt eine Erklärung für Frau Tewes' abweisendes Verhalten.«

»So?«

»Sie und ihr Mann lebten zwar noch gemeinsam in dem Haus, hatten sich jedoch nicht mehr viel zu sagen. Frau Tewes wollte vor zwei Jahren sogar die Scheidung einreichen, aber die Eheleute hatten sich dann darauf geeinigt, der Öffentlichkeit weiterhin das glückliche Paar vorzuspielen. Dieses Agreement verlangte seit einigen Monaten zu viel von Frau Tewes, denn sie hatte in Bremen einen anderen Mann kennengelernt.«

»Bremen, aha, deshalb«, murmelte Jana und fügte dann ebenso leise hinzu: »Wäre das ein Motiv, Clemens?«

»Ein Motiv vielleicht«, flüsterte er, »aber es konnte ihr egal sein, was die Leute reden würden. Sie hatte nämlich vor, nach Bremen zu ziehen.«

»Geld?«, fragte Jana weiter. So ganz wollte sie Frau Tewes noch nicht von der Liste der Verdächtigen streichen.

»Ihr neuer Freund kann ihr ein sorgloses Leben bieten. Und bei einer Scheidung wäre sie nicht leer ausgegangen. Ihr hätte das gereicht.«

»Also nicht verdächtig?«, schlussfolgerte Jana fast ein wenig enttäuscht.

»Nicht verdächtig«, bestätigte Clemens. Mittlerweile füllte sich der Speisesaal. Es war klar, hier konnten sie ihre Besprechung nicht weiterführen.

Clemens schlug vor, am Nachmittag gemeinsam in die Weinberge zu fahren und den Fundort der Leiche noch einmal in Augenschein zu nehmen. Draußen an der frischen Luft und am Ort, wo alles begonnen hatte, wollte er mit ihr zusammen noch einmal die Fakten sortieren. Zuvor müsse er jedoch zu einer Besprechung in die örtliche Polizeidienststelle fahren. Außerdem wolle er dort den Umschlag deponieren, damit später ein Kollege das Dokument genauer analysieren könnte.

»Du meinst also auch, die Handschrift hat mit dem Fall zu tun?«

»Möglich.«

»Weißt du übrigens, dass die Stücke in der Vitrine des Antiquariats in Köln Zettel mit der Aufschrift »Sammlung Merkenau, Mergenthal« tragen?«

»Ja? Und?«

In kurzen Worten erklärte Jana ihm, der den Inhalt des Dokuments noch nicht kannte, die Zusammenhänge.

TAG 6 - NACHMITTAG

»Wie nah kommen wir denn mit dem Auto an den Tatort ran?«, wollte Jana wissen. Sie saß auf dem Beifahrersitz von Clemens' Kombi. Usti saß im Kofferraum, was dieser anscheinend nicht guthieß. Er wimmerte leise vor sich hin. Jana vermied zu fragen, was der Kindersitz auf der Rücksitzbank zu bedeuten hatte. Sie wusste weder ob Clemens verheiratet oder liiert war, noch ob er Kinder hatte. Letztendlich ging sie das auch nichts an. Draußen zogen die letzten Häuser der Ahrweiler Altstadt vorbei. Fahnen mit der Aufschrift »Roemervilla« wehten vor einem großen Holzgebäude im leichten Wind hin und her. Wenig später tauchte in der Kurve das Schild »Regierungsbunker« auf. Weiter ging es auf der Ortsumgehung, rechts ragten die Weinberge mit den sorgfältig in Reih und Glied stehenden Reben empor. Alte Mauern erinnerten an eine Zeit, als der Weinanbau noch beschwerlicher als heute war. Sie kamen am Felsvorsprung, der – warum auch immer – »Bunte Kuh« genannt wurde, vorbei, immer begleitet von der Ahr zu ihrer Linken. Hatte Clemens eigentlich auf ihre Frage von eben geantwortet? Wenn ja, dann hatte sie es nicht mitbekommen.

Bis zu dem Ort, an dem sie schließlich anhielten, hatten beide kein einziges Wort miteinander gesprochen. Nun standen sie vor dem Kloster Marienthal.

»Lass uns ein paar Schritte gehen. Ich will vom Kloster zum Tatort laufen und vielleicht damit die gedankliche Verbindung zwischen all dem finden«, sagte Clemens. Jana beeindruckte diese Vorgehensweise.

Rasch waren sie auf der Höhe angelangt. Von dort oben konnten sie durch ein Wäldchen hindurch allerdings nur einen Teil des gesamten Klostergeländes überblicken. Aus dem Augenwinkel erkannte Jana einen Wagen, der unter ihnen am Straßenrand zum Stehen kam. Auch jetzt sprachen sie nicht und gingen stattdessen ihren Gedanken nach. Erst in letzter Sekunde realisierten sie, dass Usti ein kleines Kaninchen am Waldrand fixierte. Er zuckte und wollte lossprinten, da griff ihm Clemens geistesgegenwärtig ans Halsband: »Mein Freund, du bleibst hier!«

Ustis Blick sprach Bände.

»Danke«, seufzte Jana. Sie beeindruckte Clemens' Aufmerksamkeit und sein schnelles Reaktionsvermögen.

»So, Jana, ich würde dich gerne mal auf den neuesten Stand bringen.« Er atmete tief ein. »Es ist kompliziert. Und verworren. Du kannst dir ja bestimmt denken, dass wir ein Ermittlerteam mit deinen Kölner Kollegen auf die Beine gestellt haben. Simone Maxrath hat dir sicher davon berichtet?« Dabei schaute er Jana in Erwartung einer Bestätigung an.

»Nein«, schüttelte diese den Kopf. Simone hatte sie seit Sonntag nicht mehr kontaktiert. Was sollte das? Clemens schien ihr plötzlich viel näher zu stehen als ihre langjährige Freundin.

»Nein?«, fragte Clemens verwundert und fuhr dann, ohne weiter darauf einzugehen, fort. »Wir haben einige Spurenüberkreuzungen, die merkwürdig sind. Ich weiß gar nicht, wo ich beginnen soll. Also, der Mordfall Tewes: Erstens, die grünen Wollfasern, die wir an Tewes' Kleidung gefunden haben, fanden sich auch an der – halt dich fest – Figur dieser Krähe.« Er machte eine Sprechpause, während sie langsam weiterwanderten.

Das war wirklich mehr als seltsam, fand Jana, denn das hieß, dass ein und dieselbe Person an beiden Tatorten gewesen sein musste. Und diese Person trug bei den Taten immer dasselbe Kleidungsstück oder hatte etwas aus grünem Wollstoff dabei. Oder war das eine gefakte Spur?

»Zweitens, es wird noch seltsamer: In der Schublade von Mayer-Kühns Schreibtisch wurde ein Beruhigungsmittel gefunden. Und dieses Mittel heißt …«

Jana konnte es sich denken: »Tranqui-dingsda?!«

»Ja, genau, Tranquilor. Frau Maxrath, also deine Freundin Simone, hat bereits Erkundigungen angestellt und weiß mit Sicherheit, dass das verschreibungspflichtige Beruhigungsmittel in einer Ahrweiler Apotheke gekauft wurde, der Kranich-Apotheke. Und gekauft hat es …«

»Tewes?«

Clemens nickte.

»Was soll der Mist?«, empörte sich Jana, »das ist alles viel zu offensichtlich.« Warum fiel ihr jetzt ausgerechnet Jens Scheuermann ein? Der kannte sich als Pharmareferent bestimmt mit Beruhigungsmitteln aus. War es gar kein Zufall, dass er ihre Nähe gesucht hatte? »Aber warum und welches Motiv könnte der haben?«, murmelte sie vor sich hin.

»Wer?«

»Ach, nur so ein Gedanke.« Sie wischte diese Überlegungen wieder beiseite. »Sag, Tewes hat das Medikament selbst in der Kranich-Apotheke gekauft?«

»Definitiv.«

»Dann wurde es ihm gestohlen, vielleicht von dem, der auch das Handy gestohlen hat – und die Schlüssel?«

»Tja«, seufzte Clemens. »Es ist ja wohl unwahrscheinlich, dass Mayer-Kühn Herbert Tewes ermordet und dann
dessen Medikament und Schlüssel in seinem Laden aufbewahrt.«

»Das Handy habt ihr noch nicht gefunden?«

Clemens schüttelte den Kopf.

»Dass noch ein Dritter im Spiel ist, der Mayer-Kühn
aber nicht Herbert Tewes ermordet hat, ist zwar nicht ausgeschlossen, aber doch eher unwahrscheinlich. Dagegen
sprechen außerdem die Anhaftungen aus Wolle.«

»Und warum dieser Aufwand, nicht zu vergessen das
Gedöns mit dem Schraubenzieher und den Büchern in
Debus' Mülltonne?«, fragte Jana.

»Moment, lassen wir das erst mal außen vor. Aber du
hast recht. Meine Hypothese geht dahin: Ich vermute,
dass jemand die Dinge bei Mayer-Kühn deponiert hat«,
folgerte Clemens, »damit sie früher oder später gefunden werden.«

»Sieht so aus, aber warum macht das einer? Ein Täter
will doch eher Spuren verwischen«, überlegte sie. »Damit
führt er uns an der Nase herum und – spielt mit uns.«

»Ich denke auch, die Hinweise verdichten sich, dass
wir es hier mit einem sehr manipulativen Menschen zu
tun haben.«

»Oh weh«, Jana wurde für einen Augenblick ganz
anders.

»Was?«

»Die Alte.«

»Häh?«

»Ach nichts.«

Jana wollte erst einmal in Ruhe darüber nachdenken.
Aber wenn man Clemens' Hypothese ernst nahm, dann

passte auf einmal auch der Ausspruch der Alten von vorhin: »Eine Krähe hackt der anderen ein Auge aus.« Was wusste diese Frau?

»Weißt du etwas?«

»Nein, nicht wirklich. Ich hatte vorhin und an zwei Tagen zuvor einige seltsame Begegnungen mit einer alten Frau, die wirres Zeug geredet hat, nichts weiter.«

»Bist du sicher, dass du mir nichts erzählen willst?«

»Ja, bin ich.« Sie versuchte sich zu sammeln. Die Begegnungen mit der Alten waren irgendwie surreal. Aber sie hatte jetzt keine Zeit für das Geplapper einer geistig Verwirrten. Nach einem guten Kilometer waren sie am Tatort angelangt. Alles sah fast aus wie am Mittwoch der vergangenen Woche. Die Blätter der Weinreben hatten an den Rändern ein wenig Rot aufgelegt. Aber natürlich fehlte der Sack mit der Leiche.

»Was meinst du?«, fragte Clemens. »Erinnerst du dich an irgendwas, was wir noch nicht besprochen haben?«

Jana ließ den Tatort einige Zeit auf sich wirken. Ja, da war etwas. Eine Kleinigkeit, die Zigarettenpackung, die sie auf einem der Fotos erkannt hatte. Was noch? Da war dieser Manuel Sperber, der in der Menschenmenge unruhig darauf wartete, Fotos vom Tatort machen zu können. Erst jetzt fiel es ihr auf: Kein einziges Foto des Tatortes hatte sie in einer Zeitung entdeckt. Niemand hatte ein Foto veröffentlicht. Vielleicht arbeitete Manuel Sperber für ein Online-Magazin. Hatte sie das gecheckt? Nein. Warum eigentlich nicht? Hatte Jana an dem Abend, als sie mit Meike Jacob und Nicole Knies zusammensaß, möglicherweise erzählt, dass sie bei der Kripo arbeitete? Sie konnte sich beim besten Willen nicht daran erinnern. Hatte sie so viel getrunken? Oder lagen ihre Erinnerungslücken an der Mischung von Alkohol mit dem Antibiotikum?

Jana hatte nicht viel Konkretes, aber das Wenige wollte sie Clemens mitteilen. »Ich bezweifle, dass diese Tatortbegehung uns weiterbringt«, bemerkte sie zerknirscht. »Aber da sind noch zwei Dinge, die ich gerne ansprechen würde.« Sie schaute Clemens fragend an, der gerade mit Usti spielte. »Du bist aber auch nicht ganz bei der Sache«, stellte sie lachend fest.

»Doch, doch«, murmelte Clemens. »Was möchtest du sagen?«

Dann berichtete Jana von dem verschwundenen Buch, der »Chronik von Marienthal«, sowie ihrer Entdeckung, dass unter Herbert Tewes' früheren Kollegen ein Herr Mayer-Kühn aufgelistet war.

Zu ihrer ersten Bemerkung sagte Clemens vorerst nichts, jedoch hatte er zu ihrer zweiten eine Antwort parat: »Ja, Jana, ich weiß. Er heißt Peter Mayer-Kühn und ist der Bruder eures Kölner Mordopfers.«

»Peter Mayer-Kühn«, wiederholte sie.

Nachdem beide eine Weile dagestanden und nachgedacht hatten, entschieden sie sich, den Rückweg anzutreten. Die fehlende Eingebung zu ihrem Fall schien ihnen hier nicht zu kommen. Jana wollte allerdings mehr über den Kölner Mordfall erfahren. Warum zog Simone sie nicht ins Vertrauen? Vielleicht würde ihr Clemens bereitwilliger Auskunft geben.

»Clemens, sag mal …?«

Statt weiter zu fragen, horchte sie auf. Da! Über ihnen, in den oberhalb des Weges gelegenen Weinbergen, war ein leises Rumpeln zu hören. Der Weinberg sollte vermutlich neu bepflanzt werden, denn Rebpfähle und

Weinstöcke fehlten, das Erdreich lag frei. Jana versuchte den Ursprung des Geräusches zu orten, konnte jedoch nichts erkennen, so sehr sie auch ihre Augen zusammenkniff. Doch, da! Verschwand dort nicht eine Gestalt hinter einem Haufen Weinbergspfähle? Sie blickte Usti an, auch er schaute in dieselbe Richtung. Sicher ein Tier oder ein Wanderer, beruhigte sie sich und wollte gerade ihre Frage fortführen, als das Rumpeln erneut zu vernehmen war und anschwoll. Es hörte sich fast so an, als würde es näherkommen. Nein, es hörte sich nicht nur so an! Jana blickte den Hang hinauf, während eine ungeheure Anzahl an Pfählen auf sie zurollte. Clemens griff Janas Arm, während Jana Usti zu sich heranzog und den Vierbeiner mit ihren Armen umschlang. Zu dritt pressten sie sich gegen die mehrere Meter hohe Mauer, die den Hang zum Wirtschaftsweg hin abstützte. Mit ohrenbetäubendem Lärm flogen die Pfähle über ihre Köpfe hinweg. Manche knallten nur wenige Zentimeter von ihnen entfernt auf den Weg und rollten den Hang weiter hinab. Andere flogen in hohem Bogen über sie hinweg und verschwanden in dem darunterliegenden Weinberg. Jana und Clemens sahen sich an. Stille. Die Geräusche waren endlich verstummt. Sie horchten. Würde noch etwas kommen, oder waren das alle Pfähle? Da, es rumpelte wieder. Ein einzelner Pfahl schoss an ihnen vorbei und bohrte sich mit der Spitze in den Weinberg. Stille!

»So eine Scheiße!«, fluchte Clemens.

»Das war Absicht«, rief Jana, die den zitternden Usti immer noch fest umarmt hielt.

»Scheiße!«, fluchte Clemens erneut und versuchte, mit seinem Handy eine Verbindung aufzubauen.

Auf dem Wanderweg malte Jana mit ihrem Fuß Männchen in den Staub. Sie sollte hier auf Clemens warten, der mit den Kollegen der örtlichen Polizei das Terrain nach verwertbaren Spuren absuchte.

»Jana«, drang nach einer gefühlten Ewigkeit sein Ruf an ihr Ohr. Sie konnte schnell ausmachen, woher sein Schrei gekommen war, und blickte hinauf zum oberen Weinberg.

»Hörst du mich?«

Jana hielt ihm ihren hochgestreckten Daumen entgegen.

»Hast du … hier …?«

Auch wenn sie nicht alles verstanden hatte, so begriff sie, was er wollte. Ja, da hatte sie die Person gesehen. Dort, wo vorher die aufgeschichteten Weinbergspfähle gelegen hatten. Also wieder Daumen hoch.

»Okay, warte!«, hallte es herunter.

Für Jana bestand kein Zweifel, dass das ein Anschlag gewesen war. Ein Anschlag auf sie beide? Aber aus welchem Grund? Hatte der Täter hier etwas vergessen und war noch mal vorbeigekommen? Aber was und warum jetzt erst? Oder waren sie der Lösung der beiden Fälle schon so nah, dass jemand die baldige Aufdeckung seiner Täterschaft befürchten musste? Wer konnte das sein? Jana fiel im Moment nur eine Person ein, und das war Wolfgang Debus. Sie zu beobachten und ihnen zu folgen, stellte keine allzu schwierige Aufgabe dar.

Während sie weiter ungeduldig wartete und Usti beim Schnüffeln am Wegesrand zusah, überlegte sie, ob es nicht denkbar war, dass jemand Tewes' Leiche von dort oben heruntergeschmissen hatte. Jedoch verwarf sie diese These schnell wieder. Die Spuren am Fundort konnten nur so interpretiert werden, dass der Leichnam eben hier ausgeladen worden war. Und Spuren an der

Leiche und den Säcken selbst, die auf einen Aufprall aus größerer Höhe hinwiesen, hatte die Rechtsmedizin vermutlich auch nicht gefunden, sonst hätte Clemens das bereits thematisiert.

»Wir haben nichts Verwertbares gefunden«, riss Clemens sie aus ihren Überlegungen, sodass sie sogar unwillkürlich zusammenzuckte. Ein wenig saß ihr der Schreck von eben noch in den Knochen.

»Dass die Pfähle sich ausgerechnet in dem Moment gelöst haben, als wir dort unten standen, ist zu bezweifeln. Ich bin mir sicher, dass das Absicht war. Ich lasse da nachher jemanden von der Spurensicherung noch genauer nachschauen.«

Da Jana nichts entgegnete, schob er ein besorgtes »Alles gut?« hinterher. Jana nickte.

»Ich begreife nicht, warum jemand, der all diese Taten begangen hat, hier so eine auffällige Aktion inszeniert«, fluchte sie.

»Du sagst es«, pflichtete Clemens ihr bei. »Da will uns jemand demonstrieren, wie sehr er uns überlegen ist.«

»Und – er will uns klar machen, dass er uns auf den Fersen ist.«

»Dabei sollte es umgekehrt sein«, schimpfte Clemens. »In jedem Fall erlaubt uns das Rückschlüsse auf seine Persönlichkeit. Ich werde mich mit unserem Team besprechen, auch mit Simone Maxrath, ob es nicht in der Vergangenheit ähnlich gelagerte Täterprofile gegeben hat. Vielleicht landen wir ja einen Treffer.«

»Er wagt sich jedenfalls ziemlich oft aus der Deckung«, fand Jana.

Während sie den Weg zurück zum Auto antraten, hingen beide ihren Gedanken nach. Auch Usti war der Spaß am Eidechsensuchen und Kaninchenverfolgen endgültig vergangen.

»Wissen die Kölner Kollegen eigentlich schon, wann Mayer-Kühn ermordet wurde?«, durchbrach Jana nach mehreren Minuten wortlosen Gehens die Stille.

»Ja, Simone Maxrath hat mir bereits die vorläufigen Angaben aus der Rechtsmedizin durchtelefoniert«, murmelte Clemens, der sich offensichtlich etwas in seinen eigenen Gedankengängen gestört fühlte. »Es war am frühen Samstagabend. Sie suchen jetzt nach Zeugen. Um die Zeit ist in dem Viertel einiges los. Sollte also recht ergiebig sein.«

Zur Tatzeit hatten Jana und Simone gerade ausgelassen Julius' achten Geburtstag gefeiert. Auch wenn nicht geklärt werden konnte, wann genau in ihr Hotelzimmer eingebrochen worden war, so hätte der oder die Täterin es zeitlich schaffen können, in Köln zu sein und in ihr Hotelzimmer einzubrechen. Diesmal unterbrach sie kein Rumpeln, sondern ein Handyklingelton. »Clemens sollte sich einen anderen, nicht so langweiligen Klingelton herunterladen«, dachte Jana und fand diesen Gedanken sogleich ziemlich blöd. Das Telefonat dauerte nicht lange.

»Mit dem Schraubenzieher, den wir heute Morgen in Debus' Mülltonne gefunden haben, wurde in dein Hotelzimmer eingebrochen. Kein Zweifel. Verwertbare Fingerabdrücke gab es nicht. Die Kollegen haben auch noch bei den Nachbarn rumgefragt, aber keiner hat jemanden an der Mülltonne gesehen«, erklärte Clemens, nachdem er das Gespräch beendet hatte.

»Und wenn Debus doch nicht so unschuldig ist, wie er tut? Vielleicht hat er Kunstgegenstände in Marienthal geklaut und sie dann an Mayer-Kühn verkauft? Und

Tewes wusste das aufgrund seiner Forschungen über Marienthal?«

»Mag ja sein«, murmelte der Koblenzer Kommissar, »aber Beweise haben wir nicht und die Indizien ... aber gut, es wäre eine erste ...«

»Und das mit den Pfählen ...?«, fügte Jana hinzu, als erneut Clemens' Handy klingelte. Auch diesmal war es offensichtlich ein Kollege der örtlichen Polizeidienststelle. Nachdem er das Gespräch beendet hatte, mahnte er Jana, ohne eine weitere Erklärung, sich zu beeilen. Was denn passiert sei, wollte sie wissen. Clemens zuckte zunächst mit den Schultern und antwortete dann ein wenig irritiert: »Angeblich ist Nicole Knies verschwunden.«

»Wer sagt das und wieso angeblich?«

»Ihr Vater, Karl Knies, hat sich vorhin bei der Polizei in Ahrweiler gemeldet. Er erreiche seine Tochter seit Tagen nicht.«

»Du meinst mit ›angeblich‹, dass er sie nicht erreichen kann, ergibt noch keinen Anhaltspunkt dafür, dass sie verschwunden ist?«

»Na ja, komm, wie alt ist sie? Mitte 20?«

Jana nickte. »Du meinst, Eltern wissen längst nicht alles?«

Clemens nickte.

»Aber wieso ruft man dann dich an, ich meine, hey, darum kann sich doch auch die örtliche Polizei kümmern«, entgegnete Jana erstaunt.

»Hm, während des Telefonats mit Herrn Knies fiel wohl eine Bemerkung ...«

»Bemerkung?«, unterbrach ihn Jana.

»Könntest du mich mal ausreden lassen?«, meckerte Clemens. Seinem freundlichen Gesichtsausdruck war anzumerken, dass er ihr nicht ernsthaft böse war. »Herr Knies befürchtet, ihr Verschwinden hänge mit der Ermordung von Herrn Tewes zusammen.«

Jana schaute ungläubig. »Wann hatte er das letzte Mal Kontakt zu seiner Tochter?«, fragte sie. Mittlerweile liefen sie den steilen, asphaltierten Weg durch das Wäldchen hinab. In geringer Entfernung waren bereits wieder die Gebäude des Klosters von Marienthal zu erkennen.

»Am Freitagnachmittag.«

»Und dann kommt er erst jetzt damit, wenn er vermutet, dass ihr etwas zugestoßen sein könnte? Sehr mysteriös«, konstatierte Jana. »Außerdem«, fügte sie nicht ohne Stolz hinzu, »wurde noch am Samstag in der Nacht, gegen 23.30 Uhr, ein Foto auf ihrem Facebook-Profil gepostet. Darauf sieht man sie mit ihrem Freund Manuel beim Dernauer Weinfest.«

Abrupt blieb Clemens stehen und hielt Jana am Arm fest. »Woher weißt du das?«

»Na, woher wohl? Ich habe ein wenig im Netz recherchiert und einfach einige Namen von Leuten, die ich hier kenne, eingegeben.«

»Wann?«

»Gestern Abend, nachdem du so plötzlich abgedüst bist. Ich hatte Langeweile«, antwortete sie ein wenig vergrämt. Hatte er auf einmal etwas dagegen?

»Kann man erkennen, dass das Foto wirklich in Dernau aufgenommen wurde? Und kann es nicht ein Foto von einem anderen Tag sein, das nur am Samstag in der Nacht eingestellt wurde? Vielleicht von jemand anderem, der Nicole Knies' Passwort kennt?«, fragte Clemens. Als ob diese Einwände notwendig wären, schnaubte sie innerlich. Natürlich wusste sie, wie das Posten von Fotos auf

Facebook und andernorts im Internet funktionierte und wie wenig verlässlich das sein konnte.

»Natürlich sind das denkbare Szenarien. Ist mir schon klar. Und nein, man sieht nicht, dass das Foto in Dernau aufgenommen wurde«, konterte sie. »Ich würde jedoch erst mal nicht von einem Verbrechen ausgehen. Aber fragt man mich?«

Sie sah Clemens mit festem Blick an. Seine Körperhaltung verriet, dass ihr Durchsetzungsvermögen ihm durchaus Respekt abverlangte.

»Ich weiß übrigens, wer ihr Freund ist«, triumphierte sie.

»So?«

»Ja, Manuel Sperber. Das ist der Fotograf vom Tatort. Ich zeige dir ein Foto, wenn ich es auf die Schnelle finde.« Mittlerweile hatten sie sein Auto erreicht. Usti wurde unter leisem Protest in den Kofferraum verfrachtet. Jana suchte auf ihrer Kamera nach den Fotos und fand rasch das, auf dem Manuel Sperber hinter dem Absperrband zu sehen war. Sie gab Clemens die Kamera, der sogleich das Foto auf dem Display ansah. Sie beugte sich vom Beifahrersitz aus zu ihm herüber. »Hier, das ist er, ich zoome mal …«

»Der mit der Kamera?«

»Ja, der ist Fotograf, Pressefotograf – denke ich«, schob sie hinterher. Insgeheim ärgerte sie sich, dass sie sich über den jungen Mann noch nicht schlau gemacht hatte.

TAG 6 – SPÄTERER NACHMITTAG

Die Familie Knies wohnte in einer Seitenstraße etwas außerhalb des historischen Ortskerns in einem gepflegten Haus aus den 80ern. »Der Hund bleibt draußen!«, war das Erste, was sie von Herrn Knies zu hören bekamen. Also musste Usti im Kombi warten, der zum Glück im Schatten stand. Der Blick, den er Jana beim Schließen des Kofferraumdeckels zuwarf, sprach Bände. Eine Mischung aus Wut und Enttäuschung, die nur Terrier so theatralisch drauf haben, davon war Jana überzeugt.

Als sie schließlich als Letzte das Haus betrat, war niemand mehr im Hausflur zu sehen. Sie schloss die Haustür und blickte sich im Flur um. An den Wänden hingen einige gerahmte Handschriften. Ob es sich um Faksimiles oder Originale handelte, konnte sie nicht erkennen. Gerade wollte sie eine der Handschriften genauer in Augenschein nehmen, da hörte sie hinter einer offen stehenden Glastür ein Rascheln. Als sie hineinschaute, erblickte Jana auf einem Küchenstuhl Frau Knies, deren Ähnlichkeit mit Nicole frappierend war. Jana wollte sich schon wieder leise davonschleichen, als Frau Knies zu sprechen begann.

»Sind Sie auch von der Polizei?«, fragte sie niedergeschlagen. Jana nickte und blieb im Türrahmen stehen.

»Kommen Sie doch herein und setzen Sie sich zu mir.« Jana setzte sich neben sie.

»Mein Mann übertreibt.«

»Inwiefern?«

»Er übertreibt immer so, wenn es um Nicole geht. Ihr Freund Manuel ist ihm nicht gut genug. Er meint, der habe einen schlechten Einfluss auf unsere Tochter. Meine Güte, er hatte halt einen schlechten Start ins Leben. Und jetzt das Getue um Nicoles vermeintliches Verschwinden. Es ist mir so peinlich«, dabei ergriff sie Janas Unterarm und hielt für wenige Sekunden inne, um dann gleich fortzufahren. »Sie ist bestimmt nur mit Manuel einige Tage weggefahren.« Sie schaute Jana bittend an, sie möge ihre Vermutung bestätigen.

»Wann haben Sie denn zum letzten Mal mit ihrer Tochter gesprochen?«

»Sie war noch am Freitag hier, sie hatte keine Vorlesungen. Und abends, als ich vom Yoga wiederkam, fand ich einen Zettel«, sie deutete auf den Küchentisch, »auf dem steht, dass sie es hier nicht mehr aushalte.«

»Sie wohnt noch zu Hause?«

»Ja, ihr Vater wollte nicht, dass sie auszieht. Sie habe hier doch alles, und die Bahnverbindungen nach Bonn sind hervorragend.«

»Weiß ihr Mann von dem Zettel?«, wollte Jana wissen. Denn das änderte alles. Frau Knies schwieg, aber Jana konnte sich die Antwort denken. Noch haderte sie mit sich, aber dann stellte sie die Frage dennoch: »Ist ihre Tochter labil?«

Frau Knies schluckte, widersprach jedoch unverzüglich. »Nein, sie ist nicht selbstmordgefährdet, wenn Sie das meinen.« Sie überlegte eine Weile. »Viele Eltern wissen vermutlich nicht, wie sehr ihren Kindern mancher Konflikt zusetzt, aber das meint sie nicht mit dem Zettel. Sie hält es einfach nicht mehr mit ihrem Vater aus.«

»Wieso, wenn ich fragen darf?«

»Er ist so dominant. Nicole sollte studieren, also studierte sie. Sie sollte ein Buch schreiben, über sein, also Karls neuestes Thema, also fing sie damit an. Sie hatte aber daran überhaupt keine Freude, vor allem, da er ihr manchmal fast jeden Satz diktierte. Sie sollte zum Vortrag gehen, um Herrn Tewes auszuhorchen, denn der arbeitete am selben Thema. Also ging sie letzte Woche Dienstag zum Vortrag. Und nun ist Herr Tewes tot und Karl glaubt, dass sein Tod mit seinen Forschungen zu tun hat. Und jetzt befürchtet er, Nicole könnte auch etwas zugestoßen sein.«

Jana ahnte bereits die Antwort auf ihre Frage, aber sie stellte diese trotzdem: »Zu welchem Thema sollte denn Ihre Tochter ein Buch schreiben?«

»Marienthal und sein Kloster«, antwortete Frau Knies müde.

Langsam verdichteten sich die Hinweise, dass das Kloster Marienthal wirklich eine besondere Rolle spielte. Und zwar in beiden Mordfällen. Und dass ihre Chronik spurlos verschwunden war, passte ebenfalls ins Bild. Dennoch, um einen Vermisstenfall handelte es sich aus Janas Sicht wirklich nicht, auch wenn Herr Knies das bestimmt anders sah. Während sie überlegte und auch Frau Knies nichts mehr sagte, schaute sie sich in der Küche um. Auf dem Fenstersims stand ein kleiner Aschenbecher mit zwei Kippen darin. Erst jetzt realisierte sie, dass es in der Küche ein klein wenig nach Zigarettenrauch roch.

»Ich muss Ihnen sagen, dass wir jetzt leider nicht viel machen können«, hörte sie in diesem Moment Clemens' Stimme von draußen. »Versuchen Sie bitte unbedingt, Ihre Tochter oder deren Freund zu erreichen. Es gibt doch sicher einen Ort, an dem sie sich aufhalten, wenn sie ungestört sein möchten. Schauen Sie bitte noch einmal in ihrem

Zimmer nach, ob Sie Hinweise finden, zum Beispiel auf irgendwelche Urlaubsplanungen. Und bitte, fragen Sie Herrn Sperbers Eltern.«

Die beiden Frauen schauten sich an. Frau Knies, die offensichtlich ebenfalls den Ratschlägen des Hauptkommissars gelauscht hatte, schüttelte resigniert den Kopf. Ihr Mann würde niemals Kontakt zu Manuel Sperbers Eltern suchen oder gestatten. Jana war sich sicher, dass Nicole nicht Opfer eines Verbrechens geworden war. Oder trog sie ihr Gefühl? Kaum hatte sie diesen Gedanken zu Ende gedacht, da kam Karl Knies in einem dunkelblauen Hemd in die Küche.

»Ach, hier bist du. Der Kommissar will mir einfach nicht glauben, dass unserer Tochter etwas zugestoßen ist«, beschwerte er sich.

»Herr Knies, das stimmt so nicht«, stellte Clemens richtig, der nun den Kopf in die Tür gesteckt hatte und Janas Blick suchte. »Aber wir können auf der Basis Ihrer Angaben keine umfangreiche Suchaktion einleiten. Wir werden alles tun, um Ihre Tochter zu finden, aber …«

»Das ist doch wohl ein Witz!«, schrie Knies. Seine Frau sprang von ihrem Stuhl auf und stieß sich dabei heftig ihr Knie. Mit schmerzverzerrtem Gesicht eilte sie zu ihm und schob ihren Mann aus der Küche. Zunächst hörte man die beiden im Flur aufgebracht reden, dann war es plötzlich still. Jana und Clemens sahen sich entgeistert an. War etwas passiert? Clemens folgte den beiden. Nach einer Weile kam er zu Jana zurück in die Küche.

»Offensichtlich versucht Frau Knies ihren Mann zu beruhigen. Hast du etwas erfahren, was uns weiterbringen könnte?«

In Kurzform berichtete zunächst sie, dann er über den

Verlauf des jeweiligen Vieraugengesprächs. Sie waren sich einig, dass sie weiterbohren mussten. Knies hatte ein Motiv für den Mord an Herbert Tewes.

»Du siehst das auch so?«, fragte Jana. Clemens konnte nicht mehr antworten, denn gerade schob sich ein hochroter Kopf durch die Küchentür. Bevor Karl Knies etwas sagen konnte, hatte ihn Jana mit der Frage konfrontiert, die ihr schon seit geraumer Zeit auf den Nägeln brannte: »Herr Knies, rauchen Sie?«

Seine Augen weiteten sich und im Weiß der Augäpfel wurden einige geplatzte Äderchen sichtbar.

»Was soll das denn jetzt? Darf ich in meinen eigenen vier Wänden nicht mal mehr rauchen?«

»Doch, natürlich dürfen Sie das«, entgegnete Jana ruhig. Und fragte dann unbeirrt weiter. »Welche Marke?«

»Mal die, mal die, ich habe keine besonders Marke.« Seine Augen waren noch größer geworden.

Neben ihr hustete Clemens. Sie wusste, dass er nicht wirklich verstand, worauf sie hinauswollte. Hatte sie ihm das mit der Zigarettenpackung am Tatort nicht gesagt? Es war ja auch nur ein winziger Anhaltspunkt.

»Herr Knies, wie standen Sie eigentlich zu dem verstorbenen Herbert Tewes?«, übernahm Clemens schließlich wieder die Gesprächsführung.

Karl Knies hielt sich am Türrahmen fest. Dann drehte er sich zu seiner Frau um, die hinter ihm stand: »Was hast du erzählt?«

»Herr Knies, warum waren Sie nicht selbst beim Vortrag von Herrn Tewes, sondern Ihre Tochter?«, fragte Clemens weiter.

»Weil ich den Mann nicht ausstehen kann und er meiner Tochter ihr Buchthema wegnimmt.«

Jana mischte sich nicht weiter ein, sondern beobachtete vorerst nur. Mit dem letzten Satz hatte Knies selbst ein Motiv geliefert. Allerdings war Jana nicht klar, wie der Mord an Mayer-Kühn sowie der Einbruch in ihr Hotelzimmer dazu passen sollte. Knies' Alibi fiel für die verschiedenen Tatzeiträume jedoch mehr als dürftig aus. Gut möglich, so fand Jana, dass sich Debus, der Elektriker, und Knies gegenseitig für den Samstagnachmittag ein Alibi gegeben hatten. Denn auf Clemens' Nachfrage, welche Elektroarbeiten Debus an seinem Haus ausgeführt habe, kam nur die schwammige Antwort zurück: »Einige Außenleitungen legen.«

»Was machten Sie dann am Samstagnachmittag?«, bohrte Clemens weiter. Hatte er etwa doch einen Anhaltspunkt dafür, dass Knies auch für die anderen Taten verantwortlich war? »Hatten Sie noch etwas vor?«

»Wieso? Ach«, schlussfolgerte er. »Sie haben bereits mit Herrn Debus gesprochen! Ich habe ihn weggeschickt, da er mir manchmal mit seinem Gequatsche auf die Nerven geht. Er war fertig mit seinen Arbeiten und laberte mich hier voll. Außerdem fragte er mich, ob ich das auch gelesen habe, das mit Marienthal.«

»Was?«, mischte sich Jana ein. Biss sich dann aber auf die Zunge.

»Ach, das mit den archäologischen Grabungen. Keine Ahnung, warum ihn das interessierte.«

»Und was sagen Sie dazu?«, nahm Clemens diese Spur dankbar auf.

»Es ist eine schöne Chance für meine Tochter, sich mit den Archäologen zu unterhalten und vielleicht brandneue Informationen für ihr Buch zu bekommen.«

Jana fand diese Erklärung nicht ganz schlüssig. Sicher

würden die Archäologen die Öffentlichkeit über Ergebnisse informieren, wären jedoch darauf bedacht, die
Funde zunächst einmal in Ruhe auszuwerten und dann
selbst darüber zu publizieren. Ob das Nicoles Vater so
klar war?

Clemens kam wieder auf Dienstagabend zu sprechen:
»Wo waren Sie also während des Vortrags?«

Karl Knies rutschte unruhig auf seinem Sessel hin und
her. »Das sagte ich doch eben schon.«

»Mit ›unterwegs‹ kann ich leider nicht wirklich viel
anfangen, Herr Knies«, entgegnete Clemens süffisant.
Knies blickte seine Frau an. Die zuckte nur mit den Schultern, ganz so, als wollte sie sagen: Siehst du, irgendwann
kommt es raus.

Er zögerte nicht lange mit der Antwort: »Auf der Jagd.«

Jana durchzuckte eine ganze Reihe von Assoziationen: Land Rover, Messer zum Ausweiden, kein weiterer
Zeuge, nächtliche Autofahrt …

»Und wo?«, hörte sie Clemens derweil fragen.

»Nicht in meinem Revier«, gab Karl Knies unumwunden zu.

»Das ist nicht unser Bier«, meinte Clemens schroff.
»Zeigen Sie uns bitte einmal Ihren Wagen?« Er hatte also
dieselben Assoziationen wie sie.

Sie standen mittlerweile vor dem geöffneten Garagentor.
Clemens schüttelte irritiert den Kopf, Jana stemmte die
Hände in ihre Seiten, Frau Knies hielt sich ihre linke Hand
vor die Augen und Herr Knies wurde rot im Gesicht.

»Wo ist der Wagen, Hedwig?«

Hedwig Knies rieb sich die Augen, so als könnte sie
nicht glauben, was sie nicht sah.

»Ja, wo ist denn nun Ihr Auto? Modell, Kennzeichen, bitte.« Clemens fand das nun gerade alles andere als lustig.

»Land Rover, AW- …«, kam Frau Knies zu Hilfe, aber sie scheiterte bereits bei der Wiedergabe der weiteren Buchstaben des Kennzeichens. Clemens und Jana hatten so sehr auf Frau Knies geachtet, dass sie erst jetzt bemerkten, dass Herr Knies in Richtung Hauseingang eilte.

»Halt, Herr Knies«, befahl Clemens und folgte ihm im Laufschritt. »Ich schaue nur, ob der Autoschlüssel da ist«, rief Karl Knies erklärend und verschwand im Haus, um nur Sekunden später wiederzukommen. »Er ist nicht an seinem Platz.«

Der Autoschlüssel blieb verschollen. Selbst nach intensiver gemeinsamer Suche. Herr Knies erinnerte sich, den Wagen am Freitag das letzte Mal für einen Großeinkauf benutzt zu haben. Seitdem stand dieser in der Garage, so hatte er vermutet. Ob er einen Zusammenhang mit dem Verschwinden seiner Tochter sähe, wollte Clemens wissen. Kleinlaut räumte Herr Knies diese Möglichkeit ein, während seine Frau hinter seinem Rücken mit dem Kopf nickte.

Tochter Knies und ihr Freund Manuel unternahmen vermutlich eine Tour mit dem elterlichen Auto. Wenn sie ihr Freund nicht gekidnappt hatte, dann war sie freiwillig mit ihm unterwegs. Die Verdachtsmomente gegen den Vater waren allerdings noch nicht gänzlich ausgeräumt. Das Motiv für eine Beseitigung des Konkurrenten Tewes existierte weiterhin, und die Angelegenheit mit dem Jagdausflug als Alibi musste ebenfalls überprüft werden. Spätestens bei Rückkehr der Tochter stand zudem eine genauere Untersuchung des Autos an. Passten die Reifenspuren zu den am Tatort vorgefundenen? Aber wie fügte sich der Mord an Mayer-Kühn hinzu? Eine Verbindung zwischen dem toten Antiquar und Knies war derzeit nicht ersichtlich. Aber das konnte sich ändern. Ob Simone mehr wusste? Clemens wies schließlich Karl Knies und seine Frau an, sich während der nächsten Tage rund um die Uhr zur Verfügung zu halten und noch einmal alles zu versuchen, den Aufenthaltsort der Tochter herauszufinden oder noch besser, den Kontakt zu ihr herzustellen. Beim Hinausgehen deutete Jana mit einer Kopfbewegung auf die im Flur aufgehängten Handschriften. Clemens nickte, zum Zeichen, dass er diese bereits registriert hatte.

Als Jana ihren Usti hinter der Autoscheibe erblickte, merkte sie, dass er gestresst wirkte, so als hätte er sich in ihrer Abwesenheit aufgeregt. Sie kickte mit dem Fuß eine Zigarettenkippe weg, bevor sie einstieg. Auf dem Heimweg redeten Clemens und sie wenig miteinander. Usti hatte sich im Kofferraum zusammengerollt und schmollte.

Clemens wollte Jana im Hotel absetzen, doch trotz aller Eile nahm er sich noch Zeit für sie und brachte sie sogar auf ihr Zimmer. Etwas schien ihn zu beschäftigen: »Weißt du, worüber ich mir die ganze Zeit schon Gedanken mache?« Er ließ sich in den Sessel fallen und rieb sich müde die Augen.

»Nein?«

»Wer wusste eigentlich, dass du diese Chronik gekauft und hier aufbewahrt hast?«

Darüber hatte Jana tatsächlich noch nicht nachgedacht. »Die Buchhändlerin, Elvira Dahlmann. Dann die Kunden im Laden und vielleicht auch jemand, der mich von draußen durchs Schaufenster beobachtet hat. Also quasi viele.«

»Mist, das bringt uns nicht weiter«, antwortete Clemens erschöpft.

»Du meinst, wenn wir den kennen, dann haben wir auch den Mörder?«, folgerte Jana.

»Ja, oder seinen Komplizen.«

»Wenn ich nur wüsste, was an der Chronik so geheimnisvoll ist. Oder ist das auch nur wieder so eine Inszenierung wie mit den Büchern in der Mülltonne?«

»Keine Ahnung.«

»Das ist echt ein seltsamer Fall. Ich habe das Gefühl, dass das Durcheinander immer größer wird, je mehr wir wissen. Oder sind wir bereits ganz nah an der Lösung dran?«

»Möglich, Jana.«

Nachdem Clemens gegangen war, überlegte sie für einen Augenblick, ob sie Simone anrufen sollte. Aber sie war so enttäuscht von ihr, dass sie es sein ließ.

TAG 6 – ABEND

Mit einem Schwung warf Jana die Postkarten in den Briefkasten auf dem Marktplatz. Die tief stehende Sonne tauchte den Platz in ein warmes, gemütliches Licht. Vom vielen Nachdenken hatte Jana Appetit auf etwas Süßes bekommen. Kurz vor Ladenschluss huschte sie in eine Bäckerei am Markt und ergatterte noch ein Stückchen Rotweinkuchen. Während sie genüsslich in das Kuchenstück biss und die eingebackenen Schokostückchen dabei wärmend auf ihrer Zunge schmolzen, spazierte sie ziellos durch die Gassen. Schöne Tücher gab es in dem einen Laden, hübsche Kerzen in einem anderen. Usti trappelte einigermaßen lustlos neben ihr her. Die Innenstadt war zu dieser Stunde sehr belebt. Viele Leute huschten an Jana vorbei, offensichtlich auf dem Weg nach Hause oder zum Bahnhof. Andere schienen mehr Zeit zu haben, Touristen, vermutete Jana. Urlauber wirkten entspannter im Allgemeinen. Sie gehörte zwar zur Kategorie Urlauber, aber ob sie ebenfalls entspannt aussah? Wussten bereits nicht zu viele, dass sie hier nicht nur Erholung suchte, sondern ständig mit dem Kommissar zusammenhockte? Wusste das auch der Mörder? Unermüdlich hinterfragte sie alles, was den Fall betraf, und unermüdlich arbeitete ihr Hirn wie ein Mühlrad, das Schaufel um Schaufel das Wasser weitertransportierte. Einzeln gehobene Fakten, Motive, Verdächtige wurden gleich darauf wieder zusammengeworfen und schwammen in einem Strudel weiter, in einem immerwährenden Strudel … Sie durfte sich nicht darin verlieren. Sie versuchte sich auf das, was um sie herum geschah, zu konzentrieren. Wer bewegte sich in ihrer Nähe, welche Personen sah sie nicht zum ersten Mal, wer begrüßte wen?

»Hallo, Helmut.«

»Tach, Jupp.«

»Wie isset?«

»Am levste joot.«

»Tja, dann.«

»Tschö und Jrööß an ding Frau.«

Das Gebäude, vor dem sich diese Konversation abgespielt hatte, weckte Janas Neugier. Sie liebte alte Fachwerkhäuser und dieses hatte auch noch einen besonders auffälligen Erker. Die Streben, auf denen der Erker ruhte, waren mit fratzenhaften Gesichtern verziert. Auf einem an der Hauswand angebrachten Schild las sie: »Ehemaliges Gerichtsgebäude …«, als sie aus einer Seitenstraße ein Kichern hörte.

»Manu!«, kicherte die Frauenstimme. »Lass das, wenn uns mein Vater sieht.«

Vorsichtig lugte Jana um die Ecke. Nur wenige Meter von ihr entfernt stand Nicole mit ihrem Freund Manuel. Die beiden hatten vermutlich einfach keine Lust mehr auf die Knies'sche Bevormundung gehabt. Das väterliche Auto hatten sie bestimmt irgendwo in der Nähe abgestellt.

»Wusste ich es doch!«, murmelte Jana so laut vor sich hin, dass sich eine Passantin nach ihr umdrehte, dann aber kopfschüttelnd weiterlief. Da erst wurde ihr klar, dass die Leute auf der Straße mitbekamen, wie sie die beiden beobachtete. Aber was sie sah, war wichtig. Wieder ein Baustein mehr in diesem unentwirrbaren Knäuel von Informationen.

Gegenüber auf der anderen Straßenseite befand sich ein kleiner Durchgang. Jana zog Usti dorthin und wählte Clemens' Telefonnummer, um diesem mitzuteilen, dass Nicole wieder aufgetaucht war. Doch der war »vorübergehend nicht erreichbar« und seine Mailbox sprang nicht an. »Dann versuche ich es eben bei Simone, die arbeiten ja ohnehin zusammen«, dachte sie. Sie hatte Glück. Simone nahm ihren Anruf sofort entgegen. Aufgeregt berichtete sie ihrer Freundin von ihrer Beobachtung, aber Simone schien nicht zu begreifen, was sie eigentlich von ihr wollte. Außerdem war sie ziemlich kurz angebunden, versprach allerdings, Clemens, der im Nebenraum sei, ihre Nachricht zu übermitteln.

»Es ist wichtig«, betonte Jana. Sie war maßlos enttäuscht. Warum verhielt sich ihre Freundin neuerdings so? Trotzdem wollte sie Simone noch um einen Gefallen bitten, denn ihr klang noch die Bemerkung von Frau Knies im Ohr, dass Manuel Sperber einen schlechten Start ins Leben gehabt habe. »Hör mal, Simone, ich habe da so einen Verdacht, kannst du mal eine Personenabfrage machen? Liegt da irgendwas vor über einen Typen namens Sperber? – Ja, Moment, Sper-ber, wie der Vogel – Manu-el Sperber, genau.«

Simone war offensichtlich nicht begeistert, wollte sich aber später darum kümmern. Während Jana ihr Handy wieder in ihrer Jackentasche verstaute, begann Usti an der Leine zu zerren, die sie nur lose um ihr Handgelenk gebunden hatte. Sie stolperte.

»Hey, sag mal, was soll das? Spinnst du?«

Unbeeindruckt zog er sie weiter und bellte in Richtung Marktplatz. Jana konnte allerdings nichts Besorgniserregendes ausmachen. Trotzdem spürte sie, dass ihr Hund nicht grundlos so aufgeregt war. Betont lässig sah sie sich um, so als betrachte sie die Fassaden. Doch in Wirklichkeit hatte sie ihren Blick auf nahe gelegene Hauseingänge und dunkle Winkel gerichtet. Aber sie erkannte nichts Verdächtiges, so schien es ihr zumindest. Usti schaute wie hypnotisiert immer noch in dieselbe Richtung, was Jana dazu veranlasste weiterzugehen und diesem Hinweis zu folgen. Sie kamen an einigen hübschen Läden vorbei. Plötzlich zog Usti sie zum Eingang eines Schuhgeschäftes. Da es bereits spät am Tag war, herrschte hier ein eher schummeriges Licht. In den Schaufenstern brannten einige Lämpchen. Was wollte ihr Vierbeiner hier? Eine besondere Affinität zu Schuhen hatte er bislang nicht gezeigt, noch nicht einmal als Welpe, als er so ziemlich alles angeknabbert hatte, aber eben keine Schuhe. Usti schnupperte sich zielstrebig zur Eingangstür des mittlerweile geschlossenen Geschäfts, verharrte dort, saugte die Luft ein, hielt noch einmal inne und kehrte dann ganz unvermittelt um. Ja, jetzt hatte Jana auch einen Geruch in der Nase. Eine seltsame Mischung aus kaltem Rauch und einem Aftershave. Und noch etwas fiel ihr auf, irgendeine Geruchserinnerung keimte in ihr auf, aber sie konnte sie nicht greifen.

Wie aus dem Nichts stand Manuel Sperber vor ihr.

»Hoppla, junge Dame, nicht so stürmisch«, fuhr er sie recht überheblich an.

Usti machte unumwunden deutlich, was er von dieser Annäherung hielt: Er knurrte und zeigte seine Zähne. Jana zwang sich, ruhig zu bleiben. Sie wusste nicht, wie Manuel in den Fall passte. War er der große Unbekannte, der Mörder? Nein, das konnte nicht sein. Aber möglicherweise hatte er ja vor wenigen Minuten ihr Telefonat mit Simone mitgehört? Hatte sie seinen Namen nicht laut und deutlich ausgesprochen, damit ihn Simone richtig verstand? Wie dumm von ihr und wie unvorsichtig.

»Sind Sie …?«, seine Stimme war nun weich und nicht einmal unsympathisch. »Sind Sie Polizistin?«

Jana zögerte, bevor sie nickte. »Aber nicht im Dienst«, beeilte sie sich, hinzuzufügen.

»Ach? Ich dachte nur, weil ich Sie da am Tatort gesehen habe, im Weinberg.«

»Ich war nur zufällig da und habe die Leiche entdeckt. Es war alles nur ein Zufall.«

Warum erklärte sie sich?

»Ach so! Sie suchen nicht zufällig auch Nicole?«, forschte er geradeheraus nach.

Nun war der Punkt gekommen, an dem sie nicht wusste, was sie antworten sollte. Nicht im Dienst zu sein und trotzdem über Nicoles vermeintliches Verschwinden Bescheid zu wissen, passte nicht zusammen.

»Nein, ich suche nicht nach – Nicole.«

»Nicht? Ich dachte nur, weil wir Sie vorhin gesehen haben …«

Mist, etwa vor dem Haus von Nicoles Eltern?

»Na ja, ist ja auch egal«, antwortete er. »Ich sage Ihnen jetzt etwas: Wir machen uns gerade rar. Nicole soll ein wenig aus der Schusslinie …« Er stoppte mitten im Satz und schaute sich um. »Ich gehe jetzt wieder zu ihr.« Er streichelte Usti, der nun völlig entspannt dastand, und ging dann ohne eine weitere Erklärung davon. Während Jana verdutzt zurückblieb und sich keinen Reim auf diese seltsame Begegnung machen konnte, begann Usti wieder nach Spuren zu suchen. Sie folgte ihm etwas verwirrt.

Es war wieder mal ein aufregender Tag gewesen. Eigentlich waren bisher alle Tage, die sie im Ahrtal verbracht hatte, aufregend gewesen. Jana lag spät abends ausgestreckt auf ihrem Bett. Rings um sie herum hatte sie Broschüren und Notizen verteilt. Sie hatte fast alle Briefbögen, die sie auf dem Schreibtisch in ihrem Hotelzimmer gefunden hatte, beschrieben. Tatorte, Tatverdächtige, Taten – alles hatte sie, so gut sie sich erinnerte, niedergeschrieben. Das Durcheinander entsprach dem Durcheinander in ihrem Kopf. Ob Simone und Clemens bereits mehr wussten als sie? Ihr Handy spielte »Tod auf dem Nil.«

»Ja, hallo?!«

Es war Simone, und was sie zu berichten hatte, verunsicherte Jana doch etwas: Manuel Sperber war spielsüchtig und hatte Spiel- und Wettschulden in größerem Umfang. Allerdings war er seit drei Jahren nicht mehr auffällig geworden, hatte sogar eine Therapie erfolgreich beendet.

»Ach übrigens: Herr Wieland war bis eben hier bei mir in Köln und hat sich gerade auf den Weg zurück ins Ahrtal gemacht«, merkte sie beiläufig an.

»Hast du ihm ausgerichtet, was ich dir vorhin am Telefon erzählt habe?«

»Mist, das habe ich vergessen«, gab Simone zu. »Ist es wichtig?«

»Äh ja, hatte ich das nicht gesagt?« Aber eigentlich war es gar nicht so schlecht, dass Clemens nichts von Nicoles Auftauchen wusste. So ließ wenigstens Karl Knies die beiden noch eine Weile in Ruhe. Was Manuel Sperber nur mit seiner Bemerkung meinte? Ob es wirklich nur um das Verstecken vor dem anstrengenden Vater ging?

»Sonst noch was?«, wollte Simone wissen.

»Ja! Warum bist du so kurz angebunden mir gegenüber?« Jetzt war es raus.

Stille.

»Kannst du dir das nicht denken?«

Was? Was sollte sie sich denken?

»Weil ich einen Anschiss bekommen habe, dass ich dich mit zum Tatort im Antiquariat mitgenommen habe, und jetzt versuche ich dich rauszuhalten. Aber du forschst ja einfach weiter!«

Jana murmelte ein laues »Tut mir leid.« Sie fand, dass diese Erklärung trotzdem kein Grund war, sie so abweisend zu behandeln. Simone hätte ihr vorher sagen müssen, dass sie Probleme bekommen hatte, weil sie am Tatort erschienen war. Wenn sie nun glaubte, sie würde die Füße still halten, dann hatte sie sich aber getäuscht.

»Sag mal, Simone. Die zwei Fälle stehen doch in Bezug zueinander, oder?«

Stille, nur Simones Atmen war zu hören.

»Bist du noch dran?«

»Ja. Aber ich kann dir nichts erzählen. Wenn Herr Wieland das möchte, soll er, aber ich riskiere keinen weiteren Anschiss.« Dann legte sie auf. Tolle Freundin, dachte Jana.

Sie wollte sich gerade wieder dem Chaos auf ihrem Bett widmen, als sie draußen vor der Tür Schritte hörte. Die Schritte kamen unmittelbar vor ihrer Tür zum Stehen. Usti war sofort hellwach und begann, leise vor sich hinzuknurren.

Ohne darüber nachzudenken, stand Jana auf und öffnete die Tür einen Spalt. Erst in diesem Moment realisierte sie, wie unvorsichtig das war. Sie wollte die Tür gerade schließen, als sie dicht neben der Tür eine männliche Person bemerkte. Das Licht im Gang war gedimmt, und so konnte sie das Gesicht nicht erkennen. Da entdeckte der Fremde sie. Sie trat zurück, um die Tür zu schließen, als Usti zwischen ihren Beinen hindurchsauste, mit lautem Gebell auf den Mann zurannte und nach dessen Hosenbein schnappte. Doch der Unbekannte konnte sich losreißen und lief zum Treppenhaus. Der Vierbeiner war ihm auf den Fersen.

»Usti, bleib hier!«, rief sie. »Uuuuuusti!«

Umgehend blieb dieser an der Schwelle stehen, bellte allerdings ohne Unterbrechung mit seiner tiefen, durchdringenden Stimme weiter. Sein Bellen hallte durchs Treppenhaus. Dann drehte er sich um und kam schwanzwedelnd auf sein Frauchen zugelaufen: »Hab ich das nicht gut gemacht?«, schien er ihr mitteilen zu wollen. Während sie die Tür von innen schloss, bemerkte sie erneut diese seltsame Geruchsmischung von kaltem Rauch, einem Aftershave und etwas Undefinierbarem.

Jana konnte Ustis Verhalten nur so interpretieren, dass er den Mann tatsächlich für gefährlich hielt. Oder war das sogar der Mörder? Sie musste mit jemandem reden und wählte Clemens' Nummer. Aber auch jetzt ertönte nur wieder die Ansage, dass sie es später noch einmal versuchen sollte. Ihr fröstelte bei dem Gedanken, dass genau dieser Mann sich während ihrer Abwesenheit in ihrem Hotelzimmer aufgehalten haben könnte. Dann hatte der auch die Chronik mitgehen lassen! Aber warum? Was sie da gekauft hatte, war keine kostbare Handschrift, sondern ein Buch, das man sich ohne Weiteres erneut beschaffen konnte. Oder etwa nicht? Warum hatte sie sich darum nicht schon längst gekümmert? Dass etwas ausgerechnet in diesem Exemplar versteckt worden war, fand sie sehr unwahrscheinlich. Blieb noch die letzte Schlussfolgerung:

Es stand etwas in dem Buch, das sie nicht erfahren sollte. Was könnte das sein? Morgen würde sie sich eine neue Chronik beschaffen. Sie hoffte, dass sie heute Nacht besser schlafen würde. Wohnte Clemens eigentlich zurzeit im Hotel? Sie musste zugeben, dass ihr dann wohler wäre. Vor dem Schlafengehen zog sie ihr Halstuch aus und war beim Blick in den Spiegel beruhigt: Die Wunde schien endlich abzuheilen. Alles würde gut werden.

TAG 7

Erstaunlicherweise hatte sie gut geschlafen. Gleich beim Aufwachen beschlich sie eine vage Vorahnung: Heute würden sich ihre Fragen beantworten. Sie streckte sich genüsslich unter der Bettdecke und schaute aus dem Fenster in den blauen Himmel gespickt mit ein paar weißen Wölkchen. Als sie die wohlbekannte Melodie von »Tod auf dem Nil« hörte, tastete sie nach ihrem Handy auf dem Nachttischchen, das dabei beinahe auf den Boden gefallen wäre. Um den Anrufer nicht noch länger warten zu lassen, nahm sie das Gespräch direkt entgegen, ohne aufs Display zu schauen.

»Guten Morgen, wie geht es dir?«

»Guten Morgen, Clemens.«

»Alles gut bei dir?«

»Ja«, murmelte Jana noch immer ein wenig verschlafen. »Wo bist du?«

»Schon wieder unterwegs. Hör mal! Dieser Herr Debus, der Elektriker …«

»Ja?« Jana wurde hellhörig.

»Der hat sich heute Morgen selbst angezeigt.«

Was, das war doch nicht möglich. Die Morde, der Einbruch, die Inszenierung mit den Gegenständen in der Mülltonne? Jana konnte das nicht glauben.

»Er hat zugegeben, dass er falsche Rechnungen für seine Arbeiten an den Elektroleitungen im ehemaligen Kloster von Marienthal ausgestellt hat. Er rechnete einfach mehr Stunden und höherwertiges Material ab«, berichtete Clemens.

»Ist das alles?«, fragte sie enttäuscht und machte ein nachdenkliches Gesicht.

»Hallo? Bist du noch da?«, horchte Clemens nach, denn Jana wirkte mit einem Mal ungewohnt abwesend.

»Ja, ja, sicher – hätte mich auch gewundert.«

»Was?«

»Wenn er eine Beteiligung an den Morden gestanden hätte.«

»Ja, mich ehrlich gesagt auch. Allerdings«, gab Clemens zu bedenken, »es wäre ja nicht das erste Mal, dass jemand nur einen Teil gesteht in der Hoffnung, dass dann in seine Richtung nicht weiterermittelt wird.«

Nach einer kurzen Gedankenpause sagte Jana voller Überzeugung: »Er ist es nicht.«

»Nein, Jana … Und einen Land Rover fährt er auch nicht, hätte er sich aber leihen können. Und dass er einen Komplizen hatte, ich weiß nicht … Wieso bist du dir eigentlich so sicher? – Oh, ich muss weiter, hast du noch was?«

»Ja, es ist vage, aber dieser Manuel hat so seltsame Andeutungen gemacht.«

»Jana, ich kümmere mich später darum, ich muss jetzt aufhören. Mach's gut.«

»Clemens? Hallo?« Er hatte aufgelegt. Sie hätte ihm gern mitgeteilt, dass Nicole Knies wiederaufgetaucht war. Oder wusste er das bereits?

Debus war also ein Abrechnungsbetrüger. Nicht schön, doch das tangierte sie nicht weiter. Konnte sie ihn wirklich schon von der Liste der Verdächtigen streichen? Und nun? Dem Mörder ohne wirkliches Ermittlerwissen auf die Schliche zu kommen, war relativ witzlos. Andererseits, das Kombinieren war schon immer ihre Stärke gewesen. Bis vor Kurzem, musste sie sich eingestehen. Allmählich fand sie jedoch zu ihrer alten Form zurück. Wer kannte eigentlich beide Mordopfer? Tewes kannte Mayer-Kühns Bruder aus der Schule, mehr wusste sie nicht. Bestimmt hatte Clemens zwischenzeitlich mit ihm gesprochen, wenn er hier in der Nähe wohnte.

Debus ging ihr trotzdem nicht aus dem Kopf. Gab es nicht doch eine Verbindung zu Herbert Tewes? Vielleicht hatte Tewes ebenso wie viele andere den Elektriker in der Vergangenheit engagiert? Oder man kannte sich aus irgendeinem Verein oder saß bei einem der vielen Weinfeste zusammen oder traf sich regelmäßig in der Weinstube? Jana hatte keinen Ansatz und spekulierte nur. Debus war längere Zeit in Marienthal tätig gewesen. Gut möglich, dass sie sich dort begegnet waren. Tewes hatte den Ort bestimmt mehrfach aufgesucht, um an Informationen für sein nächstes Buch zu kommen oder seinen Vortrag vorzubereiten. Dass Debus seine Abrechnungen frisiert hatte, hieß ja nicht, dass er nicht trotzdem etwas entwendet hatte. Vielleicht ja sogar im Auftrag des Kölner Antiquars? Kannten sie sich? Den Kontakt hätte ihm Tewes vermittelt, der wiederum Mayer-Kühns Bruder Peter aus dem Lehrerkollegium kannte. Höchst spekulativ, verworren, ja, aber solche Ideen hatten sich später manchmal als wahr herausgestellt.

Nach dem Frühstück führte sie ihr erster Gang in die Buchhandlung. Sie wollte versuchen, dort ein neues Exemplar der Chronik zu erstehen. Aber vergebens. Das letzte habe sie ihr neulich verkauft, sagte Elvira Dahlmann und machte damit ihre Hoffnungen zunichte. Der Autor habe das Buch im Selbstverlag herausgegeben und nur in Kommission bei ihr verkauft. Und da es wegen des stolzen Preises doch eher selten gekauft wurde, wollte sie es auch nicht mehr ins Sortiment nehmen.

Jana überlegte, wie sie sonst möglichst rasch an ein Exemplar der »Chronik von Marienthal« kommen könnte. Bibliothek? Zu umständlich, sie war ja kein Mitglied und hätte dann auch ihr Auto aus der Tiefgarage holen müssen, um zur Bücherei zu gelangen. Stadtführer? Ja klar, Meike Jacob hatte bestimmt ein Exemplar zu Hause rumstehen und lieh es ihr vielleicht sogar für ein, zwei Tage aus. Gedacht, getan, setzte sie ihr Vorhaben augenblicklich um.

Zielstrebig lief sie an den Weinstöcken vorbei und steuerte die Siedlung am Waldrand an, in der Meike Jacob wohnte. Die frische Herbstluft gepaart mit dem Sonnenschein halfen ihr beim Denken. Als sie in die Straße am Waldrand einbog, beschlich sie unerwartet ein mulmiges Gefühl, allerdings nur für eine Millisekunde. War Meike Jacob wirklich vertrauenswürdig? Mehrfach hatte sie äußerst seltsam regiert, wenn Jana auf das Kloster Marienthal zu sprechen gekommen war. Noch immer trieb sie zudem die Sorge um, ob sie am Donnerstagabend in weinseliger Stimmung nicht vielleicht doch zu viel verraten hatte. Über ihre Ermittlungen im Fall Tewes beispielsweise. Usti stolzierte hingegen voll gespannter Erwartung vor ihr her, er hatte vermutlich schon den Duft seiner Hundefreundin in der Nase. Ob Meike Jacob überhaupt zu Hause war? Schließlich war Hochsaison und sie eine gefragte Stadtführerin. Als Jana die Klingel am Gartentörchen betätigte, dauerte es nicht lange, bis die schokobraune Labradordame wedelnd im Garten auftauchte.

Die Haustür öffnete sich, und Meike Jacob steckte ihren Kopf heraus. Sie schien überrascht.

»Hallo, Jana, was machst du denn hier?«

»Ach, ich hab grad einen Spaziergang mit Usti gemacht und da zog er mich zu dem Gartentürchen und dann sah ich auch schon Gini«, log sie.

»Ja, Gini hat Usti auch ins Herz geschlossen. Kommt doch rein. Schieb einfach den Riegel zur Seite.«

Der freundliche Empfang zerstreute Janas Bedenken. Nachdem die Frauen den beiden Hunden eine Weile beim ausgelassenen Toben zugeschaut hatten, gingen sie ins Haus, wohin Meike sie auf einen Tee einlud. Die Hunde blieben im Garten. Die Stimmung zwischen den beiden Frauen, die in einer gemütlichen Wohnküche saßen, war ungewöhnlich heiter. Meike erzählte von ihren Eltern, denen dieses Haus einst gehört hatte. Und davon, wie sie Stadtführerin geworden war. Dann von amüsanten, ärgerlichen und berührenden Anekdoten mit Gästen, die sie durch die Stadt geführt hatte.

Als Meike auf eine Wanderung zum Kloster Marienthal zu sprechen kam, nutzte Jana die Gelegenheit und fragte so beiläufig wie nur irgend möglich, in der Hoffnung, nicht wieder eine Abfuhr zu bekommen: »Sag mal, hast du zufällig ein Exemplar der ›Chronik von Marienthal‹ zu Hause? Ich interessiere mich für die Klostergeschichte, weil meine Freundin dort ihre Hochzeit feiern möchte und ich ihr ein Hochzeitsbüchlein schreiben möchte«, schwindelte sie. Diese Erklärung war ihr gerade erst eingefallen, hörte sich in ihren Ohren aber glaubwürdig an.

»Ach, du meinst diese Chronik, die im letzten Jahr erschienen ist? Moment, warte mal.« Sie stand auf und ging einige Schritte ins angrenzende Wohnzimmer. Unter ihren Füßen knarrten leise die Holzdielen. »So, hier habe ich die Chronik.«

Man konnte hören, wie sie den angesammelten Staub von den Seiten blies. »Willst du sie bis zu deiner Abreise mitnehmen? Du kannst sie mir ja, bevor du fährst, zurückgeben. Wann ist das noch mal?«

Jana überlegte, was sie sagen sollte. »Eigentlich habe ich noch bis Samstag gebucht. Aber vielleicht reise ich auch früher ab«, schränkte sie ein. »Das wäre natürlich toll, wenn ich das Buch erst einmal mitnehmen dürfte. Ich bringe es ganz bestimmt zurück.«

Als Meike freundlich nickte und ansonsten keine weiteren, ungewöhnlichen Reaktionen zeigte, hakte Jana nach: »Kennst du den Autor?« Sie tippte auf den Umschlag.

»Hm, nur vom Sehen. Er ist ein älterer Mann, der hier wohl wohnt, aber nicht von hier stammt. Aber ehrlich, so toll ist die Chronik nicht, ich hatte mir mehr davon versprochen. Er schreibt recht unstrukturiert und langatmig, aber mach dir besser selber ein Bild.«

»Wurde das ehemalige Kloster nicht vor Kurzem renoviert?«, fragte Jana weiter.

Meike Jacobs Gesicht zeigte für eine Millisekunde eine gewisse Anspannung. Also doch! Da war etwas.

»Ja, sogar zwei Jahre lang. Da konnte man sogar heimlich auf dem Gelände rumlaufen.« Sie hörte abrupt auf zu erzählen. Dann holte sie Luft, als wollte sie ausführlicher darauf eingehen, doch ein sich nähernder Wagen unterbrach die beiden. »Einen Moment bitte«, sofort war Meike durch eine rückseitige Tür verschwunden. Für einen Moment kam Janas Misstrauen zurück. War Meikes Freundlichkeit nur vorgetäuscht? Hatte sie vielleicht vorhin, als Jana schon an der Gartenpforte stand, jemanden angerufen und hierher beordert? Niemand wusste, dass Jana hier war, außer Usti, der ahnungslos im Garten mit Gini spielte. Diese Grübeleien führten zu nichts. Durch ein gekipptes Fenster hörte sie derweil die Schritte zweier Personen. Sie näherten sich dem Haus, sodass Jana einige Gesprächsfetzen mitbekam.

»Das darf ja wohl nicht wahr sein«, sagte Meike.

»Ja, es ist aber wahr, Stefan wurde ermordet«, sagte eine männliche Stimme. »In seinem eigenen Laden. Erschlagen mit einer Figur.«

Moment! Jana sprang auf und huschte ans Fenster. Das konnte doch nicht sein: Laden, ermordet, Stefan, Figur? Der Mann sprach von Stefan Meyer-Kühn im »Antik im Veedel«. Die Verbindung nach Köln! Jana stockte der Atem. Es war keine gute Idee gewesen, hierher zu kommen. Oder gerade doch?

»Und nun?«, fragte Meike weiter.

»Man hat mich schon gefragt, wo ich zur Tatzeit war, aber ich habe kein Alibi. Ruth war mit den Kindern bei ihren Eltern, ich war ganz allein zu Hause und habe die ganze Nacht Hefte korrigiert.«

»Hast du?«, fragte Meike schnippisch. »Stefans Tod hat ja wohl nichts mit Marienthal zu tun, oder? Wer kennt schon unsere Verbindung …«

»Na, die Polizei. Ich habe alles gesagt«, gab der Mann zu.

»Oh, Gott sei Dank. Hat das endlich ein Ende«, sagte Meike.

»Ja, das wollte ich dir nur sagen. Falls man dich auch noch fragt. Ich habe reinen Tisch gemacht. Aber Ruth darf trotzdem nichts erfahren. Versprich mir das!«

Jana hätte zu gern Meikes Antwort mitbekommen,

aber die beiden entfernten sich wieder vom Haus. Dann hörte sie eine Autotür und ein Motor heulte auf. Nachdem die Motorengeräusche nicht mehr zu hören waren, kam Meike zurück. Jana saß wieder am Tisch und trank die letzten Schlucke ihres Tees.

»Das war mein Exfreund«, erklärte sie freimütig. »Jetzt hat die Heimlichtuerei endlich ein Ende«, murmelte sie.

Wieso plötzlich dieses Mitteilungsbedürfnis? Welche Heimlichtuerei meinte sie? Sollte sie nachfragen? Nein, das gehörte sich nicht. Was hatte Meike gesagt, bevor eben das Auto heranfuhr? Jana hoffte, daran anknüpfen zu können. Vielleicht würde Meike ja doch reden. Gerade als sie noch einmal auf das Kloster zu sprechen kommen wollte, begannen Usti und Gini lautstark im Garten zu bellen. Sie sollte aufbrechen. Mit der Chronik in den Händen wollte sie sich verabschieden, als ihr noch etwas einfiel, genauer gesagt, eine Person, nach der sie Meike unbedingt fragen musste. Als Stadtführerin kannte sie schließlich nicht nur die Sehenswürdigkeiten, sondern auch einen Großteil der Einwohner.

»Du, mir ist da neulich eine alte Frau mit einem Rollator begegnet. Die spricht nicht viel, sondern gibt nur Weisheiten zum Besten …«

Meike lachte auf. »Ach, du meinst sicher Irm, unser Irmchen.«

»Du kennst sie?«

»Ja, na klar. Sie ist schon eine ganz besondere Frau. Heute lebt sie im Altenheim in Ahrweiler. Ihr Mann verstarb vor einigen Jahren und seitdem ist sie etwas wunderlich geworden. Sie stammt vom Niederrhein und soll eigentlich eine gebürtige Gräfin sein.«

Jana zuckte zusammen. Hatte sie da gerade »Gräfin«

gehört? Ging es nicht in der alten Handschrift aus dem Nachlass von Herbert Tewes auch um eine Gräfin?

»Weißt du mehr über sie? Ich meine, eine Gräfin trifft man ja nicht alle Tage.«

»Nein, da muss ich leider passen. Mehr kann ich über Irmchen nicht sagen. Wieso interessierst du dich so für sie?«

»Ach, sie ist mir einfach nur aufgefallen. Und ihre Bemerkungen habe ich nicht so ganz zuordnen können. Ist sie etwas …?« Sie machte mit ihrer Hand eine bestimmte Bewegung vor ihrer Stirn.

»Ich weiß es nicht, manches, was sie sagt, ist schon sehr skurril, aber auch irgendwie zutreffend …« Meike sprach nicht zu Ende, sondern blickte erschrocken auf ihre Armbanduhr. »Oh nein, schon so spät? – Über unsere Plaudereien habe ich die Zeit vergessen und ich habe heute noch eine Stadtführung. Wie ist es, soll ich dich mit dem Auto mitnehmen?«

Jana verneinte, packte die Chronik in den Rucksack und ging gefolgt von Meike zur Tür. »Danke hierfür und Entschuldigung, dass ich dich aufgehalten habe.«

»Nein, es war doch nett. Aber es wird Zeit. Hast du meine Telefonnummer? Ich meine wegen der Rückgabe des Buches?«

Jana schüttelte den Kopf.

Meike ging ins Wohnzimmer zurück und kam mit einer Visitenkarte wieder. »Da steht auch meine Handynummer drauf, ich bin ja zurzeit nicht so oft zu Hause.«

Draußen bellten Usti und Gini immer noch. Sie standen beide am Fuß einer hohen Kiefer und blickten einem Eichhörnchen nach, das von Ast zu Ast hüpfte.

»Usti, komm, wir machen uns auf!«

Auf dem Rückweg nach Ahrweiler genoss Jana die sanfte Herbstluft. Die Reben begannen sich jeden Tag ein wenig mehr zu färben und ergaben wunderschöne Fotomotive. Einzelne Winzer arbeiteten in ihren Weinbergen. Sie hatte gelesen, dass viele Winzer ihrer Arbeit nur im Nebenerwerb nachgingen. Meist wurde der gesamte Jahresurlaub für die Zeit der Weinlese aufgespart, bei der Familie, Freunde und Bekannte mithalfen. Jana durfte auf keinen Fall vergessen, Freunden und Kollegen Wein mitzubringen. Während sie lief, drückte der kantige Inhalt ihres Rucksackes immer mehr in ihren Rücken. Sie entschied sich, die Chronik herauszunehmen und in der Hand zu tragen. Sie sog die sanfte Herbstluft ein. In diese Idylle hinein machte sich ihr Handy bemerkbar. Eine SMS von Clemens: »Treffen wir uns gleich am Hotel? Warte auf dich!«

Oh, dann musste Jana sich beeilen.

TAG 7 - MITTAG

Gleich zu Beginn ihres Zusammentreffens hatte Clemens offenbart, dass er nicht viel Zeit hätte, sie aber dennoch persönlich informieren wollte. Sie hatten es sich im Innenhof des Hotels gemütlich gemacht und genossen trotz der Eile den mittäglichen Sonnenschein. Allerdings zeigten sich am Himmel mehr Wolken als am Vormittag.

»Ich bringe dich nur kurz auf den aktuellen Stand. Dann muss ich auch schon wieder los«, erklärte er zum zweiten Mal. Offensichtlich fand er es wichtig, Jana miteinzubeziehen. »Der Familie Knies habe ich noch nichts von deiner Beobachtung gesagt. Dass du Nicole Knies gestern Abend gesehen hast, meine ich.«

»Hat Simone dir das also doch mitgeteilt?«

Clemens nickte. »Wir konzentrieren uns jetzt vorrangig auf gewisse Anhaltspunkte, die sich bei Simone Maxraths Ermittlungen ergeben haben.« Er schaute Jana an, überlegte vermutlich, was er ihr mitteilen durfte. Gut möglich, dass Simone, so wie sie gerade drauf war, ihm untersagt hatte, mit Jana über Details zu reden. Dann kam er auf Peter Mayer-Kühn, den Bruder des Kölner Mordopfers, zu sprechen: »Ich habe mich vorhin mit ihm in der großen Pause im Kurfürst-Konrad-Gymnasium getroffen. Er ist dort Lehrer. Und er hat kein Alibi für die Tatzeit.«

»Du meinst, er hätte seinen Bruder ermorden können?«

»Na ja, er gab als Alibi an, dass er Hefte korrigiert habe und seine Frau mit den Kindern bei den Eltern ...«

»Moment! Hefte korrigieren, Alibi, Frau bei den Kindern«, rief Jana und hielt sich schnell die Hand vor den Mund. »Ich glaube es nicht. Dann ist, äh, war Meike Jacob mit dem Bruder des Mordopfers zusammen?«

»Meike Jacob, du meinst die Stadtführerin? Aber woher weißt du das?«

»Na, weil ich die beiden heute belauscht habe.«

»Waaaas? Wieso belauscht und wen genau?«

Ihm war anzumerken, dass er sich um sie sorgte. Ihr tat das insgeheim gut. Schließlich berichtete sie, was sich vor Meikes Haus zugetragen hatte.

»Was hältst du von dieser Meike?«, fragte Clemens.

»Ehrlich, ich glaube, die ist harmlos. Auch wenn sie irgendetwas mit Marienthal zu tun haben, sie und dieser Peter. Und ich weiß es jetzt: Die Spur führt definitiv nach Marienthal.«

»Ja, Jana, das tut sie, zumindest was Peter Mayer-Kühn angeht.«

Es ärgerte sie. Schon wieder wusste er so viel mehr als sie.

»Dieses Marienthal wird immer interessanter, auch für unser Ermittlerteam.«

Aha, sie war außen vor, gehörte nicht zum Ermittlerteam. Aber fürs Zuhören und dafür, ihren Urlaub zu opfern, war sie gut genug.

»Wir nehmen an, dass in dem Antiquitätenladen auch Gegenstände aus dem ehemaligen Kloster Marienthal verkauft wurden. Aber da die Ankaufslisten saumäßig geführt wurden, dauert es noch eine Weile, bis wir da durchsteigen. Unter den Gegenständen befand sich übrigens auch eine silberne Schatulle.«

»Stimmt, ja. Aber wieso kommst du auf Marienthal? Auf dem Schildchen stand doch ›Mergenthal‹ …«

»Ja, liebe Jana. Mergenthal ist Marienthal. So hieß es früher.«

»Ne, komm«, schmollte sie und ärgerte sich, dass sie das nicht recherchiert hatte. In der Handschrift tauchte dieser Name doch auch auf. Das war also Marienthal! Und die Gräfin, von der die Rede war, fand also im Kloster Unterschlupf. Ihre Hypothese, dass Debus in einen Kunstdiebstahl verwickelt war, bekam neue Nahrung. Aber vorerst musste sie aufhören, weiter darüber nachzudenken, denn Clemens hatte es offensichtlich eilig und sprach wieder von Peter Mayer-Kühn, dem Bruder des verstorbenen Ladenbesitzers. Hatte sie etwas verpasst, weil sie in Gedanken versunken nicht richtig zugehört hatte?

»… ich dachte, vielleicht weiß Peter Mayer-Kühn ja etwas über diese Dinge, diese Dinge im Laden seines Bruders. Ich zeigte ihm also einige Fotos der Gegenstände. Mich interessierte brennend, wie er reagiert, ob die Männer etwas am Laufen hatten, aber …«

»Was?«, plapperte Jana gespannt dazwischen.

»Ich hoffte, er würde mir etwas über die Herkunft dieser Gegenstände sagen können, aber …«

»Was denn ›aber‹?«

»Jana, nu lass mich doch mal erzählen. Also: Beim Anblick des Fotos von der Schatulle wurde er ganz blass im Gesicht.«

»Echt?«, hakte Jana aufgeregt nach.

»Nun unterbrich mich doch nicht ständig. Du machst mich ja ganz nervös, so kann ich mich nicht konzentrieren«, er lachte, »und ich habe es wirklich eilig. Also: Das Foto löste etwas in ihm aus. Er fühlte sich ertappt, das sah ich ihm an. Es war so, als ob es nur noch dieses Foto brauchte, damit er sich endlich offenbarte.«

»Nun erzähl schon, was hatte Mayer-Kühn zu sagen?«

»Gut, Jana. Peter Mayer-Kühn erzählte mir dann tatsächlich seine Geschichte, ohne dass ich weiter nachfragen musste. Hör zu: Meike Jacob und er waren bis vor einigen Monaten ein Paar. Das ging einige Jahre so. Ruth, seine Ehefrau, hat angeblich bis heute keine Ahnung. Als dann das Klostergelände mit den Wirtschaftsgebäuden saniert und umgebaut wurde, haben beide eines Tages erkannt, dass man über einen nicht gesicherten Bereich einfach hineingehen konnte. Beide sind geschichtsinteressiert – er ist übrigens Lehrer für Deutsch und Geschichte –, und die Neugier siegte über die Vernunft. Sie fanden es dort außerdem romantisch und trafen sich immer wieder einmal, wenn abends die Arbeiter das Gelände verlassen hatten. Sie durchstöberten Räume, die unverschlossen waren, und fanden schließlich eines Tages auch den Zugang zu einem Kellergewölbe. Mayer-Kühn erinnerte sich, dass in diesem Gewölbe die einstige Grablege der Grafen der Landskrone gewesen sein soll.«

»Ist die Landskrone nicht dieser markante Berg östlich von Ahrweiler?«, unterbrach ihn Jana.

Er nickte und fuhr dann fort: »Sie suchten nun öfter diesen Raum auf, und eines Tages konnten sie der Versuchung nicht widerstehen, ein wenig genauer *hinzuschauen*.« Clemens deutete mit seinen beiden Händen Anführungszeichen in die Luft. »Sie hatten sich auch extra eine Taschenlampe mitgenommen. Er sagte – Zitat: ›der Odem der Geschichte‹ habe beide ergriffen. Er kratzte mal hier ein wenig, knibbelte dort, und irgendwann bemerkten sie an der Ecke zwischen Fußboden und Wand einen Hohlraum, den sie öffneten. Dahinter verbarg sich ein Schacht, vielleicht von einer Heizung. Vor allem Mayer-Kühn wurde nun immer neugieriger. An einem anderen Tag kratzte er dann die ohnehin schon bröckligen Fugen zwischen zwei Mauersteinen weg und entdeckte dahinter eine Nische. Und in dieser Nische blitzte etwas Silbernes. Es war, du ahnst es vielleicht schon, die Schatulle, die im Laden seines Bruders steht. Die Vermutung ist naheliegend, dass er diese mitgenommen und seinem Bruder gegeben hat. So dachte ich, aber er versicherte mir glaubhaft, dass das eben nicht so war. Ihm wurde auf einmal klar, dass vieles auf dem Spiel stand, wenn rauskäme, was er hier eigentlich tat: Illegale Grabungen sind strafbar, er lief Gefahr, seinen Job als verbeamteter Lehrer zu verlieren, und seine Frau wäre bestimmt nicht begeistert gewesen, wenn sie erführe, mit wem er seine Zeit in Marienthal verbrachte. Er legte die Schatulle wieder zurück in die Nische und wollte die beiden Steine davor setzen, als sie jemanden oben in den Gebäuden laufen hörten. Sie wollten auf keinen Fall entdeckt werden und rannten aufgeregt zur Treppe, die nach oben führte, als Mayer-Kühn feststellte, dass er seinen Ehering, den er immer ausgezogen hatte, damit er nicht verkratzte, irgendwo auf den Boden gelegt hatte. Er fand diesen im Schein der Taschenlampe aber nicht, trat dann wohl mit dem Fuß dagegen, sodass dieser ausgerechnet in die Ecke des Raumes kullerte, in der sie den kleinen Schacht freigelegt hatten. Und darin verschwand er dann. Beide hatten natürlich Angst, dass bei den Grabungen sein Ehering entdeckt würde. Als sie nach oben kamen, hörten sie erst niemanden mehr, aber sie hatten das Gefühl, beobachtet zu werden. Sie liefen schnell zu ihren Autos und waren laut seiner Aussage auch nie wieder dort.«

»Das ist ja eine abenteuerliche Geschichte.« Jana musste erst einmal Luft holen. »Meinst du, dass es wirklich diese Schatulle war, oder nur ein ähnliches Exemplar? Vermutlich erinnerte er sich aufgrund des Fotos nur wieder an diese Begebenheit. Aber ob das wirklich diese Schatulle war, ich weiß nicht.« Jana schaute zu Clemens, der nur mit den Schultern zuckte. »Viel wichtiger ist doch, Clemens, glaubst du ihm?«

»Ich weiß es nicht, es klingt so dermaßen konstruiert, dass die Story echt sein muss. Übrigens hat er mir gesagt, dass er seit einigen Jahren keinen Kontakt mehr zu seinem Bruder hatte.«

»Stimmt das?«

»Hm«, wieder zuckte Clemens mit den Schultern.

»Dann wäre auch interessant zu wissen, ob dieser Kontaktabbruch etwas mit illegalen Geschäften des Bruders zu tun hatte, oder?«

»Ja, das habe ich ihn auch gefragt. Er meinte, dass das irgendwas mit dem Erbe der Eltern zu tun habe. Es scheint so, als ob er wirklich nichts über die Geschäfte seines Bruders wusste.«

»Aber wichtig wäre nun herauszufinden, wie diese Schatulle aus Marienthal ins Antiquariat kam, egal, ob die jetzt mit der identisch ist, die der Bruder da entdeckt hatte oder nicht«, fand Jana.

»Wird schwierig. Laut Simone Maxrath gibt es keine richtig geführten Ankaufslisten bei Mayer-Kühn. Ich sagte doch saumäßig!«

»Hatte der Ladeninhaber denn Beziehungen hier nach Ahrweiler oder Marienthal?«, fragte Jana nach. »Ich meine außer seinem Bruder, mit dem er – nehmen wir an – keinen Kontakt mehr hatte.«

»Keine Ahnung. Laut seiner Frau bekam er wohl von allen möglichen Leuten Bücher und Antiquitäten angeboten. Simone Maxrath recherchiert noch umfassend. Seine Frau warnte ihn wohl des Öfteren, er solle genauer hinschauen, mit wem er da Geschäfte machte.«

»Wisst ihr denn wirklich nicht, woher die Schatulle kommt, von wem er sie kaufte?«, bohrte sie nach.

»Nein«, gab Clemens unzufrieden und auch ein wenig ungehalten zu.

»Dann ist die Schatulle genauso dahin gekommen wie Tewes' Tabletten oder dessen Archivschlüssel?«, schlussfolgerte Jana.

»Nein, Frau Mayer-Kühn sagt, die Schatulle habe länger dort gelegen, sie war ihr schon vor Monaten aufgefallen. Weißt du eigentlich, ob die Vitrine am Sonntagmorgen verschlossen war?«

»Ne, war sie nicht. Theoretisch hätte sie also auch jemand da hinstellen können. Aber wenn sie schon längere Zeit im Laden war, dann …« Jana überlegte. »Das hieße ja, dass Mayer-Kühn, also unser Antiquar, Kontakte zu einem Kunstsammler hatte, der ihm Gegenstände aus Marienthal anbot und verkaufte. Wenn aber …« Jana merkte, dass hier einiges nicht zusammenpasste. »Nehmen wir mal an, die Schatulle ist tatsächlich die von Peter Mayer-Kühn entdeckte, was …«

»Genau«, fiel ihr Clemens ins Wort, »was ist dann mit dieser vermeintlichen Sammlung?« Clemens zuckte mit den Schultern. »Mit dieser Sammlung stimmt was nicht!«

»Äh, sag mal, wie hießen die Grafen, die unter dem Kloster beerdigt worden sein sollen?«, wollte Jana nun wissen.

»Von der Landskrone. Ob es Grafen sind, wusste er gar nicht so genau, er sprach von Herren der Landskrone.«

»Also nicht Greve-Merkenau«, stellte Jana klar.

»Nein, so hießen die nicht.«

»Was hat eigentlich Peter Mayer-Kühn seiner Frau gesagt, wo sein Ehering abgeblieben ist?«, stellte Jana, so schien es ihr zunächst, eine eher nebensächliche Frage.

»Ich habe ihn nicht gefragt, aber er wird sich schon eine plausible Geschichte ausgedacht haben ...«

»Die seine Frau dann geglaubt hat, so wie wir jetzt diese Geschichte glauben.«

»Ja, Jana, so wie wir diese Geschichte glauben.«

TAG 7 - NACHMITTAG

Nach dem Gespräch mit Clemens ging Jana in ihr Hotelzimmer. Draußen hatte sich der Himmel mittlerweile verdunkelt. Sie ließ sich einen Milchkaffee aufs Zimmer bringen und begann, auf dem Bett liegend, die »Chronik von Marienthal« durchzublättern. Vielleicht würde sie ja etwas herausfinden, was sie weiterbrächte. Allerdings war sie skeptisch, dass sie das Buch, das im letzten Jahr im Selbstverlag erschienen war, weiterbringen konnte. Das Inhaltsverzeichnis bot keine brauchbare Orientierung. Jana ahnte, was Meike Jacob mit ihrer Bemerkung meinte und was beim Lesen auf sie zukommen würde: Langeweile. Warum konnte der Autor nicht einfach auf den Punkt kommen? Stattdessen verlor er sich nicht nur in der Ortsgeschichte, sondern rollte die Geschichte der ganzen Eifel, der Rheinlande, ja eigentlich ganz Europas auf. Und dann eine Überfülle an Fußnoten und Quellenangaben, die auf mancher Seite den eigentlichen Text bildeten. Aus den langatmigen Schilderungen suchte sie sich die wichtigsten Daten heraus und schrieb sie auf einen Briefbogen des Hotels. So ganz genau wusste sie zwar nicht, warum sie das tat, sie hoffte jedoch, einen Zusammenhang mit der Handschrift zu finden. Schließlich hatte sie die wichtigsten Daten von der Klostergründung im 12. Jahrhundert bis zur Auflösung im Jahr 1802 zusammen. Das Lesen strengte sie wirklich an. Immer wieder fielen für Sekunden ihre Augen zu. Trotzdem sagte ihr eine innere

Stimme, dass sie weiterlesen musste. Allerdings verlor sie diesen Kampf, die Buchstaben verschwammen. Sie schlief ein und träumte dabei von Nonnen in blauen Karnevalskostümen, riesengroßen Kaninchen, die Usti die Zunge rausstreckten. Dann lag sie in Clemens' Armen, als sie jedoch in sein Gesicht blickte, war es nicht er, sondern … Sie schreckte auf. Dieses Gesicht, verdammt, wo hatte sie dieses Gesicht gesehen? Nicht nur einmal, mehrmals. Sie sah dieses Gesicht so deutlich vor sich, aber ihre Erinnerung gab nichts weiter preis.

Irgendetwas stimmte mit dieser Sammlung Merkenau nicht. Sie konnte es fast körperlich spüren, dass darin der Schlüssel zu allem lag. Wenn der Autor, dieser Rudolf Spieß, sauber recherchiert hatte, dann musste darin etwas über diese Sammlung zu finden sein. Aber hatte er das? Ein ordentliches Register gab es schon mal nicht. Na toll, so konnte sie hier noch stundenlang ihre Zeit vergeuden. Sie durchforstete Seite um Seite. Jeder noch so kleine Hinweis wäre ihr jetzt willkommen. Ein Kapitel begann vielversprechend, dann stellte es sich als unwichtig heraus. Wieder nichts. Sie ließ ihre Augen über die Seiten wandern, immer nach aussagekräftigen Schlagworten Ausschau haltend. Nichts. Doch dann, endlich, an einer Stelle war die Rede von der Gräfin von Greve-Merkenau. Sie legte für einen Moment das Buch zur Seite, setzte sich aufrecht hin und drückte ihren Rücken gegen die Lehne des Bettes. Dann atmete sie tief ein und langsam wieder aus. Sie wagte kaum, die Passage zu lesen, in der Befürchtung, auch diesmal wieder enttäuscht zu werden. Doch das, was sie las, war genau das, wonach sie gesucht hatte. Hier stand es schwarz auf weiß:

»Unter falschem Namen und falscher Identität lebte im Kloster Marienthal einst die Gräfin Sophie von Greve-Merkenau. Sie gehörte einer überaus wohlhabenden Familie an, deren Besitzungen im Kölner Umland und am Niederrhein einst mit reichen Kunstgütern ausgestattet waren. Zum Dank für seine außerordentliche Verschwiegenheit wurden dem Abt Nikolaus Heyendal einige Kunstgegenstände für das Kloster Marienthal feierlich übergeben. Diese kamen nach der Säkularisation in private Hände. Die Gräfin allerdings wurde an einem Tag im Mai Opfer eines heimtückischen Mordanschlages: Sie wurde von einem Unbekannten in den Brunnenschacht geworfen und ertrank. Ihre Besitztümer eignete sich ein verarmter Onkel väterlicherseits an, der damit die Kunstsammlung Merkenau gründete.«

Daher stammten also die Gegenstände, die Mayer-Kühn in seinem Laden ausstellte. Wie war er aber an die Stücke aus dieser Sammlung gelangt? Auf legalem Weg? Woher wusste der Autor überhaupt von dieser Kunstsammlung? Hier gab es eine Fußnote, die vielleicht Licht ins Dunkel bringen konnte:

»473 HS. 45.698., Dokument Boisvin,
dat. Juni 1770.«

Boisvin, hieß der Verfasser der Handschrift, die in dem Umschlag gesteckt hatte, nicht so? Die Jahreszahl kam ihr ebenfalls bekannt vor. Das Jahr 1770 war das Jahr, in dem die Handschrift verfasst worden war. Sie holte ihre Kamera und rief das Foto auf. In der Handschrift stand nur etwas von einzelnen Kunstgegenständen, das konnte sie gut lesen. Die Sammlung hatte es damals wohl noch nicht gegeben. Aber dann stimmte der Quellenverweis in der Fußnote nicht. Da musste der Autor wohl eine andere Quelle herangezogen haben. In der Chronik fehlte außerdem ein Quellenverweis für die Todesumstände der Gräfin. Woher wusste der Autor der Chronik dann über das weitere Schicksal der Gräfin Bescheid? Alles sehr mysteriös!

Jana ließ die Chronik neben sich auf den Bettüberwurf fallen und schaute ins Leere. Da war noch etwas. Was passte hier nicht zusammen? Jana überlegte und ging alle Informationen durch, die sie gespeichert hatte. Sie zog die Notizblätter wieder hervor und verteilte sie auf dem Bett. Es sah mittlerweile chaotisch aus. Woher verdammt noch mal hatte Tewes diese Handschrift? Hatte Clemens nicht kürzlich erzählt, dass sie seit dem Besuch eines älteren Mannes in seinem Besitz war? Wer könnte dieser Mann gewesen sein, vielleicht … Debus, der Elektriker? Nein! Der Hotelier, nein, den würde man nicht als älteren Herrn bezeichnen. Karl Knies, na klar. In seinem Flur hingen doch alte Handschriften. Aber der hätte sie kaum seinem Kontrahenten gegeben. Oder war es jemand, den sie gar nicht kannten? Ein Kunsthändler? Moment! Wie bezeichnete sich der Autor der »Chronik von Marienthal«? Sie blätterte im Buch, bis sie auf dessen Lebenslauf stieß. Da: »Kunstsachverständiger«. Ob er …?

Warum verschlug es diesen weltgewandten Mann ausgerechnet nach Ahrweiler? »Rudolf Spieß«, murmelte sie vor sich hin. Spieß? Jana hielt inne, sie hatte den Namen doch schon einmal gehört. Wer hatte ihn erst kürzlich erwähnt? Es war nicht die Dame in der Buchhandlung, die zwar auch, aber das meinte sie jetzt nicht. Wer um

Himmels willen hatte denn nur …? Ja richtig, es war doch erst gestern, als der Elektriker Debus von seinem Alibi für Samstag berichtete. Hatte er da nicht erklärt, er habe ursprünglich bei einem Herrn Spieß einen Termin gehabt, dieser sei aber nicht zu Hause gewesen? Ob es sich dabei um Rudolf Spieß gehandelt hatte? Ihre Gedanken gerieten durcheinander. Draußen dämmerte es.

Was saß sie hier und grübelte? So konnte sie den Mörder nicht überführen. Sie zwang sich, ruhig zu bleiben. Wenn es Ungereimtheiten gab, die mit der Handschrift in Verbindung standen, dann musste sie dranbleiben. Welche Personen wurden genannt? Da war dieser Severinus Boisvin, ein ziemlich merkwürdiger Name. Er klang, als ob er aus der Reformationszeit stammte. Warum musste Gräfin Sophie untertauchen und unter falscher Identität in Marienthal leben? War sie dort wirklich unter tragischen Umständen ums Leben gekommen, so wie es in der Marienthaler Chronik geschrieben stand? Wer hatte ihr Vermögen geerbt? Vielleicht lag da ja der Schlüssel zu allem?

Was hatte es nur mit dieser Kunstsammlung auf sich? Sie holte ihren Laptop und setzte sich wieder aufs Bett zwischen all die Zettel und Aufzeichnungen. Einen Boisvin fand sie nicht. Zunächst kamen auch keine Treffer für den Namen Greve-Merkenau. Dann stieß sie auf eine amüsante Information in einem Onlinelexikon:

>»Der Name Merkenau steht in der Fabel für eine vorlaute und geschwätzige Krähe. Bekannt vor allem durch: ›Der Löwe mit dem Esel‹ von Gotthold Ephraim Lessing und ›Reineke Fuchs‹ von Johann Wolfgang von Goethe.«

Krähe? Natürlich, die Krähenfigur, mit der Stefan Mayer-Kühn erschlagen und die so offensichtlich auf dem Fenstersims am Hinterausgang des Antiquariats positioniert worden war. Jana beschlich eine unheimliche Vorahnung. Hier spielte jemand ein ganz abgekartetes Spiel. Sie konnte fast greifen, wer es war.

Unsanft riss sie die Klingelmelodie ihres Handys aus den Recherchen. Die Telefonnummer kannte sie zwar, aber sie kam gerade nicht drauf, zu wem sie gehörte.

»Jana Vogt?«

»Hier ist E. S. Immobilien Ahrweiler. Guten Tag, Frau Vogt«, säuselte ihr die Stimme der Immobilienmaklerin ins Ohr. »Sie hatten mir doch bei unserem Termin in Marienthal erzählt, dass sie an einem schnuckeligen kleinen Fachwerkhaus Interesse hätten.«

Hatte sie? Oh ja, aber das meinte sie doch nicht ernst. Sie wollte doch nur nett sein.

»Gerade heute Morgen kam ein suuuuuuuperschnuckeliges Objekt herein, das wir, die E. S. Immobilien, exklusiv vertreten. Der jetzige Besitzer möchte es ganz kurzfristig verkaufen, und da dachte ich sofort an Sie.«

Jana fühlte sich überrumpelt. Doch bevor sie zu lange zögerte, was die Maklerin als unhöflich empfinden würde, musste sie irgendetwas antworten.

»Hallo, Frau Schrömbgen, das ist aber sehr nett, dass Sie an mich denken ...«, sie kam gar nicht dazu, weiterzusprechen, denn ihre Gesprächspartnerin flötete bereits dazwischen: »Das ist aber fantastisch. Das Objekt befindet sich in der Oberhutstraße, nicht weit vom Markt, direkt neben einer Weinstube, wollen wir uns treffen?«

Jana schnappte nach Luft. »Liebe Frau Schrömbgen.

Wie gesagt, schön, dass Sie an mich denken, ich überlege es mir. Darf ich mich bei Ihnen melden?«

Am anderen Ende war es für einen Moment still. Offensichtlich hatte sie mit mehr Enthusiasmus gerechnet. »Ach, ja, hm, gut. Sagen Sie mir doch bitte bis morgen Bescheid, ob Sie Interesse haben. So lange werde ich das Objekt für Sie reservieren.«

»Gut, so machen wir es.« Jana hatte keinesfalls vor, Frau Schrömbgen zu kontaktieren. Ein Haus in Ahrweiler zu beziehen, das konnte sie sich nicht vorstellen. Ihr Lebensmittelpunkt befand sich in Köln, und Köln war ihre Heimat. Finanzielle Mittel hatte sie außerdem nicht für den Erwerb einer Immobilie vorgesehen.

TAG 7 – ABEND

Es lag etwas in der Luft. Jana konnte es greifen. Sie schaute nach Usti, der ziemlich schlapp auf seiner Decke lag und sie plötzlich mit großen Augen anschaute. Jana hielt es hier drinnen nicht mehr aus. Gedankenversunken steckte sie ihr Handy ein. Sie überlegte, ob sie Clemens noch eine SMS schicken sollte, zog es jedoch vor, ihm eine schriftliche Notiz zu hinterlassen:

> »Bin mit Usti in Ahrweiler spazieren.
> Melde dich bitte. Gruß J.«

Den Zettel, fein säuberlich gefaltet und mit Clemens Wieland als Adressat beschriftet, gab sie an der Rezeption ab. Die Luft draußen war herrlich frisch und anregend. Es war dunkel geworden. Die Kirche erstrahlte in wunderbar warmen Farben, die eine dezente Beleuchtung auf die Außenmauern malte. Historisierende Laternen gaben den Gassen und dem Marktplatz eine mittelalterliche Note. Nur noch wenige Menschen waren unterwegs. Usti schnuffelte mal hier, mal dort, fand die Blumenbeete vor der Kirche, die sich in der Höhe seiner Nase befanden, höchst aromatisch und fischte eine Bananenschale heraus. »Ach, Usti«, lachte Jana, »du bist unmöglich.«

Etwas ziellos spazierte Jana weiter. Sie machte einen Abstecher zum Adenbachtor, überquerte eine kleine Brücke und fand sich schließlich in den Weinbergen wieder. Von dort hatte man einen herrlichen Blick auf das abendlich illuminierte Städtchen. Alles war so friedlich. Auf dem Weg zurück zum Hotel kam sie an der Weinstube in der Oberhutstraße vorbei. Daneben stand ein Fachwerkhaus, das im Schein einer Straßenlaterne sehr gemütlich aussah. An einem der vorderen Fenster hing ein Schild mit der Aufschrift »E. S. Immobilien«. Das musste das Häuschen sein, das man ihr angeboten hatte. Sie hatte nicht zu viel versprochen: Schnuckelig war es. Jana wollte gerade weitergehen, als Usti abrupt stehen blieb und angestrengt an der Fußmatte vor der Haustür roch. Während sie versuchte, ihn zum Weitergehen zu veranlassen, fiel ihr Blick auf das Klingelschild: »Rudolf Spieß« stand darauf.

War das nicht …? Natürlich, das war der Autor der »Chronik von Marienthal«. Auf einmal durchzuckte sie ein furchtbarer Gedanke. Das war es! Sie wusste nun, worum es ging.

Ganz unvermittelt öffnete sich die Haustür des Fachwerkhauses. Usti fing im gleichen Augenblick laut und durchdringend an zu bellen. Sein Gebell hallte von den umliegenden Häuserwänden wider. Aus dem Innern des Hauses waberte eine Geruchsmischung aus Rauch und starkem Kaffee.

»Was suchen Sie hier?«, fragte der ältere Mann mit Glatze und grauem Schnauzbart harsch. Seine blauen Augen blitzen eiskalt.

»Ich, äh, nichts.«

»Und warum lungern Sie dann hier rum?«

Ehe sie antworten konnte, hatte er sie schon am Arm gepackt mit einer harten, alten Hand. Er tat ihr weh! Usti bellte weiter und versuchte gleichzeitig das Hosenbein des Mannes zu erwischen. Immer wieder schnappte er danach, aber es gelang ihm nicht.

»Hau ab, du Köter!«, fauchte Spieß und verpasste Usti einen Tritt, sodass dieser verschreckt innehielt. Diesen Moment nutzte Spieß, um Jana ins Innere des Hauses zu ziehen. Während er sie gegen seinen Körper presste, spürte sie seine Brustmuskeln an ihrem Rücken. Er war viel kräftiger, als er aussah. Und da war er: der Geruch des billigen Aftershaves.

Sie wollte schreien, aber sie hatte keine Kraft dazu. Die abgestandene Luft im Flur des alten Häuschens tat ihr Übriges. Sie hatte das Gefühl, als hätte sich jemand auf ihren Brustkorb gesetzt. Sie bekam kaum Luft. Der unerträgliche Geruch und diese Düsterkeit nahmen ihr jegliche Stärke. Sie hätte sich aufbäumen müssen, aber es gelang ihr nicht. Zusätzlich lähmte sie die Erinnerung an ihren letzten Einsatz in Köln.

Spieß schob sie derweil wie einen Sack vor sich her, hielt sie dabei immer noch fest umklammert. Sie überlegte krampfhaft, wie sie dieser Situation entrinnen konnte. Aber nicht nur ihr Körper war kraftlos, auch ihre Gedanken waren paralysiert. Spieß schob sie weiter, hinein in ein dunkles Zimmer und drückte sie in einen alten Ledersessel. Das Leder fühlte sich kalt an.

»Jetzt reden wir mal, Fräulein.«

Reden wollte er, worüber? Was sollte das? In Janas Kopf ratterte es. Ihr Herz schlug so laut, dass es sie am Nachdenken hinderte. Dazu kam diese entsetzliche, beklemmende Atemnot. Was geschah mit ihr? Sie musste sich zusammenreißen, ihren Herzschlag beruhigen. Sonst hatte sie keine Chance. Ihre Fitness und ihre gedankliche Stärke waren das Einzige, was sie nun noch retten konnten. Welche Eingebung hatte sie vorhin beim Anblick des Häuschens gehabt? Der Schreck hatte ihr die Erinnerung daran geraubt. Was waren die Fakten? Es ging um Spieß. Konzentriere dich, machte sie sich selbst Mut. Konzentriere dich! Was hat Spieß mit den Morden zu tun? Langsam wurde ihr Herzschlag ruhiger, sie bekam wieder die Kontrolle über ihren Körper und über ihre Gedanken. Da, da war sie wieder, diese Eingebung, das war es doch …

»Was also wollen Sie hier?«, unterbrach Spieß ihre Gedanken. »Wissen Sie, ich hab es nicht so gerne, wenn man an meinem Haus herumlungert. Nie hat man hier mal seine Ruhe, die Weinstube gleich nebenan ist einfach eine Pest.«

Was war das für ein Mensch? Jana konnte ihn überhaupt nicht einschätzen. Was wollte er? Was hatte er mit ihr vor? Wobei wollte er nicht gestört werden? So ganz verstand Jana noch nicht, was hier vorging.

»Ich, ich habe Ihre Adresse doch nur von der Maklerin Eileen Schrömbgen. Sie sagte mir, dass dieses Haus zu verkaufen sei.«

Spieß' Gesichtsausdruck änderte sich auf einmal. Es schien, als habe er mit dieser Antwort nicht gerechnet. Er überlegte, doch dann verdunkelte sich sein Gesicht wieder. Er glaubte ihr nicht. »Ach, reden Sie doch nicht so ein Zeug. Ich weiß doch schon lange, wer Sie sind.« Er grinste.

Was musste sie tun, um hier unbeschadet herauszukommen? Dafür müsste sie jedoch genauer über Spieß Bescheid wissen, darüber, wie er tickte. War er psychisch krank? Sie versuchte, die wenigen Informationen, die sie über ihn hatte, abzurufen. Das meiste, was sie über ihn wusste, stand in der von ihm selbst verfassten »Chronik von Marienthal«. Buenos Aires, Studium, Geschichte,

Kunst, Sprachen, Wien, Rom. Ein fast unglaublicher Lebenslauf. Unglaublich? War das das Schlüsselwort? Unglaublich im Sinne von unglaubwürdig? Stimmten diese Angaben überhaupt? Sie überlegte weiter, zwang sich dazu, nicht in Panik zu verfallen: Kunst, Kunstsachverständiger. Kunstsachverständiger? Spieß gab an, Kunstsachverständiger zu sein. Wo findet man Kunstgegenstände? In Museen, auf Auktionen, natürlich, auch in Antiquitätenläden! Das war es! Er musste Tewes und auch Mayer-Kühn gekannt haben.

»Und Sie wissen schon längst, wer ich bin«, grinste er weiter.

Jana war perplex. Er war offensichtlich der Ansicht, dass sie genau im Bilde war über seine Taten. Aber stimmte das? Was wusste sie? Wusste sie bereits mehr, als ihr bewusst war?

»Ja, Sie haben die Chronik über Marienthal geschrieben«, versuchte sie Zeit zu schinden und möglichst unbedarft zu wirken.

»Papperlapapp, darum geht es doch hier schon lange nicht mehr, und das weißt du genau!«

»Was weiß ich?«

»Mädchen, stell dich nicht dümmer, als du bist!«

Sie fing an zu verstehen. Bilder tauchten vor ihrem geistigen Auge auf: Sie hatte diesen Mann das erste Mal hinter der Polizeiabsperrung im Weinberg gesehen. Der Mann, mit dem sie beim Weggehen beinahe zusammengestoßen wäre, das war Rudolf Spieß gewesen, natürlich. Wieso hatte sie ihn nicht beachtet, auch später nicht, als sie sich die Fotos noch einmal genauer angeschaut hatte? Manuel Sperber und er, bildeten die etwa eine Komplizenschaft?

»Du bist doch das Polizeiliebchen«, donnerte seine Stimme.

Was war sie? Ihr Kopf begann zu schmerzen. Was, wenn sie nun einfach aufstünde und ginge? Sie versuchte sich langsam zu erheben, doch Spieß drückte sie sogleich in den Sessel zurück. Jana sah sich im spärlich beleuchteten Wohnraum um, während Spieß, der sich mittlerweile seelenruhig ihr gegenüber hingesetzt hatte, jede ihrer Augenbewegungen verfolgte. Er schien sich stark zu fühlen, hatte die Situation unter Kontrolle.

Janas Blick fiel auf das spärlich beleuchtete Foto einer jungen Frau an der gegenüberliegenden Wand. Es war eine alte Fotografie, leicht vergilbt. Die Frau hatte ebenmäßige Gesichtszüge, lächelte, aber in diesem Lächeln verbarg sich eine tiefe Traurigkeit.

»Wer ist das?«, hörte sie sich sagen. In dem Moment, als sie ihre Frage aussprach, beschlich sie eine nie gekannte Angst. Hatte sie einen wunden Punkt ihres Gegenübers getroffen? Denn dieser schaute mit einem Mal ganz verändert. Seinen Gesichtsausdruck zu deuten, fiel ihr schwer, er schwankte zwischen Wehmut und Wut.

»Das ist meine Mutter.« Spieß' Stimme klang auf einmal etwas weicher und verletzlicher. »Meine Mutter Sophia.« Dann machte er eine lange Pause. Diese Stille machte Jana fast wahnsinnig.

»Du siehst ihr fast sein wenig ähnlich«, murmelte er.

Jana schauderte. Was hatte das zu bedeuten? Hatte er seiner Mutter Leid zugefügt oder hatte sie ihrem Sohn Leid angetan? Sollte sie jetzt dafür bestraft werden? Jana ließ ihren Blick durch das Zimmer schweifen und blieb an der Sofalehne hängen, wo ein dunkelgrüner Pullover lag.

»Oh, nein!«, sie erschrak. Grüne Wollfasern! Der Pullover für sich war noch kein Beweismittel, aber vor dem Hintergrund seines Verhaltens musste es sich um den Pullover handeln, dessen Fasern an den Tatorten gefunden worden waren. Hoffentlich hatte Spieß nicht mitbekommen, was gerade in ihr vorging. Er schien ja Gedanken lesen zu können. Alles, was ihr nun helfen konnte, war, auf Zeit zu spielen, – und auf einen Zufall zu hoffen. Eines war für sie nun sicher, dieser Mann hatte Herbert Tewes und Stefan Mayer-Kühn ermordet.

Wollte er sie auch töten? Konnte er dieses Risiko eingehen? In seinen eigenen vier Wänden? Warum hatte er sie überhaupt gepackt und in sein Haus gezogen? Er hätte sie doch einfach vorbeigehen lassen können?

»Weißt du, Mädchen, bisher hat nie jemand was gecheckt! Bis …« Er genoss es, nach jedem Satz eine Pause zu machen, eine Pause, die für Jana eine Qual war. »Du hast hier unnötigerweise herumgeschnüffelt!«

Was hatte sie?

»Du hast dich doch für die Marienthaler Geschichte interessiert.«

Also doch, es ging um Marienthal und vermutlich auch um die Chronik, die aus seiner Feder stammte. Aber was hatte die Chronik mit den Morden zu tun?

»Dieser Tewes, Herr Oberschlau!« Spieß lachte laut auf. »Erzählt mir, dass es keine Sammlung Merkenau gibt. Dieser Idiot!« Er schaute Jana an, aber sie wich seinem Blick aus.

»Die gibt es nicht«, murmelte sie vor sich hin.

»Genau, Mädchen, die gibt es nicht.«

Was sollte denn diese Erfindung einer Sammlung? Warum ließ ihre Kombinationsgabe sie jetzt im Stich?

Sie fluchte über sich selbst. Sie musste Spieß irgendwie bei Laune halten, sein Spielchen mitspielen. Um Zeit zu schinden, fragte sie unbedarft weiter. Sie hatte das Gefühl, dass ihr dieses Vorgehen nicht schadete.

»Was? Ich verstehe nicht.«

»Ach Mädchen, du tust nur so, als wüsstest du nicht. Ich kann dir aber gerne alles erzählen. Uns hört sowieso niemand, und nachher wirst du ohnehin niemandem mehr etwas erzählen können.« Er überlegte, dann stand er auf und legte ihr seine groben Hände um den Hals. Jetzt war es also soweit, Jana stockte der Atem. Als er ihre Jacke öffnete und sie an der Brust berührte, kam die Erinnerung zurück. Wie ein schwarzes Leintuch legte sich die Erinnerung auf sie. Er schob ihre Haare nach hinten und berührte dabei die Wunde am Hals.

»Lassen Sie das!«, befahl sie mit fester Stimme. Damit hatte er wohl nicht gerechnet. Für einen Moment hielt er inne. Dann nahm er unbeirrt erst ihre linke Hand, dann ihre rechte und drehte sie hin und her. Er streifte mit beiden Händen an ihren Armen entlang. Sein Griff war grob, aber nicht wirklich schmerzhaft.

»Hatte ich mir doch gleich gedacht, du trägst keinen Sender. Und wo ist dein Mobiltelefon?«

»Im Hotel«, log Jana. Sie hätte es ohnehin nicht benutzen können – bei seiner körperlichen Präsenz. Sie hoffte dennoch inständig, dass er es in der Innenseite ihrer Jacke nicht finden würde. Er gab sich glücklicherweise mit ihrer Antwort zufrieden.

»Keiner weiß also, wo du bist. Gut.«

Außer Usti, dachte Jana.

»Dann kann ich ja weitererzählen. Manchmal tut es gut zu reden.« Er grinste. Sein Gesichtsausdruck wirkte auf Jana wie der eines kleinen Jungen, der seiner Mutter etwas beichten möchte. Mutter? Wie hieß seine Mutter, was hatte er gesagt? Sophia? Scheiße! Sophie von …

Spieß hatte sich mittlerweile wieder hingesetzt. Sie öffnete die Augen, die sie geschlossen hatte, um sich besser zu konzentrieren. Was war das nur für ein perfides Spiel! Er schien Gefallen daran zu finden, von seinen Taten zu berichten.

»Das war mein Fehler, ich wurde wohl etwas übermütig. Bin wohl übers Ziel hinausgeschossen. Diese Fälschung war völlig überflüssig. Hätte ich mir sparen sollen. Die Handschrift habe ich geschrieben«, prahlte er laut.

Er hatte die Handschrift gefälscht! Das Dokument war nur beschriebenes Papier ohne jeglichen historischen Wert. Aber welchen Sinn hatte diese Fälschung, was wollte er damit erreichen? Er war laut eigener Auskunft Kunstsachverständiger. Hatte er nicht nur diese Handschrift gefälscht, sondern auch – Expertisen?

»Die Menschen lieben Legenden«, erklärte er wichtigtuerisch. »Sie wollen Geschichten hören. Sie lieben alles, was alt ist, und wenn ein Gegenstand vorher jemandem gehörte, der ein bewegtes Leben geführt hat, umso besser. Immer fragten die Käufer danach, wem das Schmuckstück, wem das Kästchen gehörte, wer den Stich hergestellt hat oder bei wem der im Zimmer hing. Woher sollte ich das wissen? Meine … – Lieferanten … – wussten es ja auch nicht.« Er grinste diabolisch. »Sachen verkaufen sich nun mal besser mit einer schönen Geschichte.«

Jana ärgerte sich, sie war so nah dran an der Lösung gewesen. Nicht nur die Handschrift war gefälscht, auch die Personen gab es gar nicht. Keine Gräfin von Greve-Merkenau. Hätte sie doch nur ihrem Instinkt mehr vertraut. Sie war so geblendet gewesen von dem Hauch dieses alten Dokuments, dass sie gar nicht ernsthaft in Erwägung gezogen hatte, es könnte nicht echt sein. Dabei hatte sie sich noch über den seltsamen Namen Merkenau gewundert. Und spätestens als sie gelesen hatte, dass es der Name der Krähe in der Lessing'schen Fabel war, hätten alle ihre Alarmglocken schrillen müssen.

»Und die Gräfin gab es nicht.« Wieder versuchte sie, das Gespräch zu lenken.

»Natürlich nicht«, grinste Spieß. Nach einer langen Pause, in der er seine Cleverness genüsslich auskostete, fragte er provokant: »Voulez-vous boire un verre de vin?«

»Was?«, sie verstand nicht ganz, nur »Wein« und »trinken«. Moment, sie konnte es nicht fassen. Sie verstand allmählich, wie dieser alte Mann tickte. Den Geistesblitz musste Spieß von ihrem Gesicht abgelesen haben: »Na, Mädchen, klingelt es? Boisvin, das ist ein interessanter Name, nicht wahr?« Er lachte laut auf, sodass Jana erschrak. »Passend für eine Weinregion«, wieder lachte er schallend.

»Sie haben wohl Spaß am Erfinden von Geschichten«, bemerkte sie trotzig. »Aber warum mussten Sie überhaupt Geschichten erfinden?«

»Mädchen, wie naiv bist du eigentlich? Hätte ich sagen sollen, dass das und das Kunstwerk, die und die Antiquität von einem Händler aus Osteuropa stammt? Oder dass man mir das ohne Herkunftsnachweis angeboten hatte?«

»Also sind Sie ein Hehler!«

»Welch böses Wort, Mädchen. Ich erfülle Träume, die Menschen sehnen sich nach alten Dingen, sie wollen alles besitzen und so Teil der Geschichte werden.«

Sie war geschockt. Menschen mussten sterben, nur damit dieser Mann sich bereichern konnte. Er machte sich doch etwas vor. Glaubte er ernsthaft, die Menschen wollten gefälschte Expertisen, gefälschte Herkunftsnachweise? Und warum hatte er diese Chronik überhaupt geschrieben? Hätte er es nicht dabei belassen können, die dubiosen Quellen der Kunstgegenstände zu verschleiern? Jana wurde mutig: »Darum haben Sie die Chronik geschrieben, um etwas Vorzeigbares zu haben, richtig?«

»Hab ich doch gesagt, Mädchen.«

»Aber warum dann auch die Handschrift? Warum haben Sie die Handschrift gefälscht?«

»Tja«, Spieß räusperte sich, »vielleicht war das des Guten zu viel. Bisher hat keiner daran gezweifelt, dass meine Beschreibungen der Objekte richtig waren. Die Chronik war nun zusätzlich etwas Vorzeigbares, ein wissenschaftliches Werk. Und dann kam dieser Tewes, dieser Neunmalklug und Oberschlau. Der hatte herausgefunden, dass es diese Sammlung gar nicht gab. Er wollte mich vor aller Welt bloßstellen.«

»Und da haben Sie die Quelle einfach gefälscht«, stellte Jana fest. Sie wusste, dass sie sich mittlerweile auf sehr dünnem Eis bewegte. Aber was hatte sie schon zu verlieren?

War es ein Zufall, dass sie ausgerechnet jetzt Ustis Bellen auf der Straße wahrnahm? Hoffentlich hörte das Spieß nicht. Doch dieser verlor sich offensichtlich gerade in seinen eigenen Gedanken. Er grinste erneut und schien Gefallen an seinen Taten zu finden. Plötzlich war es draußen ebenso still wie drinnen. Kein Bellen war zu hören. Stille, Totenstille, drinnen und draußen. Sie fröstelte. Ein eiskalter Lufthauch streifte ihr Gesicht. Da erst erkannte sie, dass die Tür zum Hinterhof nur angelehnt war und frische Luft ins Innere drang.

»Tewes war auf der richtigen Fährte, und er war ganz nah dran, das herauszufinden, worum es eigentlich ging«, sprach Spieß in diese Stille hinein.

So war das also: Er hatte das alles inszeniert, und Tewes war ihm auf die Schliche gekommen oder zumindest ganz nah dran gewesen. Und so stand die konstruierte Existenz von Spieß auf dem Spiel. Wieder kam ein Schwall kühler Abendluft herein. Frische Luft, frische Luft hieß Leben und schärfte ihre Sinne ... Sie blickte durch das Fenster an Spieß vorbei hinaus in den wenig beleuchteten Innenhof. Ein Schatten! Sie zuckte innerlich zusammen. Sie konnte die Silhouette eines Mannes erkennen. Hatte Spieß einen Komplizen? War er deshalb so ruhig? Würde der die Drecksarbeit übernehmen und sie töten? Die Silhouette kam näher. Er hatte bestimmt einen Komplizen, deshalb gab es auch diese vielen verwirrenden Spuren. Und warum sonst sollte er die Hintertür offen lassen. Ein Mann allein konnte nicht ...

Spieß kramte etwas aus einer Kiste hervor, die neben ihm auf dem Boden stand. Sie blickte zu ihm, dann wieder durch das Fenster, dann wieder zu ihm: Er hatte einen metallischen Gegenstand vor sich auf den Tisch gelegt. Es war ... Es war ein Dolch. Das musste die Waffe sein, mit der Herbert Tewes erstochen worden war. Sollte sie dasselbe Schicksal ereilen? Tränen stiegen ihr in die Augen. Die Wunde an ihrem Hals schmerzte. Erst ein Schnitt, dann ein Brennen und dann würde ihr eigenes, warmes Blut wieder rinnen. Sie wollte das nicht ein weiteres Mal erleben. Durch den Tränenschleier hindurch nahm sie die Person im Hof kaum richtig wahr. Bald war es also so weit, sie würde sterben.

Sie schloss die Augen und wartete ab. Gleich würde Spieß' Komplize hereinkommen. Sie würde keine Chance haben. Die Sekunden, die Minuten verstrichen, nichts passierte. Und Spieß sagte auch nichts mehr. Starr vor Angst öffnete sie ihre Augen. Sie suchte nach der Silhouette im Hof. Sie schaute angestrengt, und dann … fast hätte sie geschrien – vor Erleichterung. Denn sie war sich sicher, es war Clemens! Aber dann fiel ihr Blick wieder auf den Dolch. Es wäre für Spieß ein Leichtes gewesen, aufzuspringen und ihr den Dolch an die Kehle zu halten. Sie hatte nur noch eine Chance, sie musste Spieß ablenken und das konnte sie vielleicht, indem sie ihn weiter in ein Gespräch verwickelte, in ein Gespräch, bei dem er sich an seinen bisherigen Taten ergötzen konnte. Clemens war sicher erfahren genug und würde zum richtigen Zeitpunkt eingreifen.

»Sie haben Herbert Tewes ermordet.«

»Ja!«, triumphierte Spieß.

»Aber warum?«

»Das habe ich dir doch eben schon gesagt«, antwortete er unwirsch. »Dieser neunmalkluge Lehrer aus diesem Kaff hier. Ich habe die Welt gesehen. Habe meine Expertisen den besten Wissenschaftlern vorgelegt und keiner bemerkte etwas.«

Tatsache? Jana konnte das nicht glauben. Bluffte er? Hatte er seriöse Wissenschaftler täuschen können?

»Sie haben doch Geschichte studiert und sind doch der Wahrheit verpflichtet«, argumentierte sie.

»Der Wahrheit! Welcher Wahrheit denn? Deiner? Meiner? Und außerdem, Mädchen: In meiner Jugend hatten wir doch andere Sorgen, als uns den Arsch in irgendwelchen Studierzimmern platt zu sitzen.«

»Sie haben nicht in Buenos Aires, Bologna und Wien studiert? So steht es doch in Ihrem Lebenslauf in der Chronik.«

»Ach, Mädchen, schlaues Mädchen. Gut behalten hast du das«, entgegnete er mit einem ironischen Unterton. »Aber so schlau bist du doch nicht, sonst hättest du bemerkt, dass es die Universität von Bologna in Buenos Aires erst seit 1998 gibt.«

Er lachte. »Bist du doch nicht so schlau«, wiederholte er. »Hast du meinen Lebenslauf etwa geglaubt?«, fragte er provokant. »Ja, ja, Papier ist geduldig.«

Alles nur ausgedacht? Sein Leben: erlogen. Die Kunstwerke: Hehlerware. Die Herkunftsnachweise: gefälscht. Jana war fassungslos. Und damit sein Lügengerüst aufrechterhalten blieb, mussten Menschen sterben.

»Und Stefan Mayer-Kühn, haben Sie den auch ermordet, weil er zu viel über Sie wusste?«

»Ja«, triumphierte er erneut. »Immer hat er schön seine Antiquitäten bei mir gekauft. Nie gefragt. Alles war super. Und dann hat ihn eines Tages so ein Familienforscher darauf gebracht, dass es das Geschlecht der von Greve-Merkenau überhaupt nicht gab. Und vor ein paar Tagen hatte dieser Blödmann nichts Besseres zu tun, als mir mitzuteilen, dass er nicht mehr mit mir zusammenarbeiten will, und schlimmer noch, er wollte mich anzeigen.« Spieß grinste. »Gerade der, der sich doch nie Gedanken darüber gemacht hat, woher die Sachen kamen. Er wollte auf einmal schlauer sein als ich, nur weil ihm so ein Heini das ins Ohr geflüstert hat.«

Jana wurde richtig sauer. In welcher Welt lebte dieser Mann? »Und was sollte das mit meinem Zimmer, das waren doch auch Sie, oder?«

»Ha!«, rief er, so unvermittelt, dass sie fast vom Sessel gefallen wäre. Er schlug mit der Faust auf den Tisch. Der Dolch flog in die Höhe und landete scheppernd wieder auf der Tischplatte. Spieß nahm ihn an sich und strich über die Klinge. »Ein schöner antiker Dolch.«

»Haben Sie damit Herbert Tewes ermordet?«

»Du fragst zu viel, viel zu viel.« Er legte den Dolch wieder auf die Tischplatte und betrachtete ihn fast liebevoll. »Es musste sein!« Seine Augen blitzten.

»Wieso?«

»Na, er saß am Abend nach seinem glorreichen Vortrag im Hotel hier, ungefähr da, wo du jetzt sitzt.«

Jana rutschte unruhig hin und her und vermied es, die Lehne des Sofas mit ihrem Rücken zu berühren.

»Das Schätzchen hier«, er zeigte auf den Dolch, »hatte ich gerade erworben. Tewes redete und redete auf mich ein. Herr Oberschlau. Und dann war er plötzlich ganz still. Ich konnte sein Gerede einfach nicht länger ertragen …«

Draußen, vor der Tür zum Garten, war ein Klacken zu hören, wie wenn jemand eine Waffe entsicherte. Im selben Augenblick fiel wohl im Hof der nebenan liegenden Weinstube eine Flasche zu Boden. Erst jetzt bemerkte Spieß die offen stehende Tür. Er sprang auf. Jana wurde angst und bange. Ihr Herz, das sich zwischendurch beruhigt hatte, raste. Noch funktionierte ihr Kopf. Die frische Luft hatte wie ein Lebenselixier gewirkt. Sie war handlungsbereit. Da wurde die Tür von außen aufgestoßen. Instinktiv griff sie nach dem Dolch, den Spieß für einen Moment aus den Augen gelassen hatte, und riss diesen mit einer beherzten Handbewegung vom Tisch. Spieß wollte ebenfalls danach greifen, fasste jedoch ins Leere.

Der Dolch fiel zu Boden. Und dann stand Clemens vor Spieß mit gezückter Waffe.

»Ich nehme Sie wegen des Mordes an Herbert Tewes und Stefan Mayer-Kühn fest …«

Etwas Nasses, Warmes leckte über ihr Gesicht. Sie tastete danach. Es war Usti. Erst allmählich realisierte sie, was geschehen war. Noch immer saß sie in dem Sessel, in den sie Spieß vor gefühlten Stunden gedrückt hatte. Gedämpft drangen Stimmen an ihr Ohr. Sie sah auf und bemerkte da erst Clemens, der ihre Hand hielt.

»Geht es wieder?«, fragte er besorgt.

Jana nickte. Alles war gut. Mittlerweile war der Raum hell erleuchtet. Zwei Polizisten legten Spieß gerade Handschellen an, während er überheblich grinste. Sie führten ihn ab, genau an ihrem Sessel vorbei. Jana vermied es, ihn anzusehen, dennoch spürte sie seinen durchdringenden Blick auf ihr. Ein letztes Mal stach ihr der Geruch seines Aftershaves in die Nase.

»Mädchen, ich habe dich unterschätzt«, raunte er ihr zu. Offensichtlich war er der Ansicht, der Einsatz wäre genauso, wie er ablief, geplant gewesen. Die Polizisten wollten Spieß nach draußen befördern, aber Jana bat sie zu warten. So als wäre nichts geschehen, stand sie auf und ging erhobenen Hauptes auf Spieß zu. Mit festem Blick sah sie ihm in die Augen. Unerwartet wich er ihr aus.

»Eine Frage habe ich noch.«

Spieß grinste, wirkte aber irgendwie abwesend.

»Warum sind Sie ausgerechnet nach Ahrweiler gezogen?«

Er schwieg. Hatte er sie nicht verstanden? Im Raum war es still. Die beiden Polizisten sahen einander fragend an. In die Stille hinein ertönte plötzlich unvermittelt die selbstgefällige Stimme des Mörders: »In der Idylle bewegt man sich am unauffälligsten.«

Jana wollte weiter insistieren, sie holte Luft, aber Clemens bedeutete den Polizisten mit einer Kopfbewegung, dass sie Spieß nach draußen bringen sollten.

»Aber ich …«, raunzte Jana Clemens zu.

»Genug, Jana …«

Kaum hatten die Polizisten den Verbrecher abgeführt, fluchte Jana außer sich: »Das Schwein!« Sie musste ihrem Ärger einfach Luft machen. »Clemens, das da«, sie zeigte auf das vergilbte Bild, »das da ist übrigens seine Mutter.«

»Sie sieht dir ein wenig ähnlich«, stellte Clemens verwundert fest. »Aber nun raus hier, Jana.« Dabei berührte er sie sanft am Rücken. »Hier ist es echt stickig. Lass uns an die frische Luft gehen.«

»Moment!« Jana blickte sich noch einmal um, »ihr müsst den Pullover, da über der Sofalehne, untersuchen. Und hier irgendwo sind sicherlich auch Tewes' Laptop sowie sein Handy. Vielleicht hat er die Geräte aber auch irgendwo entsorgt.«

»Ja, Jana.«

»Und vergesst nicht, nach der Kopie der Handschrift zu suchen.«

»Welche Kopie?«

»Clemens«, entgegnete sie entrüstet. »Hast du vergessen, was der Archivar gesagt hat? Dass Tewes bei seinem Besuch im Archiv eine Kopie dabeihatte? Auf dem Blatt soll er sich einiges notiert haben. Ich vermute mal, dass das eine Kopie der Handschrift war, der gefälschten Handschrift. – Hast du eigentlich mitbekommen, was er gesagt hat?«

»Ja, Jana, habe ich.« Er versuchte, sie vorsichtig in Richtung Haustür zu schieben.

»Ach, noch etwas, wenn ihr mein Exemplar der ›Chronik von Marienthal‹ hier findet, dann beweist das doch auch, dass er in mein Hotelzimmer eingebrochen ist. Ich habe nämlich meinen Namen reingeschrieben.«

»Ja, das machen wir, nun aber raus.«

»Ich bin mir sicher, dass er einen Land Rover fährt und …«, plapperte sie weiter.

»Jana!« Clemens blickte sie von der Seite streng an. »Jana, ist gut jetzt.« Dann begleitete er sie zur Tür hinaus.

Draußen reflektierten die Häuserwände die Blaulichter der Einsatzwagen. In der schmalen Straße ging es hektisch zu. An den Fenstern der umliegenden Häuser und davor beobachteten die Anwohner das Treiben. Was für eine Aufregung. Und Jana war mittendrin. Die kühle Abendluft legte sich wie eine lebensfrohe Decke um ihren ganzen Körper. Usti leckte ihre Hand.

»Schau mal, Jana, setz dich hier auf die Mauer.«

»Ich will mich nicht setzen. Ich bin stinksauer«, beklagte Jana.

»Wieso das? Auf mich?«, fragte Clemens eingeschüchtert.

»Auf dich, nein, wieso das? Nein! Weil ich mich so hab täuschen lassen. Von dieser blöden Handschrift und von dieser Chronik. Alles nur Schein.« Sie trat gegen die Mauer, sodass Usti zusammenzuckte.

»Ach, Jana«, entgegnete Clemens. Um seine Mundwinkel huschte ein erleichtertes Lächeln. »Du bist mir eine.«

»Woher wusstest du eigentlich, dass ich hier bin?«, fragte sie. »Danke, übrigens«, schob sie hinterher.

»Da kannst du dich bei Usti bedanken.«

»Er hat dich aber nicht wie Lassie zum Ort des Geschehens geholt?«, grinste Jana.

»Ne, so nicht.«

»Wie denn?«

»Die kurze oder die lange Version?«

»Wie wär's mit der mittellangen?«

»Okay.«

Clemens lehnte sich an die Mauer. »Ich kam aus Köln zurück. Mensch, ich war echt besorgt. Du bist den ganzen Tag nicht an dein Handy gegangen.«

»Wieso?«

»Ich habe mehrfach bei dir angerufen und dir schließlich eine SMS geschickt. Wenn du nur ans Handy gegangen wärst. Simone und ich haben rausgefunden …«

»Aber es kam doch gar kein Anruf …« Sie tastete nach dem Gerät und zog es schließlich aus der Innentasche ihrer Jacke, während Clemens weiter berichtete.

»Na, ich und auch Simone haben seit dem Nachmittag versucht, dich zu erreichen.«

»Tatsächlich?«, unterbrach sie ihn, während sie ihr Smartphone in der Hand hielt. »Der Akku ist leer. Scheiße, ich hatte ihn doch erst gestern Abend aufgeladen.«

»Dann ist er wohl kaputt«, folgerte Clemens nüchtern.

Sie schüttelte den Kopf.

»Dann wäre mir das alles erspart geblieben, wenn dieses blöde Gerät nicht …« Für einen Moment war sie wieder da, ihre Wut. »Aber dann hätten wir vielleicht nicht sein Geständnis.«

»Jana, Jana! Du hattest verdammtes Glück«, bemerkte er. »Ehrlich. Du warst leichtsinnig. Wieso warst du überhaupt bei ihm?«

»Na, mach mir noch Vorwürfe«, sagte sie.

»Mensch, das hätte schlimm enden können! Ich konnte es kaum glauben, als mir der Hotelangestellte an der Rezeption sagte, dass du vor über einer Stunde weggegangen bist.«

»Ich habe dir doch einen Zettel geschrieben und an der Rezeption abgegeben.«

»Hab ich gelesen. Aber wohin du gegangen bist, das stand nicht drauf.«

»Na ja, so groß ist Ahrweiler auch nicht«, entgegnete sie trotzig.

»Sehr witzig.«

»Aber wie hast du mich denn gefunden?«

»Also, ich lief durch Ahrweiler, um dich zu suchen. Da hörte ich ein lautes Bellen aus der Oberhutstraße. Als ich näher kam, sah ich Usti. Er stand mitten auf der Straße und bellte die ganze Anwohnerschaft zusammen. Zwei Leute wollten schon die Polizei rufen. Einer von denen antwortete mir auf meine Frage, vor wessen Haus der Hund solch einen Radau machte: ›Da wohnt so ein komischer Typ, Spieß heißt der …‹ Da war mir klar, dass du da drin sein musstest. Also habe ich den kleinen Durchgang genommen, der hinter das Haus führt, und rief dann die Kollegen zu Hilfe, bevor ich mich anschlich. Und dann sah ich dich ja auch schon.«

»Ich dachte erst, jetzt kommt sein Komplize, und die beiden würden mich …«, sie konnte nicht weitersprechen.

»Du warst aber verdammt mutig. Wie konntest du ihn nur solche Sachen fragen?! Ob er die beiden ermordet hat. Das war gefährlich.«

Sie nickte. »Hast du alles mit angehört?«

»Das Wesentliche, ja.«

»Na, dann hast du sein Geständnis auch mitgekriegt,

sehr gut. Wer weiß, welche Geschichte er sich vor Gericht einfallen lassen würde. Spieß hielt sich für oberschlau«, erklärte sie. »Er hat sich die Welt so erschaffen, wie er sie brauchte. Wenn er Kunst verscherbelte, erfand er darum Geschichten. Und um diese zu legitimieren, fälschte er Handschriften, Urkunden, was auch immer. Er hat sich in dieser Rolle wohlgefühlt. Er fühlte sich irgendwie sogar im Recht. Er sprach gerne darüber…«

»Kannst du jetzt bitte einfach einmal die Klappe halten?«, brummte Clemens. Seine Augen hatten sich mit einem feuchten Film überzogen und glänzten. Bevor Jana Widerworte geben konnte, hatte er sie bereits an sich herangezogen und umarmte sie.

»Aber ich …«, murmelte sie in seine Schulter.

»Sei einfach einmal ruhig.«

Doch sie konnte nicht anders und löste sich wieder aus seiner Umarmung. Außerdem standen hier definitiv zu viele Leute herum. Für einen kurzen Augenblick schloss sie die Augen. Doch das Stimmengewirr war nicht zu überhören. Sie öffnete ihre Augen wieder und blickte in aufgeregt tuschelnde Gesichter.

»Die Leute, Clemens.«

»Und die Kollegen …« Er zupfte verlegen an seinem Hemd.

»Wieso habt ihr mich denn so hängen lassen? Du und Simone?«, fragte sie.

Clemens schwieg. Offensichtlich konnte oder wollte er darauf nicht antworten. Es war außerdem kein guter Moment dafür, denn die Augen der ganzen Stadt waren auf sie gerichtet. Wie ein Lauffeuer sprach es sich herum, dass sie Herbert Tewes' Mörder festgenommen hatten.

EPILOG –
EIN PAAR TAGE SPÄTER

»Schau mal da, eine Krähe am Himmel!«

»Nein, Clemens, das ist ein Falke«, berichtigte Jana.

In der Ferne konnten sie den Verlauf der Ahr erkennen. In der Nacht nach der Festnahme des Mörders hatte es in Strömen geregnet, so als habe der Himmel all seinen Ballast loswerden wollen. Seitdem schien unentwegt die Sonne, sodass Jana und Usti die letzten Urlaubstage so gut es ging genießen konnten. Jana wollte eigentlich gar nicht mehr über den Fall reden, doch es reizte sie, ihre letzten Fragen zu klären. Das würde ihr helfen, das Erlebte zu verarbeiten. Bislang hatten Clemens und sie nicht viel geredet. Usti wich seinem Frauchen seit Tagen nicht von der Seite. Die Eidechsen in den Weinbergen interessierten ihn auch heute nicht.

»Kennt ihr eigentlich schon den genauen Tathergang in beiden Mordfällen? Oder hat Spieß bei der Vernehmung geschwiegen?«, fragte sie in die Stille hinein.

Clemens blieb stehen und schaute Jana an. »Dir geht es gut?«

»Ja, schon, aber das war jetzt nicht die Antwort auf meine Frage«, sagte Jana. »Also?«

Clemens schüttelte den Kopf. Jana war nicht ganz ersichtlich, warum. Dann fasste er knapp die Ergebnisse der Vernehmung sowie die der weiteren Ermittlungsergebnisse zusammen. Dass Spieß Tewes in seinem Haus erstochen hatte, wusste Jana bereits, und dass der Dolch die Tatwaffe war, auch. Spieß hatte dann dem Toten zwei Kaffeesäcke übergestülpt, die er ansonsten zum Transport seiner diversen Kunstgegenstände benutzte. Es war eine momentane Eingebung gewesen, dass er sein Opfer in die Weinberge geschafft hatte, gab Spieß an. Wie überhaupt nichts geplant gewesen sei. Die restlichen Gegenstände aus Herbert Tewes' Besitz konnten im Haus in der Oberhutstraße gefunden werden. Janas Chronik war ebenfalls darunter. Clemens fragte, ob Jana diese wiederhaben wolle, was sie mit einer großzügigen Handbewegung und den Worten »Die könnt ihr gerne behalten« verneinte. Natürlich stand im Hof auch der Land Rover, dem eindeutig die Spuren am Fundort der Leiche zugeordnet werden konnten. Außerdem fanden sich DNA-Spuren des Opfers darin. Clemens konnte auch Simone Maxrath und ihrem Kölner Team für den Fall Mayer-Kühn mit einigen Informationen dienen: Spieß habe den Antiquar Samstagnachmittag aufgesucht, um ihm wie vereinbart einige Antiquitäten zu verkaufen. Das war zu der Zeit, als der Elektriker Debus einen Termin mit ihm gehabt hätte, dachte Jana. Wie Spieß bereits ausgeführt hatte, war er von Mayer-Kühn in die Enge getrieben worden und hatte keinen anderen Ausweg gesehen, als den Mitwisser zu beseitigen. Ob er Spieß wirklich hatte anzeigen wollen oder ob er ihm nur gedroht hatte, würde wohl immer eine offene Frage bleiben.

»Das ist ein klares Motiv«, folgerte Jana. »Aber was mich wirklich beschäftigt, sind diese ganzen …«, sie suchte nach dem passenden Wort, »diese Einfälle und Zufälle. Da war diese Krähenfigur, und kurz darauf faselt die Alte, dass eine Krähe der anderen ein Auge aushackt …«

»Es heißt doch *kein* Auge, Jana«, verbesserte Clemens sie.

»Aber kapierst du nicht, das ist doch gerade der Wahnsinn. Die Alte beschrieb genau das Verhältnis von Spieß und Mayer-Kühn.«

»Oh Mann, Jana, das hört sich zwar bescheuert an, aber du hast recht, ja.« Um nicht näher darüber nachdenken zu müssen, hielt sich Clemens lieber an die Fakten. »Die Figur der Krähe stand wohl schon seit Jahren im ›Antik im Veedel‹. Dort hat Spieß sie gesehen. Er kam daher auch auf die Idee, seine Gräfin Merkenau nach der Lessing'schen Fabelkrähe zu benennen.«

»Diese Fabelkrähe hatte ich tatsächlich auch schon im Internet recherchiert. Und auch wenn Spieß nicht studiert hat, war er ja nicht ganz ungebildet, clever irgendwie.« Nach einer Pause fügte sie hinzu: »Ist das nicht irre, dass Spieß Mayer-Kühn dann mit der Krähenfigur erschlagen hat? Man könnte fast annehmen, dass das eine geplante Tat war und keine Affekthandlung.«

»Gut möglich! Wenn wir übrigens gerade bei den Namen sind, ich habe da noch etwas Schönes für dich: Simones Kollegen gingen sämtliche Geschäftsunterlagen des Antiquars durch. Ich sagte dir ja schon, dass die Buchführung ein Chaos war. Das meiste, also die An- und Verkäufe, war nur auf Zetteln vermerkt, vermutlich auch nicht mal alle. Die lagen unsortiert in der Schublade seines alten Schreibtisches. Von vielen seiner Geschäftspartner sind keine Klarnamen bekannt. Unter den angeblichen Lieferanten war auch ein S. Boisvin.«

»Ne!«

»Ja, und der S. Boisvin lieferte fast nur …«

»Lass mich raten: Gegenstände aus der Sammlung Merkenau.«

»Exakt.«

Jana war empört über das durchdachte Lügenkonstrukt, das sich Spieß zusammengewoben hatte.

»Lange Rede, kurzer Sinn. Kunstverzeichnisse, Auktionslisten, Einträge bei der Handelskammer ergaben, dass es eine Person dieses Namens nicht gab.«

»Wie auch«, sagte Jana, verärgert über den ausgebufften Spieß.

»Ein Zufall brachte uns auf eine erste Spur. Eine Polizeianwärterin bekam den Namen mit. Sie fand den Namen so merkwürdig, denn – und jetzt kommt's –, sie hatte im Abitur Französisch als Leistungskurs und meinte, der Name heiße so viel wie ›Trink Wein‹. Sie machte noch Witze: Ihre Freundin war nämlich vor einigen Jahren Ahrweinkönigin.«

»Ja, das weiß ich mittlerweile auch, was der Name bedeutet.«

»Ich habe mir dann die Handschrift vorgenommen, die von Herrn Tewes. Der angebliche Verfasser trug ja den gleichen Namen. Ein Kollege, der sich mit alten Handschriften auskennt, bestätigte mir, dass das keineswegs ein Original aus dem 18. Jahrhundert war.«

»Aber damit hattet ihr immer noch nicht Spieß. Wie kamt ihr denn auf ihn?«

»Durch Fleißarbeit und Zufall. Ein Kollege der örtlichen Polizei fand tatsächlich den Land Rover in einer Parktasche einige Meter von Spieß' Haus in der Oberhutstraße entfernt und entdeckte durch die Scheiben hindurch alte Leinensäcke. Das war am Nachmittag kurz vor deinem Alleingang. Wir hatten den Namen Spieß, daraufhin überprüfte Simone erneut die Datenbanken, und dann war ziemlich schnell klar: Das war der Mann, der in

Köln immer wieder und mehrfach im Zusammenhang mit Kunstdelikten auffällig geworden war. Na ja, uns kam es dann plausibel vor, dass Spieß unter dem Pseudonym ›S. Boisvin‹ weiter aktiv war.«

»Echt verrückt, der Typ, und ziemlich clever. Habt ihr jetzt eigentlich auch die echten Lebensdaten von ihm?«

»Ja. Rudolf Spieß wurde tatsächlich in Buenos Aires geboren, lebte dann aber die meiste Zeit in Köln. Er wollte immer studieren, konnte das aus finanziellen Gründen aber nicht. Er las viel, brachte sich selbst viel bei.«

»Aber die Chronik zu lesen, oh Mann, das war echt Schwerstarbeit. Abgesehen von den gefälschten Quellen, sprachlich einfach schauderhaft. Inhaltlich durchaus an vielen Stellen korrekt, aber da waren auch einige Klöpse drin: Dieser Abt Heyendal, dem angeblich Kunstgegenstände übergeben wurden, war 1770 schon längst tot, er starb bereits 1735. Das habe ich heute Morgen noch mal im Netz nachgeschaut.« Sie seufzte. »Echt krank, der Typ. Übrigens, Clemens, ich habe heute Morgen Nicole Knies getroffen, sie wartete am Ahrtor auf eine Gruppe, um sie durch die Stadt zu führen. Ich fragte sie geradeheraus, warum sie sich nach dem Vortrag mit Tewes gestritten hat. Das hatte ich ja beobachtet. Während ihrer Auseinandersetzung ermahnte Tewes sie wohl, sie solle nicht jeden Mist glauben, und riet ihr sogar die Chronik zum Altpapier zu geben. Nicht alles ist richtig, nur weil es irgendwo geschrieben steht.«

Sie liefen eine Weile schweigend nebeneinander her und hingen ihren Gedanken nach. Der Fall Spieß war nun weitgehend entwirrt. Aber da gab es noch ein paar lose Enden.

»Was war dann mit der Schatulle, die Meike Jacob und ihr damaliger Freund im Marienthaler Keller freilegten?«, wollte Jana wissen. »War das die, die im ›Antik im Veedel‹ ausgestellt war?«

Clemens nickte. »Die hat sich Spieß unter den Nagel gerissen, er hatte die beiden wohl schon länger im Kloster beobachtet. Und dann verkaufte er sie an den Bruder des Lehrers, ohne zu wissen, dass es Brüder waren.«

»Clemens, hat Spieß mittlerweile auch gesagt, was diese ganzen Einbrüche sollten?«

»Bei Frau Tewes suchte er die Handschrift, die er Tewes selbst ausgehändigt hatte, um ihm zu beweisen, dass es diese Kunstsammlung gab. Er fand aber nur die Kopie. Von dem geheimen Fach in der Stadtmauer wusste er nichts. Und beim Einbruch in dein Hotelzimmer hatte er es wirklich auf die Chronik abgesehen. Er hat dich beim Kauf in der Buchhandlung beobachtet – und nicht nur dabei. Du solltest einfach nicht zu genau hinschauen.«

»Er hat was? Er hat mich beobachtet? Er war der Typ, der mich verfolgt hat, der im Hotel an meiner Tür war?«

»Ja.«

»Und dann war er es auch, der die Holzpfähle ins Rollen gebracht hat?«

»Allerdings.«

»Arsch.« Mehr fiel Jana dazu nicht ein.

Derweil hatten sie einen malerischen Aussichtspunkt erreicht. Unter ihnen im Tal lag in einiger Entfernung Ahrweiler. Drei der vier Stadttore waren zu sehen. Fröhlich wehten darauf die Stadtfahnen im Wind. Die Kirche wurde von der Sonne angestrahlt. Welch eine Idylle.

»Trotzdem, ich muss noch einmal nachfragen: Wieso hat mich Spieß nicht sofort umgebracht, als ich bei ihm war?«, wollte Jana wissen, um mit dem Geschehen abschließen zu können.

»Jana«, Clemens wurde ernst. »Du hast ihn an seine Mutter Sophia erinnert.«

»Ja, das sagte er mir. Aber was war mit seiner Mutter?«

»Nun, er lebte allein mit seiner Mutter in Argentinien. Sein Vater war gewalttätig, sie mussten sich zu zweit durchschlagen. Sie kamen dann in den 50er-Jahren nach Köln. Aus lauter Verzweiflung nahm sich seine Mutter das Leben, sie sprang von einer Rheinbrücke.«

»Oh mein Gott, deshalb der Brunnensturz der Gräfin, die er Sophie nannte«, realisierte Jana.

»Möglich«, nickte Clemens. »So ganz werden wir nie verstehen, was in diesem Mann vorging. Er musste sich in relativ jungen Jahren selbst versorgen und lernte, dass er sich nur auf sich selbst verlassen konnte. Keiner sollte mehr sein Leben bestimmen, so wie es einst sein Vater tat. Dieser Vater, dem er die Schuld am Tod seiner Mutter gab und den er für seinen schlechten Start ins Leben verantwortlich machte. Er wollte es allen zeigen. Und so hat er es auch ohne abgeschlossenes Studium geschafft, in der Kunstszene der 60er-Jahre Fuß zu fassen. Er wurde immer selbstbewusster, die Menschen glaubten ihm. Aus Selbstbewusstsein wurde Selbstüberschätzung, Hybris. Er begann die Menschen zu manipulieren und die Welt so zu inszenieren, wie sie für ihn passte. Keiner sollte mehr Macht über ihn haben.«

»Also deshalb auch diese ganzen Inszenierungen wie mit dem Schraubenzieher und den Büchern, die er dem Elektriker unterjubelte?«, erkannte Jana.

»Genau: Er hatte Macht, er war genial. Außerdem: Den Debus konnte er nicht leiden«, führte Clemens weiter aus. »Debus hatte ja wochenlang in Marienthal gearbeitet und wollte wohl zu viel wissen. Und dann kam Spieß die

Bemerkung von Debus' ehemaligen Azubi in der Weinstube ganz recht. An dem Abend saß er nämlich auch dort. So konnte er eine falsche Spur legen und gleichzeitig dem Debus noch eins auswischen.«

»Und dann war auch Spieß der anonyme Anrufer?«, fragte Jana, obwohl sie die Antwort bereits kannte.

»Na klar, er fand sich so clever. Ein Stimmenvergleich war eindeutig. Was du mir noch immer nicht beantwortet hast: Warum warst du eigentlich bei Spieß?«

»Tja, mir wurde das Häuschen zum Kauf angeboten …«

»Waaaaas? Jana, du wirst doch nicht?«

»Nein, sicher nicht in dieses Häuschen, aber Ahrweiler ist ja schon schnuckelig. Und Usti, meine Superspürnase, findet es hier ja auch schön.«

»Superspürnase im Polizeidienst.« Clemens lachte.

Als habe der Vierbeiner nur auf diese Belobigung gewartet, hielt er seine Nase in den Wind, um sogleich einer Fährte auf dem Weg zu folgen.

»Wer weiß, vielleicht wird er bald schon seine Superspürnase wieder unter Beweis stellen können.«

Ja, wer weiß …

ENDE

NACHWORT

Liebe Leserinnen und Leser,

die Handlung dieses Krimis, meines ersten Regionalkrimis, spielt in Ahrweiler, einem Ortsteil von Bad Neuenahr-Ahrweiler, im Norden von Rheinland-Pfalz. Auch wenn Sie die Originalschauplätze sofort wiedererkennen werden, so ereignet sich im Jana-Vogt-Krimi doch eine fiktive Geschichte mit fiktiven Personen. Der Handlung geschuldet sind deshalb einige schriftstellerische Freiheiten. Nicht unter ihren richtigen Namen tauchen unter anderem das Hotel, die Lokalzeitungen, die Weinbergslage, in der der Tote gefunden wurde, sowie das Gymnasium auf. Ich habe Letzteres nach einer für die Geschicke des Ahrtals wichtigen Person benannt: dem Erzbischof und Kurfürsten Konrad von Are Hochstaden.

Die Fakten, insbesondere die historischen und landeskundlichen, habe ich nach bestem Wissen und Gewissen recherchiert. Die Verwaltung des Klosters Marienthal befand sich tatsächlich im Rodderhof in der Ahrweiler Oberhutstraße. Heute beheimatet das Pfarrarchiv von Dernau die Bibliothek des ehemaligen Klosters Marienthal.

Das lebende Vorbild für Sir Ustinov, die Superspürnase, ist mein Airedale Terrier Lina. Auch wenn ich während des Schreibens die meiste Zeit allein an meinem Schreibtisch saß und vielfach nur das leise Schnarchen meiner betagten Hundedame wahrnahm, so gab es um mich herum Menschen, die mich beim Entstehen dieses Krimis begleitet haben:

Danke Heinz dafür, dass du von der Idee bis zur Fertigstellung des Manuskripts an meiner Seite warst. Vielen Dank vor allem auch für deine Hilfe bei der Verschriftlichung der mundartlichen Passagen. Danke an euch, die ihr mein Manuskript Probe gelesen habt, vor allem Ina für deine fundierte Beratung. Danke an meine FreundInnen fürs Zuhören und Dasein, meinen Netzwerkfrauen für konkrete Hilfen und so manche Plauderei. Außerdem Yvonne für die Informationen über die Arbeit einer Fotografin im kriminaltechnischen Dienst aus erster Hand. Und natürlich dem gesamten Team des Gmeiner-Verlags, insbesondere meinem Lektor Sven Lang, für die konstruktive und wertschätzende Zusammenarbeit. Danke!

Ihnen, liebe Leserinnen und Leser, gilt mein ganz besonderer Dank, denn was wären wir Autoren ohne Ihr Interesse und Ihre Lesefreude? Ich freue mich jedenfalls, wenn Sie den Krimi spannend fanden und Ihnen die Handlung im beschaulichen Ahrweiler und seiner Umgebung gefallen hat. Jana und Usti haben schon wieder Witterung aufgenommen …

Spannende Grüße

Ihre
Karin Joachim

Weitere Titel finden Sie auf den
folgenden Seiten und im Internet:

WWW.GMEINER-SPANNUNG.DE

Karin Joachim im Gmeiner-Verlag

SPANNUNG

GMEINER

WWW.GMEINER-VERLAG.DE
Wir machen's spannend

Alex Thomas
Pietà – Steinerner Tod
Thriller
352 Seiten, 13,5 x 21 cm,
Premium-Klappenbroschur
ISBN 978-3-8392-0500-6

Als an einem Wintermorgen unter dem Branden-
burger Tor die blutüberströmte Leiche eines Mannes
in den Armen einer Frau entdeckt wird, schrillen bei
Ex-Kriminalkommissar Magnus Böhm sämtliche
Alarmglocken. Er hat diese Skulptur aus Menschenkör-
pern schon einmal gesehen, 14 Jahre zuvor in Rom. Die
Presse stürzt sich auf den Fall und spricht von der Berli-
ner Pietà. Doch dieses Mal gibt es einen entscheidenden
Unterschied: Das weibliche Opfer hat überlebt.

GMEINER SPANNUNG

WWW.GMEINER-VERLAG.DE
Wir machen's spannend

Fabian Lenk
App to die
Thriller
359 Seiten, 13,5 x 21 cm,
Premium-Klappenbroschur
ISBN 978-3-8392-0452-8

Du hast ein ultramodernes Smarthome.

Alles lässt sich steuern – per App – immer, von überall.

Es ist einfach, bequem und wahnsinnig praktisch.

Du fühlst dich sicher.

Doch der Feind ist bereits in deinem Haus.

SPANNUNG

GMEINER

WWW.GMEINER-VERLAG.DE
Wir machen's spannend

DIE NEUEN
Lieblingsplätze

ISBN 978-3-8392-0370-5
Lieblingsplätze im BAYERISCHEN WALD

ISBN 978-3-8392-0373-6
Lieblingsplätze im EMSLAND

ISBN 978-3-8392-0371-2
Lieblingsplätze im BERCHTESGADENER LAND

ISBN 978-3-8392-0158-9
Lieblingsplätze im HARZ

ISBN 978-3-8392-0372-9
Lieblingsplätze am BODENSEE

ISBN 978-3-8392-0376-7
Lieblingsplätze im HOHENLOHE

ISBN 978-3-8392-0378-1
Lieblingsplätze in KÄRNTEN

ISBN 978-3-8392-0386-6
Lieblingsplätze im SALZBURGER LAND

ISBN 978-3-8392-0375-0
Lieblingsplätze für Wanderer SCHWÄBISCHE ALB

ISBN 978-3-8392-0380-4
Lieblingsplätze NORDSEE NIEDERSACHSEN

ISBN 978-3-8392-0381-1
Lieblingsplätze NORDSEE SCHLESWIG-HOLSTEIN

ISBN 978-3-8392-0382-8
Lieblingsplätze OBERÖSTERREICH

ISBN 978-3-8392-0383-5
Lieblingsplätze im OSNABRÜCKER LAND

ISBN 978-3-8392-0374-3
Lieblingsplätze in FRANKEN

ISBN 978-3-8392-0377-4
Lieblingsplätze an uns bei MÜNCHEN NACHHALTIG

ISBN 978-3-8392-0385-9
Lieblingsplätze rund um BERLIN

GMEINER KULTUR

WWW.GMEINER-VERLAG.DE
Mensch, Kultur, Region